9클래스 소드 마스터

WISHBOOKS FUSION FANTASY STORY

이형석 퓨전 판타지 장편소설

 17

이형석 퓨전 판타지 장편소설

초판 1쇄 찍은 날 | 2020년 10월 12일
초판 1쇄 펴낸 날 | 2020년 10월 19일

지은이 | 이형석
펴낸이 | 예경원

기획 | 위시북스
편집책임 | 이은송
편집 | 위시북스

펴낸곳 | 예원북스
등록번호 | 제396-2012-000132호
등록일자 | 2012. 7. 25
KFN | 제1-562호

주소 | 경기도 고양시 일산동구 호수로 646-24 위너스21Ⅱ빌딩 206A호 (우)10401
전화 | 031-819-9431 팩스 | 031-817-9432
E-mail | yewonbooks@naver.com

ⓒ이형석, 2019

ISBN 979-11-365-4305-9 04810
        979-11-6424-597-0 (set)

9클래스 소드 마스터
WISHBOOKS FUSION FANTASY STORY
이형석 퓨전 판타지 장편소설
17
Wish Books

CONTENTS

►Chapter 1◄

　"내 발판이 되는 건 결코 쉬운 일이 아냐. 마력을 모두 끌어모으면 속도만큼은 따라올 수 있을 거라고? 과연? 죽어라 쫓아와야 할 거다."

　밀리아나는 뒤를 돌아보지도 않은 채 비올라에게 말했다.

　"난 누구처럼 몇 번이나 기회를 주지 않아."

　하지만 그녀의 딱딱한 대답에도 비올라는 오히려 밀리아나의 인정을 느낄 수 있었다.

　"각오하고 있습니다. 전술 대형으로……!!"

　"하압!!"

　비올라가 은빛 서슬을 들어 올리며 소리치자 연합의 기사들이 일제히 방진 형태로 퍼지며 달려가기 시작했다.

　[크르르르……!! 카악!!]

독기를 내뿜었던 혈의 육체가 다시금 처음의 모습으로 돌아왔고 온전한 형태인 녀석은 밀리아나를 향해 달려들었다.

'이제 두 번째.'

카릴은 천천히 혈의 공격을 바라보며 생각했다. 그리고 녀석은 그의 생각을 마치 읽기라도 한 것처럼 기다렸다는 듯이 입을 벌리며 숨을 들이마셨다.

공기가 일순간 빨려 들어가는 것처럼 혈의 몸 안에 채워지더니 녀석의 몸이 크게 부풀어 올랐다.

'안개 들이마시기.'

타락이 주로 쓰는 기술 중 하나였지만 혈의 기술은 그것과는 조금 달랐다. 벨 수 없는 안개도 힘든 상대지만 혈이 뿜어내는 핏물은 더욱 상대하기 어려웠다.

치이이이익……!!

용족화로 보호된 밀리아나의 피부임에도 불구하고 혈이 뿜어내는 핏물과 혈을 벨 때 튀는 핏방울까지 사방에서 녀석의 혈액에 닿는 순간 드래곤의 비늘이 벗겨지며 녹아내리고 있었다.

"크윽?!"

하지만 그녀는 야만의 여왕답게 근성으로 고통을 참아 내며 혈을 베기 위해 검을 찔러 넣었다.

퍼엉--!!

그러자 굉음과 함께 부풀어 오른 혈의 몸이 터졌다. 녀석의 몸에서 뿜어져 나오는 폭풍과도 같은 열기에 밀리아나는 주춤하며 뒤로 물러날 수밖에 없었다.

여기저기 비늘이 벗겨져 그녀의 구릿빛 피부가 여실하게 드러나 보였다.

카릴은 안개 들이마시기를 쓴 순간 이번이 2번째 단계라는 것을 알았다. 그리고 타락을 사냥하기 위해서 마지막 3번째 단계에서 심장을 찔러 넣어야 한다는 것도.

[회색교장에서 백금룡이 우리에게 알려줬던 타락의 산물과 정말로 똑같군. 기억나느냐, 카릴. 네가 교장에 처음 왔을 때, 내가 풀어놨던 마물을 잡았지 않았느냐.]

'물론, 기억한다. 뿐만 아니라 전생에서는 저 혈(血)도 내가 사냥했으니 녀석의 싸움을 모를 리 없지.'

알른은 과거를 떠올렸다.

[하지만 내가 만든 타락과는 비교도 할 수 없는 힘이로군. 나인 녀석이 본다면 놀라 까무러칠 텐데 말이야. 녀석이 만든 슬레이브(Slave)라는 불사의 군단은 저 괴물에 비한다면 새 발의 피로군.]

'신이 만든 것과 인간의 만든 것이 똑같을 수가 있겠나.'

카릴은 그렇게 말했지만 그렇다고 절대 율라의 작품인 혈(血)의 위대함을 칭찬하고자 하는 것이 아니었다. 단지 자신들이 상대해야 할 적이 결코 쉽지 않음을 상기하는 것일 뿐이었다.

하지만 쓰러뜨려야 할 적이기 때문에 카릴은 공략을 알고 있는 싸움이라 할지라도 소홀하지 않았다.

"밀리아나. 물러서지 마라!! 녀석이 폭발하고 난 지금이 놈의 심장을 노릴 기회다!!"

카릴은 그녀를 향해 소리쳤다.

"……젠장!!"

밀리아나는 자신을 향해 파도처럼 쏟아지는 혈액의 폭풍 속에서 욕지거리를 내뱉으면서 자신의 애검, 아크와 게일을 휘둘렀다.

디곤 쌍검술 1결-홍월풍(紅月風).

검을 비스듬하게 치켜세우고서 몸을 회전하며 밀리아나는 자신에게 쏟아지는 혈의 공격을 쳐내려 안간힘을 썼다. 하지만 그녀의 검술로 막아낼 수 있는 혈액보다 밀려오는 혈액의 양이 압도적으로 많았고 결국 뒤로 물러날 수밖에 없었다.

"쿨럭……!"

혈액이 그녀의 얼굴에 튀는 순간 지독한 독기가 밀리아나의 오장육부를 뜨겁게 태우는 기분이었다. 헛기침과 동시에 그녀의 입에서 한 움큼의 혈혼이 흘러나왔다.

"이대로……!!"

자존심 강한 그녀는 물러서지 않으려 했지만, 이성과 달리 그녀의 몸은 도망치고 있었다.

육체는 본능적으로 알고 있었다. 혈의 공격을 그대로 맞았다가는 분명 죽으리라는 것을.

전술-질풍(疾風).

그때였다. 그레이스를 중심으로 모인 기사들이 머리 위에서부터 양옆을 방패로 막아 거대한 원뿔 형태로 혈의 옆구리를 향해 돌진했다.

콰가가가가가가--!!

뜨거운 혈의 핏물을 뚫고 방패로 만들어진 거대한 창이 녀석을 꿰뚫었다.

치이익……! 치익……!!

기사들의 방패 위로 혈의 피가 가득 덮었지만 그들은 말의 고삐를 늦추지 않았다. 몰아치듯 방패가 모인 끝점에서 그레이스의 마나 블레이드를 머금은 검날이 튀어나와 혈의 심장을 노렸다.

[허…… 타락의 핏물에도 녹지 않는 방패라? 노움 늙은이의 세공 마법이 그 정도로 대단했나?]

알른 자비우스는 혈의 공격을 버텨 내는 기사단의 방패를 보며 혀를 내둘렀다.

"저건 무쇠일족의 작품이로군. 게다가 방패에 그려진 저 문양. 아마 천둥일가도 손을 보탠 모양이고."

[흐음?]

"드워프 못지않게 불과 쇠를 잘 다루는 일족이야. 모양은 투박해 보일지 몰라도 오로지 방어만을 위해서 만든 방패인 모양인데…… 목적에 충실하게 만들었군."

카릴은 기사들이 들고 있는 방패의 모양이 어쩐지 예사롭지 않다는 것을 깨달았다.

"언제 저런 걸 다……. 앤섬이 제법 훌륭하게 일을 처리했어. 북부의 이민족들을 대하기 어려웠을 텐데."

그는 한 번 더 앤섬과의 만남이 탁월한 결정이었다는 생각을 했다. 이단섬멸령이 내려졌던 제국 출신이 아닌 공국 출신의 그는 조금이나마 더 북부의 이민족들에게 거부감이 적었고 그로 인해 그들과 친밀도를 높이기 용이했다. 하지만 그런 조건을 떠나 이민족의 능력을 인정하고 자신의 계획을 위해 그들을 적극적으로 기용한다는 것은 결코 자체가 쉬운 일은 아니었을 것이다.

'그 역시 나름의 도전을 하는 중이로군.'

카릴은 그런 생각이 들자 옅게 웃으며 전투를 바라봤다.

"지금입니다!!"

여기저기 화상을 입은 듯 밀리아나는 꼴이 말이 아니었지만 그레이스의 외침에 본능적으로 쌍검을 밀어 넣었다.

"흐아아아아……!!"

일순간 앞을 가로막고 있던 방패의 진형이 마치 문이 열리듯 양쪽으로 벌어지자 그 안에서 밀리아나가 아크와 게일을 있는 힘껏 혈을 향해 찔러 넣었다.

카강!! 카가가가강……!!

두 자루의 쌍검에서 경쾌한 바람이 일어나더니 질풍처럼 혈의 심장에 꽂혔다.

콰지직……!!

하지만 심장에 검날이 박히는 순간 그녀의 얼굴이 살짝 굳어졌다.

"짧았나……?!"

아슬아슬하게 혈의 심장을 그녀의 검이 꿰뚫기 직전 녀석은 양팔을 모아 가로막으며 심장 대신 검을 막아냈다.

꽈득…… 꽈드득…….

밀리아나가 검을 뽑으려 했지만 혈은 고통을 느끼지 못하는 듯 검날을 있는 힘껏 움켜잡았다.

[크르륵……!! 캭!!]

혈이 괴상한 외침과 동시에 녀석의 가슴팍이 열리면서 또 다른 거대한 입이 튀어나왔다. 동시에 그 입에서 붉은 액체가 당장에라도 밀리아나를 향해 뿜어질 듯 뭉글거리며 뭉치기 시작했다.

"흐아압!!"

그때였다. 혈을 둘러싼 기사들이 있는 힘껏 방패로 혈의 주위를 압사하듯 밀어붙였다. 동시에 그레이스가 밀리아나의 옆구리 사이로 검을 찔러 넣었다.

판피넬 가전검술-제비 나비(Papilio bianor).

그의 검이 수직으로 꺾인 후 곧장 지면과 평행하게 쇄도하며 마치 새의 날갯짓처럼 불규칙적인 궤도로 검격을 쏟아냈다.

콰아아아앙--!!

요란한 폭음과 함께 그의 검이 반쯤 부서진 타락의 심장에 정확히 꽂혔다.

[크아아아!!]

혈의 비명이 들렸고 동시에 그레이스와 밀리아나의 몸이 충격에 튕겨 나갔다.

주륵- 주르륵--

혈의 심장에서 지금까지와는 달리 검은 핏물이 쏟아져 흘렀다.

"후우, 후우, 후우……."

그레이스는 충격도 잊은 채 벌떡 일어나서는 혈에게서 눈을 떼지 않았다. 단 일격에 불과했음에도 자신의 공격이 성공했음에 그는 엄청난 압박감을 이겨낸 일종의 희열감으로 입술이 떨렸다.

"발판치곤 제법 쓸 만하네."

밀리아나는 가볍게 떨리는 그의 어깨를 툭 치면서 말했다.

"후읍…… 훕. 별말씀을. 기사단이 빈틈을 만들어줬기 때문에 가능한 일이었습니다."

"그래, 기사다운 모범 답안이군. 내가 만든 빈틈이긴 하지만, 네 군주와 기사들의 노력을 인정하지 않을 수 없겠어."

그녀는 자신의 공을 비올라에게 돌리는 그레이스의 모습을 보며 피식 웃었다.

"어쨌든 이겼군."

밀리아나는 홀가분한 듯 손을 털면서 말했다.

쿠그그그그…… 쿠그그…….

그때 검이 박힌 심장째로 쓰러진 혈이 천천히 몸을 일으키기 시작했다. 지겨울 정도로 끈질긴 생명력이 아닐 수 없었다.

"말도 안 돼……"

그 광경에 그레이스는 조금 전 느꼈던 고양감은 사라진 듯 떨리는 눈으로 낮은 탄성을 터뜨렸다.

"타락은 불사(不死)란 말인가?"

"앞으로 저런 괴물과 싸워야 한다니……"

아주 낮은 목소리였지만 후방에서 들려오는 말들에 비올라는 자신의 기사들이 불안해하는 것을 직감했다.

"진정해라. 죽이지 못했단 것은 우리의 실력이 못 미친 것을 의미한 것이지 난공불락을 의미하는 것이 아니다."

불안감은 쉽게 전염된다. 예전의 그녀였다면 그 파도에 휩쓸려 자신도 어찌할 바를 몰랐겠지만, 지금은 달랐다.

"이제 첫 전투를 치렀을 뿐이다. 몇 번이든 부딪혀 방법을 찾아내는 것이 가장 먼저 타락과 싸우는 명예를 얻은 우리 연합 기사단이 해야 할 일이다."

"넵!!"

"알겠습니다."

"……송구하옵니다."

다그치지 않았지만 그녀의 말에 기사들은 안정을 되찾았다.

신(神)과의 싸움. 그것은 계란으로 바위를 치는 것임을 모두가 알고 있는 일이었으니 첫 전투에 쉽게 승리를 얻을 수 있으리란 기대는 욕심이었다.

하지만 알면서도 피어나는 불안감. 비올라는 그 위기의 순간에 여왕의 면모로 그들에게 다시 한번 용기를 불어넣어 주었다.

"옳은 말이다."

그 순간 기사들 사이에서 천천히 카릴이 걸어 나왔다. 모두의 시선이 그에게 쏠렸다.

"수고했다."

카릴은 부서진 혈이 점차 회복되는 것을 바라보며 숨을 헐떡이는 밀리아나의 어깨를 가볍게 두들겼다.

"타락을 파괴하기 위해서는 심장을 부숴야 한다. 그러기 위해서는 기본적으로 녀석의 독기를 막아내야 하지."

그러고서 비올라를 향해 말했다.

"독기를 뚫는 방법에 대해서 난 얘기하지 않았다. 처음부터 너희들에게 맡기려 하지 않았으니까. 사실 최초의 타락에 대하여 준비가 부족하리라 생각했거든. 하지만 내가 너무 너희를 가벼이 생각했어. 적에 대해서 알지 못한들 모든 경우에 대한 준비하려 노력했으니까."

카릴은 바닥에 쓰러져 있는 반쯤 녹아버린 거대한 방패를 들어 올렸다.

"너희는 내가 알려주는 길만이 아니라 스스로의 방식으로 적과 싸우려 했다."

그것은 단순히 그들의 사기를 올리기 위한 칭찬만은 아니었다. 자신과 달리 그들은 타락과의 싸움이 처음이었다. 당연히 정보가 없는 것도 전생과 비교한다면 똑같았다.

하지만 비올라가 말했듯이 그들은 인간의 역량으로써 전쟁에서 승리하기 위한 모든 방법과 대비를 준비했다. 그리고 최초의 타락 사냥에 앞서 엄청난 희생을 치렀던 전생과 전혀 다른 양상으로 전투를 이끌어 가고 있었다.

"독기를 뚫는 것만으로도 결코 쉬운 일이 아닌데 너희는 그 안에서 녀석의 심장을 찾아 정확히 검을 찔러 넣었다. 솔직히 말해서 불가능에 가까운 일이지."

밀리아나는 카릴의 말에 살짝 인상을 찡그렸다.

"못 죽였어. 그럼 실패지."

"아니, 가능성을 보여준 것이지."

카릴은 들고 있던 방패를 있는 힘껏 던졌다.

퍼억--!!

부서진 방패가 부메랑처럼 회전하며 날아가 회복하고 있던 혈의 머리에 정확히 박혔다. 녀석의 머리가 터져 나가듯 검은 연기와 함께 붉은 핏물이 주르륵 바닥에 흘렀다.

"승리의 가능성을."

[크륵…… 크르륵…….]

머리가 날아갔음에도 불구하고 녀석은 가슴에 붙은 거대한 입으로 괴상한 신음을 내며 재생을 하려고 안간힘을 쓰는 듯 싶었다.

"그러니 이제 내가 너희들이 보여준 가능성을 확신으로 바꿔주마."

저벅- 저벅- 저벅-

카릴은 천천히 혈을 향해 걸어갔다. 전장에 있는 모든 사람이 아무렇지 않게 최초의 타락을 향해 다가가는 그의 모습에 긴장 가득한 눈빛으로 바라봤다.

"너희가 약해서가 아니다. 너희에게 부족한 것은 결코 실력이 아냐. 그저 약간의 정보일 뿐."

카릴은 바닥에 꽂힌 밀리아나의 검을 뽑아 천천히 검날을 세웠다.

우-우-우-우-웅…….

그의 손에서 흘러나오는 라시스의 빛이 쌍검 중 한 자루인 아크(Ark)에 머무르자 금빛으로 빛나기 시작했다.

"내가 그것을 너희에게 줄 수 있으니. 지금부터 잘 지켜보도록 해라. 신이 자신 있게 내보인 최초의 타락은 신살(神殺)의 교본이 되어 하나부터 열까지 낱낱이 파헤쳐져 부족한 지식을 채워줄 것이니……."

카릴은 나지막한 목소리로 말했다.

"이 전투가 끝나면 감사의 의미로 조각조각 난 녀석의 시체를 저 위에 있을 율라가 가장 잘 볼 수 있도록 대륙에서 가장 높은 산에 걸도록 해라."

[해부라…… 나조차도 생각하지 못한 기가 막힌 발상이로군. 인류를 공포로 몰아넣을 괴물을 오히려 신살의 길로 인도해 줄 제물로 쓰겠다니.]

알른 자비우스는 혈을 향해 걸어가는 카릴을 향해 나지막하게 웃었다.

[좋아. 아주 좋구나. 그야말로 율라의 표정을 보고 싶을 지경이야.]

그는 만족스러운 듯 검은 형체로 상공을 날 듯 카릴의 주위를 훑으며 말했다.

"지금부터 잘 보도록 해라. 타락은 신에 의해 탄생했지만 암흑의 힘을 가진 존재들이지. 그렇기 때문에 녀석의 독기를 막기 위해서는 신성력이 필요하다."

카릴이 손을 한 번 휘젓자 라시스의 날개가 한 번 펄럭이더니 그 빛이 몸을 천천히 감쌌다.

'전생에만 하더라도 교단의 힘으로 타락과 싸웠었지. 그때는 이 싸움이 신을 위한 신전(神戰)이라 생각했으니까.'

하지만 지금은 사제들의 신성력이 없어도 라시스의 힘으로 같은 효과를 낼 수 있었다. 아니, 오히려 더 짙은 광휘의 힘을 발휘할 수 있으니 지금의 카릴은 타락과의 전투에서 훨씬 더 유리한 위치에 있었다.

"하지만 신성력을 대신할 방법을 너희는 내게 직접 보여줬다.

그것만으로도 대단한 일이야."

카릴의 말에 기사들은 고양된 얼굴로 그를 바라봤다. 하지만 비올라가 말했듯이 모든 전장을 그 혼자서 감당할 수는 없는 일이었다. 말을 하지는 않았지만 기사단의 방패 진형을 통해 무구로 타락과의 격차를 어느 정도 보완할 수 있음을 보여주었어도 역시나 신성력의 부재는 아쉬움이 남았다.

성녀 라엘 스탈렌을 죽임과 동시에 신에 대항하려는 카릴로서는 사제들의 도움을 받는 것은 어려운 일이었다.

하지만 교단에 대한 카릴의 안배는 분명 존재했다.

바로, 유린 휴가르. 카릴은 그가 이 전쟁에 가장 중요한 키워드가 될 것임을 알고 있었지만 기사들의 사기를 위해 지금은 말을 아꼈다.

스캉--!!

있는 힘껏 카릴이 아크를 긋자 검날이 빛을 뿌리듯 날아가 정확히 혈의 심장에 정확히 꽂혔다.

부르르르르……!!

검에 박힌 심장을 움켜쥐며 녀석의 몸이 떨렸다.

"타락의 가장 악랄한 점은 절대로 마지막의 마지막까지 자신의 전력을 숨긴다는 것이다. 녀석들은 상대방을 한없이 방심하게 만들려고 한다. 약점이 심장이긴 하지만 완벽하게 터뜨리기 전까지 녀석은 결코 죽은 것이 아니니까."

혈은 뭔가를 말하려는 듯 손을 뻗어 카릴을 향했지만 그의 입에서는 비명조차 들리지 않았다.

[세엑…… 세에엑……]

쇠를 긁는 듯한 괴상한 소리와 함께 혈의 육체는 시커먼 재가 되어 점차 바스러지기 시작했다.

짜악-

하지만 카릴은 죽어가는 녀석의 모습에도 아랑곳하지 않고 오히려 얼굴을 움켜잡았다. 조금 전 날렸던 방패에 반쯤 부서진 머리가 그의 손안에 정확히 잡혔다.

"하지만 타락의 심장을 파괴하는 것도 결코 쉬운 일이 아니다. 무턱대고 찌르는 것이 아니라 심장이 세 번째 팽창을 했을 때 충격을 가해야 하지."

"세 번째?"

[크륵…… 크르르륵……]

"그래. 밀리아나, 네 공격은 나쁘지 않았어. 하지만 녀석이 뿜어낸 혈액을 피하느라 조금 늦은 타이밍에 부풀어 올랐던 심장이 다시 수축하고 말았지."

카릴은 아직 재생되지 않아 존재하지 않는 혈의 눈과 입을 마치 가리는 것처럼 손으로 얼굴을 누른 채로 검을 찔러 넣었다. 가슴, 옆구리, 어깨 할 것 없이 계속해서 검을 쑤셔 넣는 모습은 잔혹했지만, 그 누구 하나 그 적에게 자비를 베풀 생각 따윈 없었다.

"그것을 단계라 부르며 그 이외에 충격으로는 녀석을 죽이지 못하고 자칫 잘못하면 폭사하는 결말이 벌어질 수도 있다. 그 파괴력은 대마법사의 마법을 뛰어넘는다. 아마 이 일대를 완전히 파괴시키고 말았겠지."

꿀꺽-

몇몇 기사들은 자신도 모르게 마른침을 삼켰다.

[클클……. 쫄지 마라, 녀석들아. 그 폭발을 막기 위해서 이 몸이 있는 것이니까. 그리고 그보다 더 대단한 네 녀석들의 주군이 앞에 있는데 뭐가 문제더냐.]

알른은 그런 그들을 향해 혀를 차며 말했다.

"단 한 번의 폭발로 1개 군단이 완전히 소멸해 버릴 정도의 위력이다. 수천, 아니, 수만 명의 목숨을 앗아 갈 정도로 끔찍한 놈이지."

푸욱-

[크아아아아악!!]

카릴이 마지막 검을 찔러 넣는 순간 혈을 괴상한 비명을 질렀다.

"타락은 영악한 놈이야. 당장에라도 죽을 것처럼 보이지만 녀석은 빛의 힘이 담긴 검날에 수차례 찔리고도 아직도 죽지 않았지. 놈은 여전히 연기하고 있는 거다. 다들 기억해라. 빈틈을 노리는 이놈의 눈을."

콰아아아아아아앙--!!

그때였다. 카릴이 혈의 목을 베어 머리를 떼어내려 검을 그으려는 순간 엄청난 굉음과 함께 혈의 몸이 폭발했다.

"크윽?!"

"무, 무슨……!!"

강렬한 모래바람이 일었고 주위의 기사들은 그 충격에 자신의 몸을 제대로 가누지 못하고 튕겨 나가듯 쓰러졌다. 요란한 와중에도 고든 파비안과 크웰 맥거번만큼은 자세를 흐트러지지 않고 카릴에게 집중했다.

"너도 같은 생각을 하는 거냐. 크웰."

고든은 뭔가를 알고 있는 것 같은 말투로 말했다. 하지만 그의 물음에 크웰은 아무런 대답을 하지 않았다.

"비록 내가 널 데리고 왔으나 사실 네가 억지로 끌려 올 위인도 아니고 이제는 솔직해져야 할 때가 된 거겠지."

"그건 나와 카릴의 문제다."

"어련하시겠어. 하지만 이제는 예전에 네가 알던 이민족의 고아가 아니라는 것만 명심해라."

두 사람은 뜻 모를 대화를 주고받았다. 밀리아나는 그 둘을 의식한 듯 힐끔 바라보며 살폈다.

"저게…… 놈의 진짜 모습인가."

하지만 그것도 잠시 폭풍 속에서 드러난 혈의 모습을 본 에이단의 중얼거림에 그녀를 비롯해서 그곳에 있는 모든 사람이 앞을 바라봤다.

"……!!"

그 순간 밀리아나는 자신도 모르게 오금이 저리는 느낌에 몸을 가볍게 떨었다.

[크르륵!! 크륵!!]

혈의 몸이 급속도로 팽창하더니 드래곤의 크기만큼이나 거대해져 자신들을 내려다보고 있었다. 조금 전까지만 하더라도 인간이 형태였던 녀석은 이제 두 팔로 땅을 짚고서 마치 네발 짐승의 모습으로 카릴을 향해 포효를 토해냈다.

쿵……! 쿠쿵……!!

녀석이 한 발 한 발 내디딜 때마다 지면이 울렸다. 거대한 발자국이 움푹 들어가며 선명하게 바닥에 찍혔고 가슴에 있던 거대한 입이 벌어지더니 그 안에서 날카로운 이빨들이 돋아나 카릴을 향해 날을 세웠다.

"네피림이든 타락이든 비명은 똑같이 지른다고 했던 내 말을 기억해라. 비명을 지른다는 것은 고통을 안다는 것. 고통을 안다는 것은 죽음에 대한 두려움을 가지고 있다는 것이겠지."

툭-

모두가 혈의 변이에 놀라 눈을 떼지 못하고 있을 때 카릴만큼은 담담한 목소리로 말하며 녀석의 앞에 들고 있던 뭔가를 던졌다.

"저것이 마지막 변이다. 녀석은 먹잇감이 자신이 파놓은 함정이 실패했을 때 본 모습을 드러내지. 그리고 그것은 녀석이 겁을 먹었다는 증거이기도 하다."

스르릉-

카릴은 천천히 폴세티아의 검을 뽑았다. 검날이 없는 마법 검임에도 불구하고 검이 움직일 때마다 마치 날붙이가 바람을 가르는 듯한 소리가 들렸다.

파앗-!!

그 순간 그의 모습이 사라지며 희뿌연 먼지 폭풍만이 그가 지나간 길을 보여주듯 길게 꼬리를 그리며 질주하기 시작했다.

[카아아악!!]

혈의 가슴이 열리며 벌어진 입안에 붉은 심장이 보였다. 가장 먼저 눈에 띄는 녀석의 약점이다.

'미끼.'

아니, 치졸한 속임수였다. 마치 공격하라고 보이는 그 빈틈을 노렸다가는 오히려 당하고 말 것이다. 녀석은 마지막의 마지막까지 인간의 방심을 유발시키려 하고 있었다.

콰직!!

지축을 뒤흔드는 소리와 함께 사방으로 튀는 파편들을 밟으며 카릴의 몸이 혈의 앞뒤, 양옆으로 마치 순간이동을 하는 것처럼 사라졌다 나타났다를 반복했다.

쿠우우웅!!

혈의 등 뒤로 돌아온 순간 카릴이 한쪽 무릎을 접고서 반대쪽 다리를 쭉 뻗어 원을 그리듯 속도를 줄이며 검을 그었다. 회전하는 몸을 따라 폴세티아의 검이 선명한 궤도를 그리며 혈의 허리를 베었다. 검날이 푸르게 빛나더니 검이 마치 뱀의 그 것처럼 녀석을 날카롭게 파고들었다.

후웅!!

하지만 그 순간 혈은 아랑곳하지 않고 거대한 팔을 들어 올 려 카릴을 노리며 휘저었다. 녀석의 팔에 돋아 난 날카로운 발 톱은 하나하나가 매서운 검같이 카릴을 조여 왔다.

부우우웅-!!

카릴이 공중제비를 하며 뒤로 뛰어오르자 조금 전 그가 있 었던 자리를 아슬아슬하게 혈의 발이 지나갔다.

1번째 왕관 자세(Crown Posture).

카릴이 공격을 피하며 반격기를 펼침과 동시에 허리에 차고 있던 얼음 발톱을 꺼내었다.

무색기검(無色氣劍) 변형 1식, 2번째 외뿔 자세(Unicorn Posture).

얼음 발톱이 날카로운 검명을 쏟아내기 시작했다. 하지만 놀랍게도 혈은 눈으로 거대한 몸집임에도 불구하고 카릴의 검 을 하나하나 막아냈다.

쉴 새 없이 쏟아지는 검격의 충돌.

파직-!!

카릴이 라크나를 찔러 넣는 순간 혈의 입안에서 붉은 혈액 이 쏟아졌다.

"조심……!!"

지독한 독성임을 경험해 봤던 밀리아나는 그 광경을 보자마자 소리쳤다.

섬격(殲擊).

카릴은 그 순간을 기다렸다는 듯 두 자루의 검날을 있는 힘 껏 부딪혔다.

콰가가가가가강--!!

섬뜩한 검격에 혈이 뿜어내는 핏물이 공중에서 폭파되며 흩어졌다. 그 안으로 파고들며 카릴이 혈의 가슴에 달린 거대한 입술의 위아래를 양팔로 움켜잡고서 잡아당겼다.

"타락을 상대하는 방법은 다양하다. 혈의 육체는 살아 있는 것처럼 보이지만 실제로는 연기에 가깝지."

쫘득……! 쫘드득……!!

혈은 잡아 당겨지는 입을 닫으려 안간힘을 썼지만 점차 벌어지는 입술은 당장에라도 뜯어질 듯 위태로워 보였다.

"혈을 저렇게 쉽게……."

[크릭! 크릭!!]

녀석은 뭐라 말을 하려는 것처럼 보였지만 닫히지 않는 입술로 들리는 소리는 그저 괴상한 신음처럼 들릴 뿐이었다.

우지끈!!

카릴이 있는 힘껏 녀석의 거대한 입을 찢어발기자 사방으로 살점들이 떨어져 나갔다. 사람들은 압도적으로 밀어붙이는 전투에 믿을 수 없다는 듯 혀를 내두르고 말았다.

츠으으윽…… 츠즉…….

떨어진 조각들이 지면에 닿는 순간 검은 연기를 내며 타들어 갔다.

"하지만 생명에 위기를 느끼고 야수화가 진행되었을 때는 녀석의 육체에 직접적인 타격을 줄 수 있게 된다."

쿵- 쿵- 쿵-

심장이 보였다. 그레이스의 부러진 검날이 반쯤 박혀 있었지만 어느새 녀석의 심장은 그 검날과 동화되어 상처가 치유된 지 오래였다. 참으로 질긴 생명력이 아닐 수 없었다.

"어디부터 잘라줄까."

하지만 카릴은 오히려 그 모습에 입맛을 다시듯 녀석의 심장을 바라보며 말했다.

"……우리가 주군처럼 싸울 수 있을까?"

에이단은 혈을 압도하는 카릴의 모습에 넋을 잃은 듯 중얼거렸다.

"힘들겠지."

그의 혼잣말을 들은 걸까.

카릴은 혈의 왼쪽 다리를 먼저 자르고선 바닥에 떨어진 잘린 다리를 검으로 튕겨 알른에게 던지며 말했다.

"하지만 방법은 있다."

"……네?"

에이단은 그의 말에 고개를 들었다. 그뿐만이 아니라 다른 사람들도 모두 그에게 집중했다.

"지금보다 더 강해질 수 있는 방법."

카릴은 눈을 빛내는 그들을 바라보며 말했다.

[이걸 노렸군.]

알른 자비우스는 어째서 쉽게 잡을 수 있을 혈을 상대로 일부러 그가 밀리아나에게 먼저 싸울 수 있는 기회를 주었던 것인지 눈치챘다.

격차를 보여주기 위함이었다. 그리고 그 다음 방법을 제시한다. 그들이 지금 느낀 격차는 막연한 박탈감이 아니라 강해지고 싶은 욕망에 불을 지필 것이었으니까.

"그, 그게 뭔가요?"

에이단이 카릴을 향해 물었다.

"탑(塔)."

그 순간 카릴은 기다렸다는 듯 짧게 대답했다.

"……탑?"

밀리아나는 카릴의 말에 그를 바라보며 물었다.

"타락을 사냥하기 위해서는 결국 심장을 파괴해야 하지만 그 방법에 있어서 좀 더 효율적으로 놈을 잡기 위해 여러 측면에서 공략을 하는 것이 좋다."

서걱-

카릴은 그 다음에 혈의 두 팔을 잘라냈다.

[카락!! 카라라락!!]

혈이 발버둥 쳤지만 짓누르고 있는 카릴의 발에서 벗어날 수가 없었다. 그의 손에 들린 잘린 팔에서 핏물이 뚝뚝 떨어져 지면에 닿을 때마다 시커먼 연기가 피어올랐다.

하지만 마치 도축을 하는 것처럼 그는 아무렇지 않게 해체한 녀석의 살덩이들을 하나둘 차곡차곡 알른의 앞에 던져 놓을 뿐이었다.

"그리고 경험이다. 결국 많이 죽이고 많이 잡아서 사냥법을 몸에 습득하는 것만큼 완벽한 답은 없다는 뜻이지. 에이단, 네가 금역에 갔을 때를 떠올려 봐라."

그의 말대로 에이단은 처음에는 드레이크를 잡는 것만으로도 벅찼지만 시간이 지나면서 그 안에 있던 마물들을 하나둘 공략해 나갔던 것을 떠올렸다.

카릴은 혈의 갈비뼈 안쪽으로 손을 집어넣어 마지막 남은 심장을 적출해 내 그것을 움켜쥐었다.

"저런 게 가능해⋯⋯?"

"여제와 기사단이 합세해서 몰아붙였던 괴물을 여유롭게 가지고 놀고 있군."

카릴의 강함을 이미 알고 있었지만 고든 파비안과 크웰 맥거번은 그의 모습에서 뭔가 알 수 없는 이질감을 느꼈다.

파앗!!

그 순간, 심장 위에 커다란 눈동자가 생겨나더니 마치 촉수처럼 기다랗고 낫같이 날카로운 4개의 팔다리가 튀어나오며 카릴을 향해 공격했다.

캉!! 카가가가강!!

카릴은 두 손바닥을 교차했다. 그러자 그의 앞이 일렁이더니 두꺼운 실드가 생성되며 심장의 공격을 막았다.

"그리고 이게 진짜 본체."

그의 말이 끝남과 동시에 심장이 한 마리의 생명체처럼 혈의 껍질 속에서 도망치듯 튀어나갔다.

"어, 어디로 간 거지?!"

에이단은 황급히 고개를 돌리며 주위를 훑었다. 혈의 심장은 소드 마스터조차도 육안으로 쫓을 수 없을 정도의 빠르기로 날뛰기 시작했다.

"이 상태에서 혈의 심장을 벨 수 있는 실력을 가진 자는 아마 5대 소드 마스터에서도 손에 꼽힐 것이다."

우우우우웅……!!

화르륵!!

카릴이 손을 들어 올리자 그의 손바닥 위에서 작은 구체가 나타났다. 구체는 커다란 천처럼 펼쳐지더니 타락의 심장을 감싸려 달려들었다.

"하지만 의외로 심장이 움직이는 궤도는 단순하다. 눈으로 쫓으려 하지 말고 청각으로 잡고서 공기의 흐름을 예측하면 된다. 녀석의 날과 같은 팔다리는 움직일 때마다 미묘한 소리를 내니까."

꾸륵……! 꾸륵……!!

주머니에 들어간 것처럼 혈이 움직일 때마다 마법 포박이 움찔거리며 들썩였다.

"오오……."

사람들은 혈의 심장을 가둔 카릴의 마법이 단순히 술식으로 체계화된 마법이 아닌 마력 그 자체를 변형시켜 만든 것임을 알았다. 마법을 창조하는 것도 어려운 일이지만 술식 없이 그 원류 그대로를 변형한다는 것은 그보다 더 상위의 기술이 아닐 수 없었다.

"타락에는 여러 종류가 있고 때로는 검으로 죽일 수 없는 놈도 있다."

치이익--!! 치이이익--!!

[카악! 카아아악!!]

심장을 덮은 마법이 빛을 뿜어내자 타들어 가는 소리와 함께 혈의 비명이 들렸다.

"이렇게 때로는 마법이 방법이 될 수도 있다. 하지만 그 이전에 타락의 껍질을 벗기기 위해서는 물리적인 공격이 선행되어야지."

카릴은 붙잡은 혈의 심장을 천천히 손바닥 위에 올려놓고서 말했다.

그 순간 고든 파비안과 크웰 맥거번은 조금 전 느꼈던 이질감의 이유를 알 수 있었다.

너무나도 완벽했기 때문이다. 혈의 함정에서부터 움직임. 그리고 반격까지 물 흐르듯 완벽한 대응이었다. 예지 능력이 있는 것도 아닌데 카릴은 혈의 움직임을 한 수 먼저 예측하고 있었다. 단순히 카릴이 강해서가 아니라 혈이 어떻게 반응을 하고 대처할지를 미리 알고 있는 것 같이 보였다.

"타락을 잡기 위해선 결국 검과 마법 모두 필요하다. 하지만 양립할 수 없는 그 두 힘을 모두 쓸 수 있는 자는 극히 드물다."

"주군을 제외하고 말이죠."

카릴은 에이단의 말에 옅은 미소를 지었다.

"하지만 아이러니하게도 그렇기에 인간은 강할 수 있다. 혼자가 아니기 때문이지. 우리는 오랜 세월 병대(兵隊)의 체계로 구축되어 있으니 기사의 검과 마법사의 마법을 함께 융합할 수 있는 방법을 알고 있다. 결국, 너희가 제시한 방법이야말로 진정 타락을 상대하는 방법인 것이겠지."

파즉-!!

카릴의 마법에 혈의 심장이 압축되듯 뭉개졌다. 녀석의 몸이 부르르 떨리더니 어느새 그마저 멈추고서 축 늘어졌다.

스르르르륵……!!

혈의 심장은 마치 바람이 빠진 풍선처럼 보였다.

[의외로 쉽게 끝났군.]

"이미 타격을 받은 녀석이니까. 사실 놈이 노린 것은 폭사(爆死)였을 거야. 그게 실패하자 마지막 발악을 한 거지."

[흐음, 그런데 녀석을 해부한다고 하지 않았나? 껍질밖에 남지 않은 것 같은데 과연 쓸 만한 게 있을까.]

알른은 사라진 혈의 잔해를 바라보며 아쉬운 듯 말했다.

"걱정 마. 심장 속엔 제법 많은 정보가 담겨 있으니까. 녀석들의 약점부터 여러 가지 대응책을 만들 귀중한 자산이지. 마음 같아서는 저기 남은 육체의 잔해들을 부숴 버리고 싶었지만 율라에게 보내줘야 하니까."

[역시.]

카릴의 대답에 알른은 만족스러운 듯 고개를 끄덕였다.

"이번 한 번의 승리로 들뜨지 마라. 이러한 마물은 앞으로도 계속 나타날 것이다. 저 멀리 보이는 거대한 탑인 파렐(Pharel)이 끊임없이 놈들을 뱉어낼 것이다."

"돌아가서 서둘러 병대를 편성해야겠군요. 기사단으로만 편성된 지금까지와는 달리 마법 기마대를 새로이 짜도록 하겠습니다. 전투는 쉼 없이 열릴 테니까요."

비올라는 빠르게 결단을 내린 듯 말했다.

"옳은 생각이야."

[주군, 심장을 수거해 주신다면 저희 쪽에서 분석하도록 하겠습니다.]

이스라필의 목소리가 들렸다. 그의 말에 카릴은 천천히 고개를 끄덕였다. 압도적인 괴물의 등장이었지만 이곳에 있는 사람들은 전의가 꺾이지 않고 오히려 그에 맞는 새로운 방법을 찾기 위해 노력하고 있었다. 그것은 카릴로서도 상당히 고무적인 일이 아닐 수 없었다.

"주군께서 내려 주신 해답은 결국 혼자서 싸우는 것이 아닌 검과 마법의 합일. 그건 곧 기사와 마법사의 협공을 뜻할 테니까요."

비올라의 말은 생각 이상으로 큰 의미를 가졌다. 지금까지 기사단과 마법병대는 서로 양립하는 세력이었으니까.

"재밌는 계획이 될 것 같네요. 저희는 저희가 할 수 있는 방법으로 싸우겠습니다."

카릴의 대답에 비올라는 기사들을 힐끔 바라보고 말했다.

"이거야 원……."

"앞으로 마법병대와 친해져야겠네요."

기사들은 그녀의 말에 멋쩍은 듯 웃었다.

"하지만 그걸로 끝일까."

조용히 카릴의 말을 듣고 있던 밀리아나는 그들을 훑고서 카릴에게 말했다.

"비올라. 네 말은 틀리지 않았어. 확실히 너희들은 전투의 가능성을 보여줬지. 게다가 곧 대륙 전역에 퍼질 타락에 맞서 군단급 전투가 벌어질 테니까."

그녀의 말에 비올라는 잔뜩 긴장한 얼굴로 그를 바라봤다.

"하지만 난 다르게 생각한다. 우리가 지향해야 하는 것은 단순히 우리의 땅을 습격한 놈들을 섬멸하는 승리가 아니다. 한 사람이라도 더 많은 사람이 다음 날 떠오르는 태양을 볼 수 있도록 하는 것이 목표가 되야 하지 않을까? 왜냐면 이곳은 적진이 아닌 우리가 살고 있는 땅이니까."

카릴은 그녀의 말에 옅은 미소를 지었다.

[혈과의 전투에서 본보기로 밀리아나를 삼은 것이 썩 괜찮은 답이었군.]

알른은 들리지 않게 카릴의 머릿속에다가 그녀에 대하여 역시나 라는 평을 내렸다.

"그럼…… 어떻게?"

"결국 너희가 강해져야 한다. 소수의 강자로 전쟁을 끝낼 순 없지만, 너희가 강해지면 강해질수록 일어날 피해는 더 줄어들 테니까."

카릴은 고개를 돌려 밀리아나를 바라보며 말했다.

"그 해답이 탑이군요."

"그래."

"하지만…… 이제 막 나타난 저 탑은 타락을 쏟아낼 뿐이야. 막아내는 것에도 급급할 뿐일 텐데, 언제?"

그녀의 물음에 카릴은 두 사람을 바라봤다.

"고든 파비안, 크웰 맥거번. 당신들은 당연히 알고 있겠지. 신탁이 내려지고 나타난 저 파렐을 처음 본 것이 아님을 말이야. 그리고 내 의도도 이미 눈치챘을 테고."

"설마……."

그의 말에 크웰 맥거번의 표정이 굳어졌다.

"나는 당신들에게 '그것'에 대해 숨겨서 해결될 일이 아니라 말했다. 왜냐면 우리는 '그것'을 이용할 것이니까."

"하…… 하하."

고든 파비안은 카릴의 말에 역시나 하는 표정으로 웃음을 터뜨리고 말았다.

"강해질 수 있다면 무엇이든 이용한다. 살아남는 것이 가장 중요한 전쟁이니까. 그런 의미에서 천년빙동 속 이(異)차원의 파렐은 우리에게 훌륭한 훈련 장소가 되어줄 것이다."

카릴은 드디어 숨겨놓은 자신의 계획을 말했다.

그의 말에 모두가 경악할 수밖에 없었다. 그가 처음 탑이라고 말을 했을 때 모두가 당연하게도 대륙에 나타난 파렐을 생각했기 때문이었다.

"지금부터 나는 파렐을 탑이라 여기지 않을 것이다. 파렐은 파괴되어야 마땅하지만 그 이전에 우리에게 새로운 길을 제시할 등대가 되어줄 테니까."

"등대라……."

에이단은 그가 한 마지막 말을 되뇌었다.

"강한 힘을 얻고자 하는 것도 영생을 바라고자 하는 것도 아니다. 인간의 욕망을 위해 신살(神殺)을 꿈꾸는 것이 아니라 내가 나고 자란 이 땅에서 살아가기 위한 자유를 바라기에 해야만 하는 것이다."

카릴은 혈의 심장을 움켜잡고서 머리 위로 들어 올렸다.

"이차원의 파렐부터 이 세계의 파렐까지. 저주받은 저 물건은 남김없이 쓸어버린다. 우리가 밟고 있는 이 대륙에 티끌 같은 타락의 흔적조차 용서치 않으리."

전장의 침묵 속에서 그의 목소리가 울려 퍼졌다.

"그러니 나와 싸우자."

전생에는 하나의 탑을 공략하는 것조차 실패했던 그때와 달리 그는 이제 다짐하듯 두 개의 탑을 섬멸함을 이 자리에서 선포한 것이다.

"탑을 공략하라. 너희는 이제 신탁의 10인이 아닌 신살(神殺)의 10인이 되어 나와 함께 오를 것이다."

억겁의 시간 동안 그가 해왔던 일. 누구보다 잘 알고 잘할 수 있는 그 여정을 카릴은 다시 한번 시작하려 했다. 그리고 마지막에 도달했을 때 시간을 거슬러 회귀를 했던 것처럼.

"그 끝에 삶이 있을 것이다."

이번 생애에 카릴은 자신뿐만 아니라 모두의 미래를 바꾸고자 말했다.

"파…… 파렐 공략이요?!"

최초의 타락인 혈이 말살(抹殺)된 이후 선혈동굴을 감싸고 있던 검은 구름은 사라졌다.

천공성이 수도로 돌아온 뒤. 오랜만에 땅을 밟아 보는 사람들은 대지가 주는 안락함을 느끼기도 전에 카릴에게서 내려진 명령에 다들 떠들썩한 분위기였다. 수도는 여전히 복구 중이었지만 네피림들의 승리 이후 타락이 일단락되었다는 것만으로도 도시의 분위기는 안정이 되어 있었다.

물론, 이따금 네피림에게 선공을 벌인 일이나 그로 인한 타락의 등장 모두가 카릴의 탓이라 말하는 자들도 있었지만 이런 일에 능숙한 캄마의 수완으로 거리에서 흉흉한 소문이 들리는 일은 없었다.

"신살(神殺)의 10인이라니……. 멋지네요."

미하일은 에이단에게서 카릴이 혈을 잡고 나서 했던 이야기를 듣자 눈을 반짝였다.

"과연 누가 뽑힐까요?"

"글쎄. 그거야 주군께서 따로 생각이 있으시겠지. 왜? 관심 있어?"

"그야……"

미하일은 에이단의 물음에 멋쩍은 듯 웃었다.

"아서. 네 실력으로 들어갔다가는 발목만 잡을걸. 이번 전투에서도 제대로 타락을 죽이지도 못했으면서. 나는 다섯 마리나 잡았다고."

"하, 하하……"

찬물을 끼얹듯 세리카 로렌이 그의 뒤에서 핀잔을 주자 미하일은 어쩔 수 없다는 듯 어깨를 으쓱했다.

"그래, 네 녀석은 저 꼬마랑 함께 있을 땐 싸울 생각은 꿈에도 하지 마라. 귀찮은 녀석."

나인 다르혼 역시 어쩐 일인지 세리카의 말에 동의하듯 말했다. 하지만 그녀와 함께라는 조건부를 달았다는 것은 이번 전투에서 그의 실적이 세리카로 인해 문제가 생겼었다는 걸 의미한다는 걸 몇몇 사람들은 눈치챘다.

"세리카. 너 나이가 어떻게 되지?"

"올해로 열여섯."

"흐음, 그래도 한 달 뒤면 성인식을 치를 나이라는 건가."

세리카는 그걸 왜 묻느냐는 얼굴로 에이단을 바라봤지만 그는 어쩐지 의미심장한 얼굴로 미하일의 어깨를 가볍게 두들겼다.

"아직은 좀 참아라. 몇 달 안 남았으니."

"……네? 무, 무슨!!"

"그래, 이 나사 빠진 녀석아. 네 몫이나 제대로 하고 남을 생각해라. 누가 누굴 도울 처지야?"

반박하는 미하일이었지만 에이단의 말에 오히려 나인 다르혼이 더욱 핀잔을 줄 뿐이었다.

"그런데 우리를 이렇게 불러놓고는 정작 주인공은 뭘 하고 있는 거야?"

나인 다르혼은 귀찮다는 듯 등받이에 기대며 말했다.

커다란 연무장. 원래대로라면 과거 제국의 기사단들이 훈련을 했던 이곳에는 그들뿐만 아니라 제법 많은 인원이 모여 있었다.

밀리아나와 세 자매, 키누 무카리, 카일라 창, 베이칸, 하시르, 화린, 릴리아나, 파툰, 쿤타이, 그레이스 판피넬, 가네스 아벨란트…… 또한 제국의 사람들도 있었다.

크웰 맥거번을 비롯하여 세르가, 자켄 볼튼, 카딘 루에르 등 내로라하는 강자들과 그들의 뒤에 묵묵히 서 있는 란돌까지. 모두가 카릴의 수하들이었으나 오랜 세월 깊어진 북부와 남부 그리고 제국 간의 골은 쉽게 좁혀지지 않는 듯 연무장 안에는 보이지 않는 벽이 있는 것처럼 서로 갈라서 있었다.

"연무장에서 흘러나오는 마력 때문에 숨이 답답할 정도야. 자유국에 쓸 만한 자들은 모두 모여 있는 것 같은데…… 이유야 하나뿐이겠지."

나인 다르혼의 말에 밀리아나는 연무장의 입구를 주시하며 카릴을 기다리며 말했다.

"10인의 명단을 오늘 발표하시는 걸까요?"

"아마도."

"돌아오자마자 또다시 전투인가……. 우리의 주군은 정말 지독하게 사람을 다루는군."

"평온함에 안주해 쉬다가는 약해질 뿐이다. 그것은 스스로 적에게 목숨을 갖다 바치는 것과 다르지 않아."

나인 다르혼과 달리 밀리아나는 오히려 몸이 근질거리는 듯 말했다. 그도 그럴 것이 혈과의 전투에서 그녀는 제대로 된 일격을 가하지 못했던 것이 못내 마음 한편에 남아 있었기 때문이었다.

"당연히 뽑힐 거라고 생각하는 모양이군."

"두말하면 잔소리. 나를 제외하고 여기서 탑을 공략할 만한 사람이 누가 있겠어."

자신만만하게 말하는 그녀의 모습에 다른 사람들은 입꼬리를 올리며 옅게 웃었다.

"그래. 혈기왕성한 말이 다루기도 좋지."

모습은 어려 보여도 밀리아나의 나이보다 배는 훌쩍 넘게 살아온 나인 다르혼은 여유로운 모습으로 말했다.

"과연……."

여기저기에서 농담을 주고받으며 대화가 이어졌지만 사실 연무장 안에 모인 사람들은 그저 떨림을 감추기 위해 일부러 더 그러는 것처럼 보였다.

[정말 이렇게 할 거냐.]

연무장에 사람들이 모여 있다는 보고를 받고 나서도 카릴은 쉽사리 움직이지 못했다.

"흐음."

그는 탁자 위에 종이 한 장을 두고 오랜 시간 동안 물끄러미 바라보고 있었다.

"역시 이게 최선이다."

하지만 이른 저녁 자리에 앉아 처음 종이에 글을 적어 내려간 이후 동이 튼 다음 날이 되었을 때까지 그는 단 한 글자도 바꾸지 않았다.

[네가 그리 말하니 맞겠지. 이미 말을 꺼내기 전부터 머릿속에 생각해 둔 자들인 것 같으니.]

"우리에게 주어진 시간은 그리 많지 않아. 당신은 내 기억을 봤으니 알겠지. 열 개의 재해(Ten Disasters)의 두 번째 타락인 헤크트(Hekqet)는 어떤 의미에서 나 혼자서 해결할 수 있는 문제가 아니라는 것을."

[흐음, 과연…… 그렇다 하더라도 네 뜻을 저치들이 제대로 이해할는지 의문이군.]

"두 번째 재해를 대비하는 것은 앞으로의 싸움에서 중요하다. 내가 없어도 그들끼리 헤크트를 막아야 하니까."

카릴은 뭔가를 계획하고 있는 듯 말했다.

[마음을 굳힌 모양이로군.]

"이대로 가만히 파렐이 내뿜은 타락들을 상대하다가는 전생과 똑같은 결과를 반복할 뿐이다. 앉아서 당하고만 있어 줄 순 없지."

열 개의 재해. 그것은 최초의 타락인 혈(血)을 시작으로 앞으로도 타락의 침공이 아홉 번은 더 남아 있다는 것을 의미했다. 하지만 카릴에게 있어서 미래를 알고 있기에 대비한다는 것은 단순히 타락의 약점에 맞춰 그들을 격파한다는 것이 아니었다.

'결국 전쟁은 우리의 영토에서 일어나는 것이다. 아무리 잘 막는다고 하더라고 결국 피해를 입을 수밖에 없는 일. 열 개의 재해가 모두 일어나기 전에 파렐을 무너뜨린다.'

그것이 카릴이 생각한 계획이었다.

'그러기 위해선⋯⋯.'

카릴은 자신의 앞에 놓인 종이에 적힌 이름들을 다시 한번 보고는 고개를 끄덕였다.

"역시 이들밖에 없어."

그는 탁자 위에 놓인 종이를 접어 들고서 자리에서 일어섰다.

[그런데⋯⋯.]

알른은 문고리를 잡고 나가기 바로 직전 카릴을 향해 말했다.

[네가 이번 전투에 빠진다는 것은 백번 양보해서 이해한다고 치자. 하지만 전생에 신탁의 10인이었던 자마저 모조리 빼고서 천년빙동의 파렐을 공략하는 것이 가능한 일이긴 한 게냐?]

그 순간 카릴은 뜻 모를 모호한 웃음을 지었다.

[⋯⋯한바탕 난리가 나겠군.]

그 웃음을 보며 알른은 어찌할 도리가 없다는 듯 고개를 저었다.

"자, 잠깐⋯⋯!!"

단상 위에 서 있던 카릴이 종이에 적힌 마지막 이름을 부르자 밀리아나는 납득할 수 없다는 얼굴로 소리쳤다.

"정말 그게 끝이야?"

"그래. 끝이야."

"말도 안 돼!! 파렐을 공략하는 건 명예를 떠나서 가장 어려운 과업 중 하나야! 그런데 저런 잔챙이들로 그 모험을 감행하겠다고?"

미하일은 밀리아나의 손가락이 자신을 향한 순간 움찔거리며 그녀를 바라봤다.

"그건 나도 이해가 안 되는걸. 어째서 미하일이 뽑히고 나는 제외된 거지?"

세리카 로렌 역시 이해가 가지 않는다는 얼굴이었다.

"말을 가려서 해, 세리카. 주군이 네 친구는 아닐 텐데?"

"뭐?"

에이단은 차갑게 그녀를 향해 말했다. 평상시에는 허물없는 사이라도 그는 카릴이 얽힌 문제에서만큼은 확실했다.

"공략이라고는 하지만 대륙에 나타난 진짜가 아니라 북부에 잠들어 있는 천년빙동 속의 유적일 뿐이다. 현재의 파렐이 언제 다시 가동될지 모르는 상황에서 전력을 모두 투입할 순 없다."

"외람되지만 아무리 그래도 이건 납득하기 어려운 편성입니다. 빙동 속의 이차원 파렐 역시 저희들에게는 미지의 영역이니까요. 좀 더 실력이 뛰어난 자들을 공격대원으로 뽑는 것은 어떠십니까?"

"그들을 믿지 못하나? 이 자리에 있는 사람들은 모두 함께 싸운 동지라 생각하는데. 아니면 네 실력을 믿지 못하는 건가."

"그건……."

미하일은 카릴의 말에 아무런 대답도 하지 못했다. 그도 그럴 것이 밀리아나를 포함하여 나인 다르혼, 에이단, 수안 하자르 등등 소드 마스터와 대마법사의 반열에 오른 사람들은 전부 뽑히지 못했기 때문이었다.

'주군께서는 도대체 무슨 생각이시지?'

파렐 공략대로 뽑힌 인원은 하시르, 지그라, 베이칸, 키누 무카리, 릴리아나, 화린, 카일라 창과 톰슨과 자신을 포함한 마법사였다.

구성은 극명하게 갈렸다. 특히 전사들은 모두 마력이 없는 자들뿐이었다. 단지 예외가 있다면 공략대원 중 유일한 제국인인 란돌 맥거번이 있다는 것이었다. 그 역시 자신이 호명되었다는 것에 어리둥절한 표정이었다. 그에 대한 평가 역시 엇갈렸기 때문이었다.

카릴에게 충성을 맹세했지만 제국이 무너지고 크웰 맥거번이 자신의 저택에서 칩거했을 때 그 역시 아버지를 설득하겠다는 이유로 영지로 갔었다. 하지만 항간에는 그것이 카릴을 배신하고 맥거번가(家)로 돌아간 것이 아니냐는 말들이 나왔었기 때문이었다.

"화린."

카릴은 공략대에서 가장 강한 실력자이자 리더로 뽑힌 그녀의 이름을 불렀다.

"내가 어째서 이들을 뽑은 것인지 너는 출발 전까지 곰곰이 생각해 보도록 해라."

"이유가 있다는 뜻이로군."

화린이 살짝 눈을 찡그리면서 대답하자 카릴은 담담한 얼굴로 돌아섰다.

"이상이다. 호명된 자들을 각자 짐을 꾸리도록 하고 나머지 인원들은 추후에 내가 명령을 하기 전까지 대기하도록."

짧게 말을 마친 그가 나서자 연무장 안은 더욱더 소란스러워지기 시작했다.

"날 부른 이유는?"

어두운 지하. 제국의 역대 왕들이 잠들어 있는 무덤은 허가된 자들만이 들어올 수 있는 곳이었다. 비록 제국은 몰락했지만 이전 황제의 시신들은 잘 보존되어 있었다.

"한 가지 해줘야 할 일이 있어."

연무장에서 돌아온 카릴은 자신의 방으로 돌아가지 않고 어쩐 일인지 황가의 무덤에 있었다. 그는 들려오는 목소리에 기다렸다는 듯 천천히 고개를 돌렸다.

"파렐 공략대에 날 제외시키더니 이런 음침한 곳에서 다른 일로 부려먹으려고?"

"의외인걸. 네가 탑에 가는 것을 흥미 있어 할 거라고는 생각하지는 못했는데. 케이 로스차일드."

카릴은 그녀를 바라보며 웃었다.

"할 일은?"

"시체 하나를 부활시켜 줘."

"언데드를 만들라는 의미야? 전투 인원을 보충하려는 거라면 나보다 나인 다르혼에게 시키는 게 나을 텐데. 로스차일드 가문의 인형술은 가주가 있어야만 움직이니까."

"대신 나인 다르혼이 만든 슬레이브처럼 의지 없이 명령만 따르진 않지. 내가 원하는 건 전투가 아니라 대화거든."

"……그런 이유였군. 어쩐지 당신이 이 시체를 처리하지 않고 그대로 두는지 의아했어."

케이 로스차일드는 미이라가 된 시체들과 달리 온전히 누워 있는 하나의 시체를 바라보며 담담한 목소리로 말했다.

[네가 말한 황가의 피가 필요한 때인가?]

일전에 자리에 없었던 케이와는 달리 그녀의 뒤에 있던 자르카 호치는 카릴과 했던 대화를 기억하며 말했다.

"할 수 있겠지?"

케이는 대답 대신에 누워 있는 시체 위에 손을 가져갔다. 그녀의 입에서 주문이 흘러나오자 자줏빛의 빛무리가 어둠 속에서 흐르기 시작했다. 그녀가 읊조리는 것은 마법어도 룬어고 아니었다. 오직 로스차일드 가문에서만 사용되는 밀어(密語)였다.

"로스차일드의 인형술은 평범한 흑마술과는 달라. 죽은 시체라 하더라도 강제로 부활시키는 것이 아니라 영혼의 의지가 있어야 계약을 할 수 있는 것이니 그가 사령이 될지 안 될지는 모르는 일이야."

"그건 걱정 마. 녀석은 누구보다 날 만나고 싶어 할 테니까. 설령 나쁜 의미라도 말이지."

카릴은 케이의 말에 차갑게 대답했다.

"올리번."

그 순간, 창백한 시체가 천천히 눈을 떴다.

►Chapter 2◄

"내가 할 일은 다 했어."

케이 로스차일드는 눈을 뜬 시체를 바라보며 나지막한 목소리로 말했다.

"심문을 위한 거라면 난 딱히 도움이 안 될 거야. 인형술로 강제로 깨웠을 뿐 그는 나와 계약을 하지 않았으니 명령을 내릴 수 없거든."

그녀는 어깨를 으쓱했다. 사자(死者)가 깨어나는 모습을 태연하게 바라보는 그녀는 이제 시체를 다루는 것이 아무렇지 않은 듯 보였다.

"다만 그에게 흘려보내는 마력을 중단하면 영원히 잠들게 될 거야. 만약 그가 삶에 아직도 미련이 있다면 협박용으로는 쓸 수 있겠지. 그게 과연 두 사람의 대화에 의미가 있는 카드가 될지는 모르겠지만 말이야. 내가 해줄 수 있는 것은 그 정도뿐이야."

카릴은 고개를 끄덕였다.

"자리를 물러나야겠지?"

어떠한 얘기하지 않았지만 케이는 아무런 이유 없이, 그것도 파렐 공략대를 꾸리는 이 시점에서 그가 황제의 시체를 깨운 것엔 모두 이유가 있다고 생각했다.

"그래 주면 고맙지."

"응. 여기서 있었던 일은 아무에게도 말하지 않을 거지만 사령술을 쓰게 되면 어쩔 수 없이 미약하게나마 마력이 흘러나올 수밖에 없어. 아마도 대마법사급의 존재들은 알아차렸을 거야. 특히나 제국의 그 노마법사는 당장이라도 들어오고 싶어 난리겠지."

[카딘 루에르…….]

관 속에 누워 있던 시체가 천천히 몸을 일으켰다. 창백한 얼굴은 생기라곤 보이지 않았고 초점 없는 눈동자는 이미 생자(生者)가 아님을 보여주는 증거들이었지만 카릴은 어쩐 일인지 그를 바라보며 가슴 안쪽에서 치밀어 오르는 감정을 숨기기 어려웠다.

[카릴.]

알른 자비우스는 주의를 주듯 그의 이름을 불렀다.

"걱정 마."

카릴은 그가 걱정하는 것이 무엇인지 안다는 듯 낮은 한숨을 내쉬었다.

[나를 깨운 건 너일 테고. 이곳이 황가의 무덤인 걸 보니 내 마지막 기억 속 그 장면이 꿈이 아니라 현실이라는 말이겠군.]

올리번은 의외로 담담하게 현실을 받아들이는 듯 카릴을 바라보며 말했다.

[제국은 네게 충성을 맹세하였는가.]

"죽음에서 돌아와서 가장 먼저 하는 질문이 제국이라니 너란 녀석도 참 대단하군."

카릴은 그를 바라봤다.

"글쎄. 충성이라고 할 수는 없겠지만 네 시체 덕분에 카딘루에르는 날 돕고 있긴 하다. 기사단들 역시 이렇다 할 문제는 일으키지 않고 있지."

[그렇군.]

올리번은 그의 대답에 자신의 머리를 정리하듯 눈을 감고서 말했다.

[정말로 제국이 패배했군.]

"그래."

[백금룡은?]

"죽었다. 내 검에 말이지. 그의 심장은 내가 가졌고 나머지 세 마리의 드래곤은 내 명령에 레어로 돌아갔다."

카릴의 말에 올리번은 짐짓 놀라 마른침을 삼키는 듯 그의 목젖이 움직였다. 하지만 이미 시체인 그는 삼킬 침이 없는 듯

메말라 버린 입안에 손등으로 쓱 입술을 닦아내며 쓴웃음을
지었다.

[믿을 수 없는 일이지만…… 최악의 이야기 중에서 그나마
듣던 중 다행인 일이로군.]

"백금룡이 죽길 바랐나?"

[제국이 자유로워지길 바랐을 뿐이지.]

"어째서?"

올리번의 말에 카릴인 살짝 눈을 찡그리며 그를 재촉하듯
물었지만, 그는 천천히 고개를 들며 특유의 냉소를 지었다.

[내가 그걸 알려줄 이유는 없지.]

"재수 없는 녀석. 죽어서까지 머리 굴리긴. 그래서 무슨 이
득이 있다고."

[얻는 것은 없어도 괴롭힐 순 있으니까. 날 죽인 녀석인데 고
분고분 돕는 것도 이상하잖아? 안 그래.]

올리번은 한쪽 입꼬리를 올리며 비웃듯 카릴에게 말했다.

[게다가 나를 깨웠다는 것은 내가 얻을 이득은 없어도 네가
나에게 얻어야 할 것은 있다는 말이겠지. 내가 거래의 대상이
된다면…… 나 역시 지금부터 내가 무엇을 얻을지 고민해 볼
수 있지 않겠어?]

확실히 범인은 아니었다. 보통 사람들 같았으면 자신의 죽
음을 받아들이는 것도 그리고 눈앞에 그를 아무렇지 않게 대
하는 것도 모두 불가능한 일이었을 테니까.

하지만 올리번은 자신에 대한 일들을 빠르게 수긍하고 오히려 남겨진 자들을 위한 거래를 하고자 했다.

"크큭……."

카릴은 그의 말에 웃음을 터뜨렸다.

[일단 내게서 원하는 것이 무엇인지 들어볼까.]

"황가(皇家)의 피."

올리번은 의아한 얼굴로 카릴을 바라봤다.

[그거라면 그냥 내 시체에서 뽑으면 될 텐데.]

"조금 다르다. 단순히 혈액만을 위한 거라면 이런 번거로운 일을 벌이지 않았겠지. 내가 필요한 것은 슈테안 가문과 했던 백금룡의 맹약을 푸는 것이니까."

[아하.]

올리번은 그제야 이해했다는 듯 묘한 웃음과 함께 고개를 끄덕였다.

[선대에게 감사해야겠군. 허약한 후대들은 휩쓸리기만 하고 아무것도 못 한 채 죽었지만 선대가 만들어놓은 언약이 비루한 우리들의 가치를 조금은 살려주고 있으니.]

그는 자조적인 표정으로 말했다.

"아는 척하지 마. 뭐가 가치가 있다는 거야? 대국의 흐름이 네가 살아 있을 때와는 완전히 달라졌다. 네가 살아 있을 당시에 병정놀이하듯 벌인 전쟁과는 비교할 수 없는 격변의 시대가 시작 올 거야."

카릴은 그런 그를 보며 차갑게 말했다.

"신탁이 내려졌고 신은 네피림을 지상에 불렀다."

[……]

"게다가 재해라 불릴 타락이란 괴물들이 지상 위에 세워진 파렐에서부터 쏟아질 것이다."

우우우웅…….

카릴이 손을 들어 올리자 그의 마력에 무덤이 반응하며 아무것도 없었던 벽면이 마치 유리창이 열리는 것처럼 곳곳에 마경이 생성되며 밖을 비추었다. 어두웠던 무덤 안은 빛으로 가득 찼고 익숙한 눈 덮인 산과 들에 올리번의 표정이 굳어졌다. 수도 주위에 모습이었기 때문이었다.

[……오랜만에 보는 풍경이로군.]

"네가 날 돕지 않으면 불바다가 된 풍경을 보게 되겠지. 저 멀리 보이는 탑이 보이나? 지금은 잠들어 있지만, 곧 녀석은 마물들을 뱉어낼 거다."

카릴은 마경으로 된 인조 창문의 한쪽을 가리키며 말했다.

"신은 파렐을 내렸지만 어째서 파렐이 이 세계에 나타나는 것인지 왜 저 빌어먹을 탑이 마물을 쏟아내는지 그 어떤 이유도 설명해 주지 않았다. 그저 우리에게 저 탑을 막으라 했을 뿐이지."

그는 올리번에게 한 걸음 다가가 말했다.

"아무런 영문도 모른 채 우리의 땅은 신의 유희에 공격당하고 파괴될 거다. 네가 사랑하던 제국의 백성들이 끔찍한 꼴을 당하게 되겠지."

[뭐 어때. 더 이상 내가 이끄는 나라도 아닌데.]

"그럴까."

카릴은 잠시 침묵을 지키며 그를 바라봤다.

"동생을 밟고 형을 무너뜨리면서까지 오르려 했던 그 자리가 단순히 물욕 때문만은 아닐 텐데."

'카릴. 잘 들어.'

신탁이 내려진 지 1년이 지났을 때. 황궁의 성벽 위에서 올리번은 카릴에게 말했다.

'저기 끝에 보이는 세 개의 깃대가 보이지? 다들 그저 제국을 상징하는 장식이라고 생각하지만 사실 아냐. 오래된 마법이 걸려 있다. 황궁에 비보가 있을 때 쏘아 올리는 포격대지.'

카릴은 올리번이 가리킨 곳을 바라봤다.

'쏘아지는 탄 역시 마법으로 만들어진 불꽃이야. 대륙 전역에서 이 불꽃을 볼 수 있을 거다.'

'그래서?'

'만약 저 불꽃이 하늘에 솟아오른다면 네가 이곳으로 돌아와 나 대신 제국을 수호해다오. 내가 죽었다는 의미이니까.'

침묵 속에서 떠올린 기억과 함께 카릴은 모래를 가득 씹은 듯 텁텁한 입안은 느끼며 생각했다.

'너는 네가 죽는다면 제국을 이민족인 내게 맡기려고 할 정도로 제국을 지키고자 했다. 이민족인 날 내세워서라도 지키고 싶었던 것이겠지. 네게 있어서 가족은 보잘것없을지언정 제국은 그렇지 않았어.'

전생에서 카릴은 단순히 그가 어진 왕이기 때문이라 생각했다. 하지만 자신의 형제를 죽여서 올라온 핏빛 황좌의 과거를 알게 된 이후 그저 어질기에 그가 그토록 제국에 집착한다고 생각하지 않았다.

이유가 있었을 것이다. 분명 자신이 알지 못하는 과거가.

세 번째 불꽃이 암살을 뜻한다는 황궁의 비밀을 알려줬던 전생의 기억은 현생의 올리번을 몰아세웠던 잔인 도구로 쓰였지만 아이러니하게도 이번에는 그의 진심을 알 수 있는 도구로 카릴은 쓰고자 했다.

"어머니 때문인가."

올리번은 카릴의 말에 얼굴이 굳어졌다.

"네가 서자라는 것은 제국인이라면 공공연하게 알고 있는 사실일 것이다. 고작 그 이유 때문이라면 무른 성격이로군. 백금룡에게 휘둘리는 것이 당연해."

[재수 없는 새끼로군. 헤임에서 보았을 때부터 역시 너는 나와 함께할 수 없는 놈이라 생각했다.]

카릴은 쓴웃음을 지었다. 시체를 부활시킨 것이기에 눈빛에 생기가 없는 것이 당연한 일일 터인데 어째서인지 그의 눈동자가 정확히 자신을 바라보는 것 같았다.

올리번은 찬찬히 그를 바라봤다.

[아니면 내 땅을 맡길 수 있는 유일한 놈이던가.]

순간 그의 말에 카릴은 당혹스러운 듯 할 말을 잃은 표정으로 아무런 대답을 하지 못했다. 만감이 교차하는 기분 속에서 몇 번이나 목 안으로 단어들을 집어삼켰다.

제국은 맡길 수 있다는 말은 전생과 다르지 않았지만, 그때와 지금의 상황은 너무나도 달랐기 때문이다.

"미친놈. 네 땅? 네 땅은 고작 그 1평도 안 되는 관으로 만족해라."

[재밌군……. 너와 대화를 나누는 것이 죽어서 오히려 더 편하니 말이야. 살아서는 서로 예의를 지키면서도 말에 칼을 겨누고 있었는데 지금은 상스러운 말을 해도 우스울 따름이로군. 너와 내가 친우가 된 것도 아닌데 말이지.]

카릴은 불현듯 그의 말에 전생에 마지막 탑에 오르기 직전 자신이 올리번을 죽였을 때 그가 친우라 말했던 모습이 떠올랐다.

"……백금룡의 맹약이나 풀어."

그는 나지막한 목소리로 고개를 돌리며 말했다.

[한 가지 부탁이 있다.]

"뭐지?"

[네가 하고자 하는 일이 모두 끝났을 때 나를 한 번만 더 깨워다오.]

"그렇게도 삶에 집착을 하는 녀석이었나?"

[보고 싶은 것이 있다.]

"……."

[이건 거래니까. 하지만 영혼 계약이라면 사양한다. 죽고 난 뒤에야 네가 짊어지고 있는 것들을 볼 수 있게 되었는데 저 많은 영혼을 그 작은 몸에 쑤셔 넣고 있는데도 머리가 어찌 되지 않은 것만으로도 대단한 일이야.]

올리번은 카릴의 뒤를 응시하며 말했다. 거대한 장벽처럼 마치 죄업을 등에 메고 있는 것처럼 카릴의 머리 위로 보이는 거대한 산처럼 까마득한 크기의 정령왕들부터 알른의 영혼과 목을 조여오듯 감겨 있는 마엘의 형상에 숨을 조여오는 듯 엄청난 압박감이 느껴졌다.

[맹약을 풀게 되어 백금룡의 힘을 제대로 쓸 수 있게 되면 뭘 하려는 거지?]

"탑을 공략할 것이다."

[너 역시 신에게 도전할 생각인가. 힘을 가진 자들은 결국

무모한 짓을 벌이지. 하지만 더 강한 존재에게 결국 패배할 뿐이야. 백금룡에 네게 졌듯 말이지.]

"인간은 신보다 강하다."

카릴은 고개를 가로젓고서 차갑게 말했다.

"뭐, 내가 강한 것이지만."

[크큭…….]

올리번은 헛웃음을 지었다.

[만약 네가 신에게서 살아남는다면…… 제국은 이제 네 이름 아래 번창할 수 있는가?]

"불가능하다. 제국은 멸망했으니까."

카릴은 올리번의 말에 표정 하나 변하지 않고서 대답했다.

"하나 자유국은 번영을 이룰 것이다. 북부에서부터 남부까지. 동쪽에서부터 해협을 건너 해가 지는 서쪽까지 내 이름이 아닌 자유라는 이름으로 사람들은 살아갈 것이다. 네가 날 돕기만 한다면."

[……내가 이루고 싶었던 꿈이로군.]

올리번은 허탈한 듯 혼잣말로 중얼거렸다.

[하나 보고 싶은 광경이기도 하지.]

그는 자신의 손목을 들어 올리고선 카릴의 허리에 있던 검을 꺼내어 베었다. 얼어붙은 것처럼 살점은 감각 없이 잘려 나갔다.

주르륵-

창백한 피부와 달리 그 안에 피는 아직 온기가 남아 있는 듯 흘러내렸다.

[금제(禁制)를 풀겠다.]

"계약은? 황궁의 보고에 언령계약서가 남아 있을 텐데. 그 거라면 사자(死者)라도 가능할 것이다."

[필요 없다. 언령이든 영혼이든 내게는 더 이상 무의미한 것 이니까. 단지 약속을 해주면 좋겠군. 그게 가장 인간다운 방법 이니까.]

올리번은 나지막한 목소리로 말했다.

[그리고 만약 네가 약속을 지켜 날 다시 깨워준다면 그때는 내 심장 속에 남겨둔 이야기 하나 할 수 있겠지.]

"뭐?"

우우우우웅…….

[비록 내 심장은 죽어버렸지만.]

그 순간, 그의 몸이 산화되듯 빛무리와 함께 사라지기 시작 했다.

[네가 살아 있으니. 카릴 맥거번.]

"기다렸다."

황가의 무덤에서 걸어 나온 카릴을 기다리고 있었던 것은 화린이었다.

"너⋯⋯."

천천히 고개를 들어 그녀를 바라보자 화린은 살짝 눈썹을 찡그리며 놀란 표정을 지었다.

"뭔가 일이 있었던 모양이로군."

그녀는 카릴에게서 알 수 없는 기운을 느꼈다. 지금까지 태산같이 거대한 강(强)의 힘을 두르고 있는 그였다면 나온 후부터 은은하게 몸에서 발산되는 기운은 유(流)의 기세였기 때문이었다.

"그리고 얻은 게 있는 듯싶고. 참⋯⋯ 당신을 보면 존경스러울 정도로 감탄이 나오는군. 인간이 도달할 수 있는 극의에 도달해 있다고 보이는데 언제나 그보다 더 위를 향하고 있으니 말이야."

강의 기운에 독보적이라 할 수 있는 화린이었기에 누구보다 그의 변화를 알아차릴 수 있었다.

"강함에 끝은 없다. 극의라는 말 자체가 존재하지 않는 것이니까."

"당신답군."

"그러는 너야말로 무슨 일이지?"

카릴이 아무렇지 않은 표정으로 그녀에게 되물었다. 그러자 그녀는 자신의 목에 걸고 있던 목걸이를 풀러 그에게 건넸다.

"숙제를 해결하기 위해서 왔지."

화린의 손 위에 있는 라이칸스로프의 의지를 보며 카릴은 옅은 미소를 띠었다.

"알아차렸나 보군. 시작이 좋은걸. 해결해야 할 일들이 딱딱 맞춰서 일어나니 말이야."

"이것 역시 당신다운 계획이더라."

"흠, 어디 들어볼까?"

"그럼 일단 이것부터 받는 게 어때? 당신께 잔나비 부족의 유물을 주고자 마음먹는 것은 사실 쉬운 일이 아니었거든."

카릴은 고개를 끄덕이고는 그녀가 건넨 목걸이를 잡았다.

"내게 이걸 주는 이유는?"

"정말 숙제를 확인하려 하는 것처럼 말하네. 이거야 원⋯⋯ 목걸이를 건네는 것만으로 이미 알아차렸을 텐데 날 애처럼 대하는 게 썩 유쾌하지는 않은걸."

화린을 그렇게 말하면서도 마냥 싫지만은 않은 듯 대답했다.

"넌 파렐이 두 개라고 했지. 그중에 하나는 다른 차원의 것이라 그것을 이용해서 우릴 훈련시키고자 한다고."

"그래서?"

"공략대의 구성원이 누가 봐도 이상했지. 타락을 잡기 위해서 필요한 것은 검과 마법 둘 다. 훈련을 시키고자 한다면 차라리 마력을 보유하고 있으면서도 검술에 능통한 소드 마스터들 위주로 구성을 하는 것이 효율적인 일이었을 거야."

"흐음."

"다른 녀석들도 생각하고 있을 거야. 어째서 당신이 마력이 없는 우리를 공략대에 포함시켰는지 말이야. 게다가 마법을 쓸 수 있는 마법사들은 반대로 검술에는 문외한이지."

화린은 카릴을 향해 말했다.

"극단적인 예시."

그녀의 대답에 카릴의 입꼬리가 살짝 올라갔다.

"당신은 우리를 성장시키려고 하는 것이 아냐. 우리를 토대로 기사단과 마법사들의 전투 양상을 확립시키고자 하는 것이지. 소드 마스터들을 투입하게 된다면 그들 본인은 강해질지 모르지만, 기사단과 마법사의 구성 자체가 강해지는 것은 아니니까."

"역시."

"나를 비롯한 이민족과 야만족이 기사단의 역할을 하고 톰슨과 미하일이 마법병대를 대표하겠지."

"내 예상대로야. 잘 아는군."

카릴은 만족스러운 듯 고개를 끄덕였다.

"군이 설명할 필요도 없겠는걸."

"아니. 솔직히 기분이 나쁘던걸."

"……흠?"

"좋은 말로 해서 우리는 기사단과 마법병대의 축소판이라고 할 수 있겠지만, 그들을 대변할 수 있다는 것은 사실상 그만큼 일반 기사들과 크게 다르지 않다는 것을 의미할 테지. 아니,

마력이 없으니 일개 병사에 더 가까우려나? 미하일과 톰슨을 뽑은 이유 역시 그들이 다른 마법사들에 비해서 확고한 실력을 가지고 있지 않아서라는 말이잖아."

화린은 살짝 눈썹을 찡그렸다.

"한마디로 당신은 다른 이들보다 우리의 실력을 낮게 보고 있다는 의미야. 안 그래?"

"넌 그들보다 강한가?"

"……뭐?"

"기분 나쁘게 느낀다는 말은 너는 내가 호명하지 않은 자들보다 네가 강하다는 것을 말하는 것 아냐?"

"그건……"

차가운 물음에 화린은 당황스러운 듯 머리를 긁적였다.

"지휘관의 역할이 아니라 병사의 역할이라 마음에 들지 않는가? 전쟁에서 승리하기 위해서는 어디까지 병사들이 싸워야 하는 법이다. 아무리 뛰어난 지휘관이라 할지라도 전장에서 추풍낙엽으로 쓰러지는 허약한 병사들을 가지고는 아무것도 하지 못해."

그는 화린의 어깨를 가볍게 툭 하고 쳤다.

"전쟁에서 승리하기 위해서는 공격만큼 중요한 것이 수비다. 내가 너희들을 뽑은 이유는 단순히 병대의 축소판으로 전술을 익히고자 하는 것 이상으로 이민족과 야만족의 단합을 바라는 것도 있다."

화린이 그를 바라봤다.

"너희들은 같은 블레이더의 피를 이어받은 후예들이지만 오랜 기간 떨어져 있어 응집력이 부족해. 그런 점은 단일 국가였던 제국인들보다 못하지."

"하여간 한마디도 져주질 않는다니까."

"화린. 상상 이상으로 네가 짊어져야 할 무게는 무겁다. 파렐은 결코 쉬운 곳이 아냐."

"카릴, 넌 그걸 어떻게 알고 있는 거지?"

카릴과 화린은 들려오는 목소리에 고개를 돌렸다. 무덤의 입구에 기대어 있던 밀리아나가 팔짱을 낀 채로 물었다.

"가봤으니까."

"……뭐?"

그 순간 그녀의 눈빛이 흔들렸다. 하지만 그와 동시에 역시나 하는 듯한 표정도 함께 보였다.

"사람 놀래주는 재주가 있다니까. 네가 파렐에 갔었다는 건 어느 정도 예상하고 있었어. 천년빙동의 파렐을 발견한 게 너니까. 그 안도 조사를 했겠지. 그래서 타락에 대한 것도 미리 알고 있었고. 안 그래?"

카릴은 그녀의 대답에 쓴웃음을 지었다. 그가 말한 파렐은 천년빙동의 것이 아닌 진짜 파렐이었으니까. 하지만 전생의 과거를 알 리 없는 밀리아나는 나름의 추측에 자신 있는 표정으로 말했다.

"넌 같은 파렐이라고 말했지만 천년빙동에 있는 이차원의 파렐과 대륙에 생겨난 파렐은 분명 달라. 천년빙동 속의 파렐이 똑같이 활동을 하고 있었다면 이미 대륙은 타락의 소굴이 되었을 테니까."

그녀는 알겠다는 듯 말했다.

"하지만 저 안에도 타락은 있겠지. 그렇기에 너는 우리에게 더 쉬운 파렐을 맡기고, 나아가 대륙에 쏟아지는 타락들을 상대할 수 있는 경험을 하게 만들려는 목적이겠지."

"뭘 그리 심각하게 얘기하지? 그건 조금만 생각해도 알 수 있는 것이야."

화린의 말에 밀리아나는 그녀를 향해 코웃음을 치면서 말했다.

"하나만 알고 둘은 모르는군. 문제는 너희를 훈련시키는 것이 아냐. 너희들을 훈련시키고 저 녀석이 무슨 일을 벌이느냐겠지."

"……무슨 일?"

"내가 맞춰볼까? 카릴, 네가 혼자서 꿍꿍이를 꾸미고 있는 게 뭔지. 대륙의 안전을 지킬 수 있는 수단을 마련해 두고 나서 넌 혼자서 대륙에 생성된 진짜 파렐을 공략할 셈이로군. 안 그래?"

그녀는 카릴을 노려보듯 바라봤다. 화가 나거나 한 것이 아니라 그 눈빛 속에 진심이 담긴 걱정이 느껴졌다.

"뭘 하든 상관없지만 한 가지만 약속해. 파렐에 들어갈 때

나와 함께 간다고."

카릴은 그녀의 말에 못 당하겠다는 듯 어깨를 으쓱했다.

"밀리아나. 그럼 화린에게 했던 질문을 네게도 똑같이 해야겠군."

"무슨 질문?"

"넌 나보다 강한가?"

"……뭐?"

"파렐 안은 상상 이상으로 끔찍하다. 널 돌봐줄 여력 따윈 없을지도 몰라. 그렇다면 너는 내게 있어서 걸림돌이 될 뿐이야."

가감 없는 카릴의 냉정한 말에 밀리아나는 살짝 입술을 깨물며 그를 바라봤다.

"그럼 내게도 알려줘."

그녀는 뾰로통한 모습으로 말했다.

"파렐의 공략에 날 제외시켰잖아. 내게도 기회를 줘. 난 절대로 너와 파렐에 가야 하니까."

"디곤의 여제는 진심이로군."

"당연한 소리. 나는 누구보다 강해지는 것을 두려워하지 않아."

화린은 그런 그녀를 바라보며 다 알고 있다는 듯 입꼬리를 올렸다.

"그런 의미가 아닐 텐데."

"무, 무슨……."

당황해하는 밀리아나의 어깨를 두드리며 그녀는 의미심장

한 표정을 지으며 말했다.

"힘내라고. 방해꾼은 이제 사라져 줄 테니까."

"닥쳐줄래?"

"하하."

말과 달리 얼굴을 붉히는 밀리아나를 보며 화린은 재밌다는 듯 호탕하게 웃음을 터뜨리고서 인사를 하듯 머리 위로 손을 저으며 떠났다.

"정말로 나와 함께 갈 생각인가?"

"네 입으로 분명 말했잖아. 신살(神殺)의 10인. 널 제외하고 나머지 9명에 내가 포함되지 않을 리가 없을 텐데."

그녀는 당연하다는 듯 자신만만한 얼굴로 말했다. 카릴은 그 당당함이 전생과 다르지 않다는 것에 자신도 모르게 웃음이 나올 뻔했다.

"걸림돌이 되고 싶지 않다면 방법을 알려주지."

"그게 뭐야?"

"드래곤을 찾아가라."

"……드래곤?"

"네 용족화는 디곤 일족이 황금룡 토스카의 피를 물려받았기 때문이지. 하지만 드래곤이 아닌 인간이 드래곤의 힘을 구현한다는 것은 어려운 일이야. 진짜 드래곤을 통해서 네 용족화를 단련시킬 수 있겠지."

"그럼…… 누굴 찾아가야지?"

"누구라니."

카릴은 밀리아나를 향해 입꼬리를 올리며 말했다.

"현존하는 세 마리의 드래곤 모두를 찾아가 그들의 정수를 물려받아. 아니, 빼앗아 네 것으로 만들어."

그녀는 그의 말에 긴장한 듯 자신도 모르게 마른침을 꿀꺽 삼켰다. 드래곤의 힘을 이용한다는 것은 그야말로 상상도 하지 못한 방법이었기 때문이다.

"저희도 함께하겠습니다."

그때 에이단의 목소리가 들렸다. 그뿐만이 아니었다. 수안 하자르, 이스라필, 세리카 로렌, 케이 로스차일드…… 카릴이 고개를 들자 무덤 주위로 보이는 몇몇 인영들이 보였다.

[영악한 녀석. 이게 네가 계획한 진짜 목적이었군.]

알른 자비우스는 그들을 보며 즐거워 죽겠다는 듯 껄껄 웃으며 카릴을 향해 말했다.

[일부러 저들을 배제한 이유가 자진해서 파렐의 공략을 위한 10명이 갖춰지도록 하기 위함이었어. 네 명령이라면 그들은 죽음도 불사하겠지만, 명령에 의해 움직이는 것과 스스로 원해서 시작하는 것은 확연한 차이가 있지.]

그의 말에 카릴은 옅은 미소를 지었다.

"자신 있나?"

"물론입니다."

그들은 한 치의 망설임 없이 대답했다. 카릴은 때가 왔다는 것을 직감했다.

'이제 그를 불러들여야 할 차례인가.'

지금 이 자리에 레핀 세르가는 없었지만 카릴의 주위엔 이제 전생의 10인 중 8명이 모이게 되었다.

나머지 두 사람. 카릴은 미래를 알고 있었지만, 이들과 달리 회귀 이후에도 나머지 두 사람은 처음부터 얻으려 하지 않았다. 위에 언급된 자들은 천부적인 재능으로 신탁과 별개로 뛰어난 천재들이었다.

하지만 남은 두 사람은 신탁이 일어난 이후, 대륙이 격변하면서 자신의 힘을 개안(開眼)했기 때문이었다. 그렇기에 카릴은 서두르지 않았고 일부러 접점을 만들려 하지도 않았다.

또한 자신으로 인해서 신탁이 일어나지 않게 된 지금, 원래대로라면 율라가 직접 호명했어야 할 그들에 대한 정보 역시 존재하지 않았다.

'하지만 나는 그들이 누구인지 알고 있지.'

카릴은 자신이 완성하려는 퍼즐의 마지막 한 조각을 이제 얻고자 했다. 그들은 지금껏 얻은 남은 7인과는 다른 존재였으니까. 그렇기에 날 때부터의 재능이 아닌 격변으로 깨어난 그들을 가리켜 사람들은 천명이계(天命二計)라 불렀다.

그중 첫 번째. 드루이드(Druid) 안챠르.

"떠나십니까?"

늦은 밤 카릴은 들려오는 인기척에 걸음을 멈추고서 뒤를 돌아봤다.

"팔은 어때?"

예상했다는 듯 서 있는 남자를 보며 담담한 표정으로 그가 말했다.

"보시는 바와 같이⋯⋯. 뭐, 카딘 루에르 경 덕분에 피부를 봉인해 고통은 없습니다."

데릴 하리안은 로브에 가려진 자신의 잘린 손목을 들어 보이며 옅은 웃음을 지으며 대답했다.

"어디로 가실 생각이십니까."

"그걸 네가 알아서 뭘 하려고?"

"본디 사관(史官)의 임무를 내려주셨으니 그에 충실해야 하지 않겠습니까. 사람들에게는 비밀일지라도 후대의 자손들에겐 역사의 한 조각이 될 테니까요."

카릴의 차가운 물음에도 불구하고 데릴 하리안은 여전히 사람 좋은 얼굴로 말했다.

"10인의 나머지 사람들을 찾으러 가시는 겁니까?"

그의 물음에 카릴이 차갑게 바라보자 데릴 하리안은 어깨를 으쓱했다.

"추측했을 뿐입니다. 제 생각엔 카릴 님의 머릿속엔 이미 신살(神殺)의 10인의 명단은 완성되어 있으리라 봅니다. 하지만 무덤을 찾아온 사람은 여섯 명뿐. 카릴 님을 포함하더라도 셋이 부족하군요. 그런데 이 야밤에 홀로 움직이신다면…… 비밀리에 그들을 찾으러 가시는 게 아닐까요."

"숫자까지 잘도 아는군. 어디서 훔쳐보기라도 하고 있었던 거야?"

"하하, 그럴 리가요. 인원은 그저 사람들에게 들었을 뿐입니다."

"그래서? 내게 하고 싶은 말이 뭐지? 다른 사람들의 눈을 피해서 내가 움직일 때까지 기다려서 왔다는 것은 둘만 있을 때 해야 할 말이 있다는 뜻이겠지."

데릴 하리안은 카릴의 말에 고개를 끄덕였다.

"카릴 님이야말로 역시…… 잘 아시는군요."

"말해봐."

"이 아이를 데리고 가십시오. 필요할 때가 있을 겁니다."

그가 손짓하자 어둠 속에서 작은 신수가 모습을 드러냈다. 3대 위상(位相)이라 불리는, 이제는 사라진 전설 속의 신수 중 하나인 신록(神鹿) 알카르였다. 처음 봤을 때보다 더 자란 녀석은 머리가 카릴의 어깨높이까지 될 정도였다.

"왜 내게 신수를 맡기는 거지? 나머지 신수들까지 부활시키는 것이 황금십자회의 목표라고 하지 않았나?"

"팔이 이래서는 복원은커녕 나머지 위상들에 대한 조사도 어려울 겁니다."

"아쉬운 소리 해도 아직은 아냐."

"걱정 마십시오. 팔을 돌려달라는 의미가 아니라 위상 연구를 하지 못하는 상황에서 제가 알카르를 데리고 있는 것은 무의미하다는 것을 말씀드리고자 하는 것입니다."

"흐음."

데릴 하리안은 알카르의 이마를 가볍게 쓸어 넘기며 말을 이어갔다.

"비록 태어난 지 얼마 되지 않았지만, 신록은 3대 위상 중에서도 유일하게 빛의 힘을 가진 신수입니다. 단지 부탁드리고자 하는 것이 있습니다."

"뭔데?"

"알카르가 살 만한 장소를 찾아주시면 안 되겠습니까? 신수라고는 하지만 어리기에 이 녀석의 힘은 그리 강하지 않습니다. 터전이 필요할 겁니다."

카릴은 그의 말에 피식 웃었다.

"세상이 망할지도 모르는 상황에서 터전을 찾아 달라니 우습군."

"망하지 않을 거니까요. 카릴 님께서 막으실 거지 않습니까."

"하여간 말은 잘한다니까."

"분명 도움이 될 겁니다."

카릴은 새로이 태어난 작은 신수를 물끄러미 바라봤다. 태어난 세월은 모르지만 알카르의 모습은 그저 연약한 어린 사슴에 불과했다. 바들거리며 간신히 서 있는 모습을 보면 과연 불시에 사건이 생겼을 때 오히려 걸림돌이 되는 게 아닐까 싶은 걱정이 들었다.

[데리고 가도 나쁘지 않겠지.]

침묵을 지키던 라시스가 갑자기 카릴에게 말했다. 작은 빛망울 하나가 그의 몸에서 튀어나와 주위를 맴돌았다.

"왜?"

[신수는 정령의 힘을 가지고 태어난 생명체다. 비슷하면서도 다르지. 정령이 육체를 가지지 않은 자연계 자체의 힘이라면…….흐음, 신수는 생명을 가지고 있기에 본질은 대지와 연관되어 있다고 보는 게 좋겠지.]

"그래서?"

[신수가 살아 있다면 대지의 근력이 강해진다. 그것은 인간이 살아가는 삶의 터전 자체가 강해진다는 의미이기도 하겠지.]

"문헌에도 3대 위상이 살아 있던 시절에 그들의 터전 주위는 다른 곳에 비해 극히 토양이 비옥해지고 공기가 맑았다고 합니다. 주변에 살던 사람들은 모두 장수를 했다고 하기도 하고요."

데릴 하리안이 라시스의 말을 이어받았다. 하지만 그의 설명에 오히려 카릴은 코웃음을 쳤다.

"토양이 비옥해지고 공기가 맑아 장수를 하기 위해서는 일단 이 전쟁에서 살아남는 것이 먼저라는 생각은 해보지 않았어?"

[그렇기에 데리고 가자는 것이다.]

카릴이 라시스의 빛을 바라봤다.

[신수가 서 있는 것만으로도 그 대지는 강해지고 공기는 깨끗해진다. 단순히 먼 미래의 후대를 위한 것이 아니더라도 말이지. 인간은 두 발로 서 있어야 강해진다. 네가 서 있는 전장 역시 말이지. 비록 작은 변수일지 모르지만 그게 의외로 큰 작용을 할 수도 있다.]

"흐음……."

그의 말에 카릴은 천천히 고개를 끄덕였다. 전생에서 신수는 멸종되어 존재하지 않았기에 신수가 가진 힘이 어떤 것인지 카릴로서는 크게 와닿지 않았다. 게다가 빛의 힘이라고 한다면 빛의 정령왕인 라시스가 있으니 큰 필요성을 못 느끼고 있었기도 했으니 말이다.

[나 역시 동의한다. 변수를 최소화하는 것은 계획이 완벽해진다는 의미이기도 하니까. 카이에 에시르 때처럼 생각지 못한 일들이 일어나지 않으리란 법은 없으니까.]

"그렇지."

카릴은 알른의 말에 고개를 끄덕이면서 신수의 이마를 가볍게 쓸었다.

지잉-

그 순간 알카르의 이마 가운데에서 다이아몬드의 문양이 나타났다.

"허……."

데릴 하리안은 그 광경에 놀란 표정을 지었다.

"이게 뭐지?"

"계약의 문양입니다. 신수 역시 정령들처럼 맹약을 할 수 있습니다. 하지만 정령계약처럼 한 명과 하는 것이 아니라 대부분 자신의 터전 주위에 살고 있는 사람들과의 거래 같은 것이라고 알고 있습니다. 그들이 사는 대지를 건강하게 만들어주는 대신에 생명을 받는다고 합니다."

"생명?"

"네. 신수는 정령과 달리 수명을 가진 존재. 결국 시간이 지나면 소멸하고 마는데 그 수명을 늘리기 위해서 맹약을 맺은 인간에게 생명을 나눠 받는다고 하더군요."

그렇게 얘기하면서 데릴은 짚고 넘어가야 할 것이 있는 듯 손바닥을 마주치면서 말했다.

"생명이라고 하지만 흡혈귀처럼 정말 인간의 목숨을 가져가는 것은 아닙니다. 신수의 보은으로 대지에서 자라난 수확물을 인간들이 조공하는 것일 뿐이니까요."

"그렇군."

"하지만 의외네요. 터전을 정한 것도 아니고 카릴 님, 단 한 사람에게 맹약의 표식을 하다니 말입니다."

[그야 당연한 일이지. 대지가 주는 힘보다 카릴이 녀석에게 줄 수 있는 힘이 더 강하기 때문일 테니까.]

알른 자비우스는 살짝 가슴을 내밀며 자랑스러운 듯 말했다.

[내 제자라면 그 정돈 돼야지.]

데릴은 마법사라면 우러러볼 근엄한 존재인 마도 시대 대마법사가 어울리지 않게 농담을 하자 가볍게 웃었다.

"좋아. 이 녀석은 내가 데리고 가지. 쓸모가 있을지 없을지는 모르겠지만…… 대지의 힘이 강해진다라……. 어쩌면 이번에 내가 갈 곳에서 이 녀석이 정말로 의외의 변수를 만들 수도 있을 것 같다는 생각이 들거든."

"어디로 가십니까?"

"대밀림(大密林), 아두르."

카릴의 말에 데릴의 표정이 살짝 굳어졌다.

"짐승들을 만나실 생각이십니까. 그들은 인간이 아니지 않습니까."

"뭐 어때, 마계의 마족들까지 내 수하가 되었는데."

하지만 놀라는 데릴과 달리 의외로 카릴은 담담한 목소리로 대답했다.

"데릴, 너는 야인(野人)을 만나본 적이 있나?"

"없습니다."

"그럼 북부에 와본 적은? 이민족을 본 것이 이번 말고 그 이전에도 있었나?"

"……그렇지 않습니다."

데릴은 그가 무슨 말을 하려는 것인지 알겠다는 듯 난감한 얼굴로 대답했다.

"북부인들은 고작 몇 년 전만 하더라도 이단이라는 오명 아래 살아왔었다. 제국은 북부를 저주의 땅이라 말했고 신의 벌을 받아 팔다리가 성하게 난 자가 없다 했지. 그런데 네가 본 그들은 어떻지? 소문대로 이단의 저주를 받았나?"

"그렇지 않습니다."

"눈으로 직접 보지 않고서 소문으로 믿는 것은 바보 같은 짓이다. 모두가 사라졌다 믿었던 신수를 너희가 살려낸 것처럼 말이지."

카릴의 말에 데릴은 고개를 숙였다.

"제가 경솔했습니다."

"그렇지 않다. 나 역시 네가 알카르를 보이지 않았더라면 쉽게 믿을 수 없었을 테니까. 게다가 야인들은 북부와 남부보다 더 알려지지 않은 자들이니 충분히 이해한다."

삐익-

카릴이 입에 손을 가져가 휘파람을 불자 저 멀리서 붉은 비늘이 날갯짓을 하며 날아왔다.

"나는 자유국을 세웠다. 왕국도 공국도 제국도 아닌 이곳은 야인들이라 할지라도 내 나라에서 자유로이 지낼 수 있다. 나는 그들을 데리고 올 것이다."

그는 비룡의 등에 올려진 안장에 올라타며 말했다.

"참…… 그런데 틀린 건 짚고 넘어가야겠지."

"네?"

"셋이 아니라 둘이다."

카릴의 말에 데릴 하리안이 고개를 갸웃거리며 그를 바라봤다.

"내가 찾아올 사람은 두 명이다. 한 명은 이미 이곳에 있지. 누군지 생각해 봐. 혹여라도 그를 내게 데리고 온다면 그 공적을 봐서 잘린 팔을 붙여 줄지도 또 모르지."

"하하, 제게 또 숙제를 내주시는 겁니까."

데릴은 못 이기겠다는 얼굴로 고개를 가로저으며 말했다.

스아아아아아악--!!

카릴은 대답 대신 비룡의 고삐를 잡아당기며 하늘 위로 날아올랐다.

"야인(野人)이라…… 정말 기상천외한 자들마저 데려오시려 하는구나."

데릴 하리안은 떠나는 카릴의 뒷모습을 보며 낮은 목소리로 중얼거렸다.

"하긴, 저분은 언제나 내 생각을 뛰어넘으시니……. 과연 카이에 에시르가 살아 있다 한들 저런 발상을 할 수 있을까."

그는 피식 웃었다.

"하지만 정말로 그들이 온다면 어쩌면 혼백랑(魂白狼)의 영혼이 필요할지도 모르겠군. 부재중에도 내게 할 일을 주시는군."

아쉬운 듯 잘린 팔을 바라보며 비록 팔이 잘렸지만 그는 역사를 기록해야 할 펜을 내려놓고 잠시 멈췄었던 위상 연구를 다시 시작해야겠다는 생각이 들었다.

3대 위상. 백색 늑대, 로어브로크.

[크르르르…….]

상공을 날던 붉은 비늘은 눅눅한 공기를 맡자 낮게 으르렁거리듯 소리를 질렀다.

카릴은 아래를 내려다봤다. 야자수처럼 거대한 잎의 나무들이 기둥처럼 빼곡하게 자라 있는 밀림. 마치 거인국에 온 것처럼 주위에 자라나 있는 모든 것이 컸다.

제국의 동쪽 끝에서 바다 쪽으로 올라가다 보면 있는 이곳은 아이러니하게도 교단의 성지인 헤임과 가장 가까웠다. 지성의 보고라 할 수 있는 교단과 정반대로 미개한 종족이라 여겨지는 야인만이 살고 있는 대밀림은 놀랍게도 제국마저도 손을 대지 않는 곳이었다.

한때 타이란 슈테안은 제국의 확장을 위해 열대수림을 벌목해서 새로운 땅으로 사용하고자 이곳에 병사들을 보낸 적이 있었다.

그 수는 약 1천 명. 하지만 놀랍게도 살아 돌아온 자는 극소수에 불과했다. 전쟁이라도 치른 것처럼 망가진 몰골로 돌아온 병사들에 황제는 노발대발하며 이유를 물었다. 북부처럼 저항이 있다면 모두 쓸어버리겠다고 소리치는 그는 살아 돌아온 병사들의 보고를 듣자 입을 다물고 말았다.

이곳에도 제국의 침입을 거절하는 저항이 있었다.

하지만 사람이 아니었다. 적은 자연 그 자체였다. 미로와도 같이 복잡하게 열대수들이 자라나 있는 밀림의 크기는 어마어마했고, 그 안은 습한 기후와 사방이 늪이었고 곳곳에는 모습을 숨긴 마물들이 즐비했다. 누구의 소유도 아닌 이곳은 겉으로 보기엔 기회의 땅이었지만 실상은 그 안에서 살아남기 위한 투쟁을 해야 하는 극한의 땅이었던 것이다.

단 한 번도 자신의 계획을 포기한 적 없던 황제마저도 끝내 대밀림을 자신의 것으로 만드는 것을 포기하고 말았다.

본디 나라란 그 안에서 사람들끼리 치고받고 싸워도 최소한 살아갈 수 있는 터전은 되야 한다. 하지만 대밀림은 그 자체가 하나의 거대한 마굴이라 봐도 될 만큼 살아남기 위해 투쟁해야 하는 끔찍한 곳이었다. 그렇기에 이곳은 백금룡의 레어가 있는 약속의 땅과는 다른 의미로 금역이기도 했다.

그나마 약속의 땅은 그곳의 주인인 드래곤들과 직접적으로 만남을 꾀할 수 있기에 최소한의 정보라도 있었지만, 대밀림은 그야말로 미지의 땅이었다.

"흐음."

그런 이곳을 내려다보며 카릴은 눅눅한 공기를 한껏 들이마시며 나지막한 목소리로 말했다.

"오랜만이군."

마치 고향에 온 것 같은 표정이었다.

[쿠우우우우우우우--]

그 순간 저 멀리서 마치 거대한 나팔 소리처럼 울리는 마물의 포효가 들렸다.

"몰아!! 벽 쪽으로 몰아라!!"

요란한 외침이 들렸다. 밀림의 경계 안쪽으로 들어오자 붉은 비늘이 더 이상 들어오려 하지 않았다. 카릴은 그런 녀석을 두고 밀림 안으로 걸어 들어왔다.

한참을 들어왔을 때 들리는 외침에 카릴은 기다렸다는 듯 앞을 바라봤다.

[카륵! 카아아악!!]

날카로운 포효가 들렸다. 벽에 내몰린 샤벨리거 한 마리가 더 이상 뒤로 물러설 곳이 없어 번뜩이는 송곳니를 보이며 사람들을 경계하고 있었다. 마굴에서나 볼 수 있는 A급 몬스터로 분류되는 녀석이었지만 이곳에서는 아무렇지 않게 필드에 돌아다니는 사냥감 중 하나에 불과했다.

A급 몬스터를 이런 식으로 볼 수 있는 곳은 약속의 땅을 제외하고는 없을 것이다. 하지만 그곳은 사람조차 살지 않는 곳이니 논외로 대밀림과 비교할 수는 없었다.

'게다가 변종.'

사막이나 초원에 생성된 마굴에서 주로 볼 수 있는 샤벨리거였던 만큼 아두르의 샤벨리거는 모습부터 달랐다. 비늘처럼 굳센 털은 유난히 반짝거렸고 포유류라고 구분하기에는 녀석의 귀가 마치 아가미처럼 파르르 움직이고 있었다.

"늪에 독을 풀어라! 녀석이 빠져나가지 못하게 가둬!!"

일대의 무리 중 선두에 서 있는 남자가 소리쳤다. 그는 다른 사람들에 비해서도 월등하게 다부진 체격으로 눈에 띄었다.

야인족의 수장, 할카타. 카릴은 그의 존재를 잘 알고 있었지만 아마 그는 카릴을 알지 못할 것이었다.

[쿠르르르르······.]

변종 샤벨리거가 서 있는 늪에 야인족들이 커다란 나무통에 들어 있는 독을 뿌려대기 시작했다. 통 안의 독이 늪에 닿아 치지직, 타는 소리와 함께 연기가 솟구칠 때마다 샤벨리거는 움찔거리며 뒤로 물러났지만 야인족은 아랑곳하지 않았다. 대밀림에 자라는 대부분의 식물은 모두 독성을 가지고 있다. 그리고 그걸 태어날 때부터 먹고 자란 야인족은 실로 만독불침에 가까운 육체를 가지게 된다.

전생에 잔나비 부족은 이들을 보고 태어나서 처음으로 자신들의 독이 통하지 않는 사람을 봤다고 할 정도였다.

"움직임이 멈췄다!!"

변종 샤벨리거는 코가 아닌 머리에 달린 아가미로 숨을 쉬는데 늪에 뿌려진 독가스 때문에 아가미 사이로 진득한 액체들이 주르륵 흘러나오며 고통스러운 듯 커다란 몸을 비틀거렸다.

"다들 움직이지 마라."

선두에 서 있던 할카타는 녀석을 바라보며 입맛을 다시고는 두꺼운 주먹을 구부리며 우드득거리는 소리를 내고서 달려들었다.

퍼어억--!!

둔탁한 소리와 함께 케켕! 거리는 마물의 비명이 들렸다. 샤벨리거는 그가 내지른 주먹에 정통으로 머리를 맞고 저만치 밀려나며 처박혔다.

쿠그그…… 쿠궁!!

뒤에 있던 절벽이 그 충격에 무너져 내리며 잔해들이 샤벨리거를 덮쳤다. 하지만 녀석은 바위에 연거푸 깔려도 '푸르르!' 거리며 머리를 좌우로 흔들고서는 아무렇지 않은 듯 벌떡 일어나더니 곧바로 그를 향해 달려들었다.

스릉-

그걸 기다렸다는 듯, 할카타는 가슴에 엑스자로 묶어 두었던 쇠사슬로 감긴 철퇴를 꺼내 머리 위로 돌렸다.

부우웅-!! 쾅!!

공기를 찢어발기는 듯한 굉음과 함께 철퇴가 샤벨리거의 배에 정확히 꽂혔다. 콰직! 하는 소리와 함께 녀석의 배에서 새하얀 뼈가 부러져 가죽을 뚫고 튀어나왔다.

[케릉!! 케게객……!!]

마물이 고통에 숨을 토해내자 아가미에서 붉은 피가 폭포수처럼 흘러내렸다. 실로 어마어마한 신체 능력이었다. 저 정도의 순수한 근력을 가진 자는 아마 고든 파비안과 화린을 제외하면 그가 유일할 것이었다.

"지금이다. 간과 심장은 이 자리에서 먹어 치우고 살점들만 발라서 가지고 간다. 독이 있는 쓸개는 아직 성년이 되지 않은 아이들에게 내려줘라. 독의 내성은 지금부터 단련시켜야 하니까."

"예!!"

"알겠습니다."

할카타의 명령에 야인들은 일사불란하게 쓰러진 변종 샤벨리거를 도축하기 위해 서로 달라붙었다.

카릴은 야인의 사냥을 지켜봤다. 사냥감을 도망치지 못하게 몰아세우고 무리 중에 가장 강한 자가 녀석을 잡는다.

그들의 사냥은 단순하지만 효율적이었다. 언제 죽어도 이상할 것이 없는 대밀림에서 무리 사냥은 자칫 대량으로 부족민들을 잃을지도 모르는 일이기에 그들은 전투는 오직 단 한 명만이 치른다.

혹자는 야인의 사냥법이 더 비효율적이라 말할 수도 있지만 그만큼 그들에겐 그 단 한 명의 사냥꾼에 대한 절대적인 믿음이 있었다.

"서둘러라!!"

할카타의 옆에 서 있는 날렵한 인상의 남자가 부족민들을 향해 소리쳤다.

[카아아아악!!]

샤벨리거의 해체 작업이 한창인 그때, 갑자기 숲 안쪽에서 날카로운 포효가 들렸다.

"······또 한 마리가?!"

야인들이 황급히 일어나려는 순간, 무너진 절벽 뒤쪽으로 그들을 덮치는 샤벨리거의 검은 그림자가 드리워졌다.

카릴은 조용히 그들의 모습을 지켜봤다. 한참 도축 중이던 야인들은 자신들을 덮치는 마물의 등장에 놀란 표정이었지만 절대 도망치지 않았다. 그건 겁에 질려 다리가 떨어지지 않은 것이 아니었다. 우왕좌왕하게 되면 오히려 혼란만을 가중하는 일이었기에 그들은 스스로 목표가 되어 마물의 움직임을 가두고 할카타가 공격하기 쉽게 만들었다.

"배짱은 두둑하군."

그때였다.

빠각······!!

물끄러미 그들을 지켜보던 카릴이 날뛰는 샤벨리거의 머리 위로 나타나 그대로 녀석을 찍어 누르자 포효 소리 대신에 뭔가 부서지는 소리가 울렸다.

퍼억!! 콰지직--!!

충격에 샤벨리거의 무릎이 굽혀지자 카릴은 녀석의 얼굴 앞으로 뛰어내렸다. 그러고는 검날의 넓은 면으로 다시 한번 마물의 뺨을 후려치자 녀석의 머리가 검을 따라 획! 하고 젖혀졌다.

"우악!!"

"피, 피해!!"

부족민에게 달려들던 샤벨리거는 그대로 날아가 잔해에 깔려 있는 다른 샤벨리거의 시체 위에 처박혔다.

야인들은 갑작스러운 카릴의 등장에 어안이 벙벙한 얼굴로 그를 바라봤다.

"일격에……?"

"아니, 그보다 외부인이 어째서……!!"

"누구냐!"

그들은 경계하며 소리쳤다.

"누구냐고? 외부와 단절된 곳이라더니 세상 돌아가는 상황이 어떤지도 모르고 있나 보군."

카릴은 발아래에 있는 잘려 나간 거대한 샤벨리거의 머리를 마치 의자처럼 깔고 앉으며 말했다. 그 광경에 야인들은 할 말을 잃고 말았다.

단순히 샤벨리거를 날려 버린 것이 아니었다. 마물이 카릴의 일격을 버티지 못하고 머리와 몸통이 분리되어 찢어지고 말았다는 것을 깨달았다.

칼등으로 내려치는 것을 봤으니 날로 벤 것도 아니었다.

웅성- 웅성-

자신들의 족장인 할카타도 일격에 마물의 사지를 찢어발길 수는 없었다.

"뭐냐. 넌."

할카타는 카릴이 일부러 자신에게 보란 듯이 샤벨리거를 칼 등으로 쳤음을 알고 있었다.

[재밌는 곳이군. 아직도 이런 곳이 남아 있다니…….]

팽팽한 긴장감과 달리 라시스는 오히려 눈앞에 할카타보다 주위에 더 관심을 보였다.

[이토록 울창한 밀림인데 정령의 기운이 하나도 느껴지지 않는다니. 어쩐 일이지.]

[기억나지 않아? 신화 시대에도 이와 같은 곳이 하나 있었다.]

[정령의 숨결이 느껴지지 않는 곳이라…… 그렇군, 에테랄. 그곳을 얘기하는 것이군.]

라시스는 그녀의 말에 고개를 끄덕였다.

[설마 녀석이 여기에 있는 건 아니겠지?]

[그럴 리가. 신령대전 이후 그는 봉인되어 정령계로 돌아갔다. 여기에 있을 리가 없어.]

[하지만 그 녀석이 있는 주위는 섭리가 엉켜 엉망이 되어버리잖아. 꼭 지금처럼 말이야. 게다가 여긴 인간계야. 만약 녀석이 여기 있다면 생태계가 망가지는 것은 한순간이지.]

[글쎄……. 에테랄, 네 말도 일리는 있지만 율라가 라시스와 함께 극히 싫어했던 그를 인간계에 뒀으리라 생각되지는 않는군.]

'누굴 말하는 거야?'

카릴은 뜻밖에 머릿속에서 울리는 대화에 할카타에게 시선을 떼지 않으면서 그들에게 물었다.

[우레 군주. 번개의 정령왕인 쿤겐말이다.]

"흐음."

라시스의 대답에 카릴은 살짝 입술을 씰룩였다. 확실히 에이단에게 물려준 쿤겐이 봉인되어 있다고 알려져 있는 쌍검, 뇌격과 뇌전은 마도 시대 이후에 새로이 만들어진 것이었다.

그 말은 즉, 우레 군주의 행방은 지금으로서는 묘연하다는 의미였다.

'확실히 대밀림은 습한 기후만큼 천둥과 번개도 많이 내리긴 하지만…… 그게 꼭 번개의 정령왕 때문에 일어나는 일이라고 보긴 어렵지.'

하지만 카릴은 정령왕들이 남긴 의심을 버리진 않았다. 만에 하나 대밀림이 쿤겐과 관계가 있는 것이라면 찾아야 할 남은 두 정령왕 중 한 명을 얻게 되는 일이었으니까.

"이 새끼가……!! 감히 누구 말을 씹……."

우득-

조금 전 할카타의 옆에 서 있던 날렵하게 생긴 야인은 카릴을 향해 소리치다 말고 그대로 앞으로 고꾸라졌다.

"컥…… 커컥."

바닥에 엎어진 그는 늪에 얼굴을 파묻고는 허우적거렸다. 갑작스러운 그의 이상행동에 사람들은 어리둥절한 표정으로 그를 바라봤다.

"……!!"

놀랍게도 그가 허우적거리던 이유는 두 다리가 완전히 부러져 설 수가 없었기 때문이었다.

"조금 전 내 검을 보지 못한 놈들은 끼어들 생각하지 마라."

카릴은 엎어져 있는 남자의 머리를 밟으며 앞으로 걸어 나왔다. 단 한 마디에 불과했지만 카릴의 말은 조금 전까지만 하더라도 으르렁거리듯 소리치던 야인들을 꿀 먹은 벙어리로 만들었다.

"말은 바로 해야지. 검이 아니라 발로 부순 것이잖느냐."

"그래도 족장답게 쓸 만하군. 그러면 알겠지. 너희들이 날이길 수 없다는 것도."

할카타는 갈수록 어이가 없었다.

"뭐 하는 놈인데 이곳까지 와서 소란을 피우는 것이지?"

"대륙의 주인. 그리고 너희들의 주인이 될 사람."

카릴의 말에 습한 밀림의 공기가 차갑게 얼어붙는 듯했다.

"야수를 길들이러 왔다."

"야수? 미친놈이군. 과거에 제국의 황제도 이 땅을 넘봤지만, 결국 제풀에 나가떨어졌지."

할카타는 코웃음을 쳤다.

"나는 네놈이 누군지 알고 있다. 카릴 맥거번. 대륙에서 난리를 피우고 있다지만 야인은 네게 휘둘리지 않는다. 썩 꺼져."

"아…… 그래?"

카릴은 천천히 고개를 들었다. 그러고는 할카타를 향해 씨익 웃었다.

"난 또 정말로 네가 날 모르는 줄 알았지. 그런데 알면 지금 왜 이러고 있는 거지?"

그의 말에 할카타는 무슨 뜻이냐는 듯 고개를 꺾으며 바라봤다.

"날 알면 본 순간 바로 고개를 내리깔아야지."

퍼억-!!

카릴의 주먹이 할카타의 옆구리에 정확히 꽂혔다. 탄탄한 근육 속으로 주먹이 움푹 파고들었다.

"크하!!"

놀랍게도 할카타는 고통을 느끼지 못하는 듯 오히려 자신의 옆구리를 찌른 카릴의 팔을 움켜쥐고는 등 뒤로 돌아 그를 안고서 허리에 차고 있던 철퇴의 쇠사슬로 카릴을 묶었다.

우득…… 우드득…….

움푹 들어갔던 옆구리의 근육이 마치 살아 움직이는 것처럼 꿈틀거렸다.

[부러진 갈비뼈가 붙는 데 고작 1초도 걸리지 않는다고? 뭐저런 괴물 같은 놈이 다 있지.]

알른 자비우스는 카릴의 일격에도 아랑곳하지 않고 달려드는 할카타는 보며 어이가 없는 듯 말했다.

'야인족의 특성이지. 독은 통하지 않고 재생력은 마물을 뛰어넘지.'

[데릴인가 하는 녀석이 한 말이 맞았군. 이놈들은 인간이 아니라 야수야. 마도 시대에도 이런 별종은 없었다.]

'야수라······.'

카릴은 알른의 말에 옅은 미소를 지었다.

"저놈은 야수 축에도 끼지 못해. 기껏해야 덩치 큰 강아지에 불과하지."

[······뭐?]

카릴은 자신의 목을 조여오는 사슬을 있는 힘껏 양쪽으로 잡아당겼다.

캉!!

쇠사슬이 경쾌한 소리를 내면서 끊겼다. 동시에 카릴이 그의 품 안으로 몸을 돌리며 그대로 할카타를 엎어치기 하듯 들어 올렸다.

콰아아아아아앙--!!

요란한 소리와 함께 늪의 물이 사방으로 튀었다. 어안이 벙벙한 표정으로 할카타가 카릴을 바라본 순간 카릴은 아무렇지 않게 그의 손목을 꺾었다.

"크악!!"

우드득거리는 소리와 함께 그의 팔이 기형적으로 꺾였다.

"할카타."

카릴은 거구의 그를 바닥에 처박고서 속삭이듯 말했다.

"오해하나 본데 네겐 관심 없다. 네 우리에 가둬둔 진짜 야수를 만나러 온 거니까."

"……뭐?"

"안챠르. 안챠르 할룬. 설명은 필요 없겠지. 누군지는 네가 더 잘 알고 있을 테니까."

그 이름이 카릴의 입에서 나오는 그 순간, 야인들은 웅성거리기 시작했다.

►Chapter 3◄

"안…… 안챠르?"

할카타는 카릴의 말에 부러진 손목의 고통 따위는 느끼지 못할 정도로 당혹감을 감출 수 없었다.

"네가 어떻게 그 이름을 알고 있지?"

"흐음."

하지만 카릴은 그의 물음에 대답 대신에 바닥에 닿아 있는 그의 배를 있는 힘껏 올려 찼다.

퍼억-!

둔탁한 소리와 함께 공중에 붕 떠오른 할카타의 허리가 접히듯 꺾였다. 카릴은 거구의 몸뚱이가 바닥으로 떨어지기 전에 주먹을 그에게 쏟아내듯 두들겼다. 조금 전 붙었던 갈비뼈들이 다시 한번 산산조각이 나며 부서졌다.

"컥!!"

조금 전에는 신음 한 번 내지 않던 할카타가 처음으로 고통에 비명을 질렀다. 하지만 할카타의 비명에도 불구하고 카릴의 공격은 멈추지 않았다. 허공에 떠오른 할카타의 두 다리를 칼등으로 내려치자 그는 그대로 바닥에 처박혔다.

콰득……!!

바닥에 쓰러진 할카타의 양다리가 마치 끈이 끊어진 인형처럼 너덜거리며 튕겼다.

"야인들은 잘려 나가지만 않으면 회복이 된다니 좋은걸. 마음껏 두들겨 줄 수 있으니 말이야."

할카타의 부러진 다리를 지그시 밟은 카릴이 그를 내려다보며 말했다.

"커…… 커억……."

할카타는 뭐라 소리치려고 했지만, 그보다 계속해서 밀려오는 고통에 벌레처럼 허리를 굽히며 바닥에 주저앉았다.

"이, 이익……!!"

경이로운 재생 능력을 가지고 있지만 그렇다고 해서 고통을 알지 못하는 것은 절대 아니었다. 검에 찔리는 느낌부터 팔, 다리가 부러지는 느낌까지 그들은 모두 똑같이 체감한다.

그걸 보면 야인의 정말 무서운 점은 독이 통하지 않는 것도, 무한에 가까운 재생능력도 아니라 그런 고통을 모두 감내하는 그들의 인내력일지 모른다.

그런 야인족의 최강자라 할 수 있는 할카타가 비명을 토해 낼 정도였으니 카릴의 공격이 얼마나 고통스러운 급소만을 정확히 노린 것인지 알 수 있었다.

"앓는 소리 하지 마. 마력을 쓰지도 않았어. 야인이란 이름이 아깝군."

카릴이 실망스럽다는 표정으로 할카타에게 말하자 그걸 들은 야인족 사람들은 질렸다는 듯 창백한 얼굴로 그를 바라봤다.

"네가 아니라 카릴 님."

"……뭐?"

"뭐가 아니라 네. 알겠어? 지금까지는 밀림에 틀어박혀 살아 왔을지라도 이제는 다른 삶을 살아야지. 언제까지 이런 척박한 땅에서 마물의 살점이나 뜯어 먹고살 거야? 안 그래? 환경이 변하면 사람도 변해야 하는 법."

카릴은 할카타의 어깨를 가볍게 두들겼다.

"이왕이면 예절이라는 것을 배우는 게 좋겠지. 날 알고 있다고 했으니 두 번의 용서는 없다."

할카타는 자신의 가슴께 정도밖에 오지 않는 소년의 말이 오싹하게 전신을 훑고 지나감을 느꼈다. 대밀림 속에서 만난 그 어떤 마물보다도 자신을 밟고 서 있는 카릴이 두렵다는 것을 깨달은 건 결코 그가 약해서가 아니었다.

[넋이 나간 표정이군. 클클…….]

알른은 할카타의 얼굴을 바라보며 웃었다.

[하긴, 야수라면 모름지기 인간보다 더욱 본능에 충실해야 겠지. 지상 최강의 야수인 드래곤의 심장을 하나도 아닌 두 개나 가지고 있는 널 앞에 두고 오금이 저리는 것은 당연한 일일게야.]

쏴아아악--!!

그 순간 카릴의 팔을 타고 마엘이 튀어나왔다.

"허, 허억?!"

푸른 뱀은 당장에라도 할카타의 목을 물어뜯을 듯 날카로운 이빨을 부딪치다 사라졌다.

[흥, 드래곤 따위.]

마엘은 알른의 말에 자존심이 상한 듯 말했다. 카릴은 그런 그를 보며 피식 웃었다.

"결국 너…… 아니, 당신도 야인을 밀림에서 쫓아내기 위해 온 것 아닌가? 우리는 절대로 이곳에서 나가지 않는다. 우리보고 이민족처럼 자신의 땅을 버리고 도망치듯 숨어 살라고? 그런 짓은 절대 안 해."

"누가 가래? 너희는 이 땅에서 살아."

"……뭐?"

"할카타. 넌 날 만난 걸 고맙게 생각해야 할 거야."

그러고는 고개를 돌렸다.

정작 당사자인 할카타는 그의 말에 뭐라고 대답을 해야 할지 몰라 그저 입술을 씰룩일 뿐이었다.

"내가 바꾸려는 것은 이 땅, 그 자체니까."

"그게 무슨……."

그 순간 카릴은 의미심장한 표정으로 자신의 옆에 서 있는 알카르의 이마를 가볍게 쓸어 넘겼다.

"그러니 그녀에게 안내해."

"그녀라니……."

"본론은 그녀와 얘기하겠다. 시간을 질질 끌지 마라. 두 번의 용서는 없다고 했을 텐데. 지금 당장 움직여. 너희들의 진짜 지도자, 다섯 야수의 영혼이 깃든 드루이드(Druid), 안챠르에게로 말이야."

그 순간 할카타는 이 만남이 단순한 우연이 아님을 깨달았다. 외부와 단절된 대밀림에서의 삶을 살고 있는 자신의 이름을 알고 있는 사람이었다. 게다가 부족 안에서도 소수의 사람만이 알고 있는 그녀의 이름을 정확히 꺼내자 그는 카릴이 분명한 목적이 있음을 알 수 있었다.

'적어도 제국과 같이 대밀림을 빼앗으려는 의도는 아니다. 하지만…… 어째서 그녀를?'

할카타는 거친 겉모습과 달리 불안함을 감추지 못했다.

"오두막으로 가는 것은 어려운 일이 아니나 당신을 만나는 것은 그녀가 결정할 일이오. 아니, 그전에 그 안으로 들어갈 수 있을지부터가 의문이지만."

카릴은 그의 말에 가볍게 웃었다.

"그건 내가 알아서 할 일이야. 걱정 마. 금령못까지만 안내하면 된다. 내가 직접 찾아가도 되지만 야인족의 족장인 네가 안내해야 그녀를 볼 수 있을 테니까."

"……거기까지도 알고 있소?"

할카타는 기가 막혔다. 바깥과 소통이 없는 대밀림이었기에 이곳에 대한 지도가 있을 리 만무했다.

"도대체 당신의 정체가 뭡니까."

카릴은 그의 물음 대답 대신 다시 한번 그의 어깨를 가볍게 두들기고는 자리에서 일어섰다.

"그건 가보면 알게 될 거야. 참고로 샤벨리거의 간은 생으로 먹는 것 보다 쪄서 먹는 게 맛있다. 쪄서 조금 내게 나눠 줄 수 있을까?"

그는 묘한 웃음을 보이고서는 천천히 걸음을 옮겼다.

늪 한가운데에 작은 오두막. 마치 부글부글 끓는 것처럼 시커먼 늪 위로 기포가 끓어오르며 터지길 반복했다. 이런 와중에 가운데 세워진 오두막이 무너지지 않은 것만으로도 대단한 일이 아닐 수 없었다.

"흐음. 냄새가 제법 그럴싸한데."

늪에서 나는 썩은 악취가 아니라 카릴이 할카타가 건넨 쪄낸 간을 보며 한 말이었다.

"샤벨리거의 간을 쪄서 먹는다는 소리는 평생 처음 듣는군. 간은 모름지기 붉을 때 먹어야 하는 법인 것을."

할카타는 검게 변한 간을 보며 정색을 했다. 하지만 카릴은 아무렇지 않게 간을 한 움큼 뜯어내 입에 넣고서 우물거렸다. 그러고는 아무렇지 않게 늪 안으로 걸어 들어가기 시작했다.

"자, 잠깐! 조심……!!"

파드득……! 파드드득……!!

그때였다. 갑자기 늪 안이 요란하게 떨리더니 그 안에 살고 있는 물고기들이 미친 듯이 날뛰기 시작했다.

"이게 무슨……."

"금령못에서 나는 풀잎으로 너희가 마물을 잡는 독을 쓰고 있지? 그만큼 이 늪에 흐르는 독기가 엄청나다는 뜻이겠지. 하지만 늪의 독 정도는 야인인 너희들에게도 큰 위협이 되진 않아."

카릴은 쥐고 있던 간을 조금씩 떼어내면서 늪에 뿌리기 시작했다.

"문제는 이 식인어들이지. 이런 독기 안에서 살고 있는 녀석들이야말로 더 대단한 놈들이거든. 포나인 강에 사는 식인어들처럼 생겼지만, 그보다 더 작고 날렵하지. 게다가 이빨에 한 번이라도 물린다면 만독불침이라 불리는 너희 야인들도 버티지 못할걸."

[카락! 카라락!!]

놀랍게도 카릴이 간을 뿌릴 때마다 날뛰던 물고기들이 도망치듯 그 주위를 피하며 흩어졌다.

"하지만 녀석들은 재밌게도 샤벨리거의 간을 싫어하는데 생간으로는 향이 부족해서 안 돼. 쪄내면 그 특유의 향이 강해져 녀석들이 접근하지 못한다. 입에 머금고 있으면 더더욱 달라붙지 못하지."

카릴은 남은 간을 뒤에 서 있는 할카타에게 던졌다.

"그리고 맛도 나쁘지 않아. 퉷-"

하지만 입에 머금고 있던 간을 뱉어내면서 그는 묘한 웃음을 지었다.

"내 입맛엔 맞지 않지만 말이야. 네겐 맛있을걸."

할카타는 손에 들고 있는 남은 간을 바라보며 이걸 먹으라는 건지 말라는 건지 모르겠다는 표정으로 카릴을 바라봤다.

"금령못으로 들어올 수 있는 유일한 방법이니까 말이야. 스스로 이 안으로 도망친 그녀를 만나고 싶을 것 아냐. 안 그래?"

"……이걸 알려주는 이유가 뭡니까?"

"당신 딸이잖아."

카릴은 그에게 보였던 묘한 미소의 의미를 이제야 솔직하게 말했다.

"……우읍."

카릴의 말에 할카타는 망설임 없이 샤벨리거의 남은 간을 입안에 쑤셔 넣었다. 역겨운 냄새가 확 풍겨 헛구역질이 절로

났지만, 그는 보란 듯이 꾸역꾸역 씹었다.

그런 그를 바라보며 카릴은 뒤를 돌아 낡은 오두막을 바라보며 생각했다.

'안챠르. 너는 모르겠지만 네가 전생에서 가장 후회했던 일을 내가 막아주었다. 이제 더 마음껏 날뛸 수 있겠지.'

"야인의 선조는 과거 신화 시대부터 살아 있던 수많은 야수의 영혼이다. 우리는 저마다 각자만의 야수가 깃들어 있다고 믿지."

카릴은 입을 닦으며 걸어오는 할카타에게 고개를 돌려 바라봤다.

"하지만 그녀는 선조의 영혼이 깃든 것이 아니라 저주를 받았다. 야수의 영혼이 단 한 마리만 깃들어 있는 것이 아닌 선조의 영혼들이 모두 있어 정작 자신의 모습을 유지하지 못하고 괴물이 되어 가는 중이지."

"언제부터 그랬지?"

"……약 한 달 전부터."

카릴은 할카타의 말에 고개를 끄덕였다.

'정확하군.'

신탁이 내려지고 타락이 세상 밖으로 나온 이후 그녀의 몸 안에 있는 영혼들이 날뛰기 시작한 것이다. 자신의 기억대로 그녀는 타락이 나타난 뒤에 능력을 개안한 것이었다.

'하지만 전생에 내가 신탁을 받고 처음 그녀를 만나러 왔을

때는 이미 대밀림은 쑥대밭이 되어 있었고 야인족은 전멸한 지 오래였다.'

10인 중 나머지 두 명. 타락이 나타난 이후 뒤늦게 능력을 얻은 그들은 강력한 힘을 가지고 있으나 다른 사람들과 분명한 차이가 있었다.

바로, 타락에 영향을 받는다는 것. 타락이 세상을 오염시키면 시킬수록 그들은 강한 힘을 얻지만, 자칫 이성을 잃고 그 힘에 오히려 잠식당하게 된다. 이성을 잃는다는 것은 비슷하지만 화린의 경우와는 완전히 달랐다. 왜냐하면 그녀가 가지고 있는 라이칸스로프의 의지는 그 힘을 다하면 다시 돌아온다.

하지만 안챠르의 경우엔 대륙에 퍼진 타락의 힘이 약해지지 않으면 계속해서 이성을 잃게 되니, 타락과 더불어 괴물 한 마리를 더 풀어놓는 꼴이 되어버리는 것이다.

'게다가 이제 처음 각성을 한 상태라 힘을 얻어 어떻게 다루는지도 모르는 상태일 것이다. 전생에도 결국 힘에 취해 자신의 동족을 살해하고 말았으니까.'

안챠르가 평생에 걸쳐 후회했던 일이 바로 그것이었다. 특히 자신의 아버지인 할카타를 죽인 것을 말이다.

'최초의 타락인 혈이 사라진 지금 유일하게 진정된 상태겠지. 하지만 언제 또 발작이 일어날지 몰라 나오지 못하고 있을 터.'

이후 다시 두 사람이 재회했을 때, 안챠르가 할카타의 심장을 파헤치는 끔찍한 일을 했다고 한다. 카릴이 혈을 사냥하고 난 뒤 가장 먼저 이곳을 찾은 이유도 바로 그 때문이었다. 다음 타락이 나타나기 전에 그녀를 자신의 것으로 만듦과 동시에 타락에서 정신을 유지하는 방법을 깨우치게 하기 위함이었다.

[멈춰!!]

늪 안에 있는 오두막에서 남자의 목소리도 아니고 여자의 것도 아닌 이중으로 섞인 기묘한 외침이 들렸다.

"안챠르……."

그 소리를 듣자 할카타는 걱정 가득한 목소리로 그녀의 이름을 읊조렸다.

"할카타."

카릴이 나지막한 목소리로 말했다.

"만독불침의 육체는 야인의 가장 큰 능력이다. 너는 딸을 위해 그걸 포기할 수 있나?"

"……네?"

"너희들의 그 능력은 여기서 자라는 독풀이 있어야 가능할 텐데. 내가 이 땅을 바꾸겠다고 했지? 지금부터 난 금령못을 완전히 뒤엎을 거다. 다시는 독풀이 자라나지 못하겠지."

"……그럼 안챠르는?"

"살 수 있다."

그 한마디에 할카타는 망설임 없이 고개를 끄덕였다.

"좋아. 그럼 물러나. 지금부터 그녀도 이 땅도 모두 정화시킬 거니까."

쩌적…… 쩌쩌적…….

그 순간 카릴의 발밑부터 차가운 얼음이 얼어붙기 시작했다. 허리에 꽂혀 있던 얼음 발톱을 뽑아 늪에 박아 넣자 조금 순식간에 늪은 커다란 빙판이 되었다. 카릴은 옆에 기대어 있는 신록의 이마를 다시 한번 쓸어 넘기면서 말했다.

"알카르. 지금부턴 네가 잘해줘야겠다."

어린 신수는 그의 말이 무슨 뜻인지 아는지 모르는지 그저 손길에 기분 좋은 듯 혀를 내밀었다.

"좋아. 가서 인사하도록 하자. 앞으로 네게 조공을 할 야인들의 주인에게 말이지."

[오지 마!!]

날카로운 외침이 들리자 할카타는 자신도 모르게 움찔거렸지만 카릴은 얼어붙은 늪을 계속 걸어갔다.

"안챠르."

[누구? 내가 분명히 아무도 이곳에 들이지 말라고 했을 텐데……!! 아버지, 어째서?!]

할카타는 뭔가를 말하려 입술을 씰룩였지만 차마 말이 입 안에서만 맴돌 뿐 밖으로 나오지 않았다.

"그에게는 죄가 없다. 내가 억지로 끌고 온 것일 뿐이니까. 네가 지금 강한 선령(仙靈)의 기운 때문에 정신이 오락가락하겠지만 누구보다 확실하게 내 기운을 느낄 수 있겠지. 그가 날 어찌할 수 있는 수준이 아니라는 것을 말이야."

[드…… 드래곤?]

오두막 안쪽까지 들어온 카릴은 닫힌 문을 향해 말했다.

"잘 아는군. 그러면 그것도 알겠지. 내 몸 안에 있는 힘이 비단 용마력만이 아니라는 것을. 할카타가 날 막을 수 있었으리라 보나? 그뿐만 아니라 너도 날 어쩔 수 없다는 걸 알겠지."

[꺼져.]

문 안에서 들려오는 짧은 대답.

카릴은 그녀의 말에 살짝 뺨을 씰룩였고 할카타는 걱정스러운 표정으로 그를 바라봤다.

[풋…… 클클클. 천하의 카릴이 제대로 한 방 먹었군. 성질머리 고약한 건 세리카나 케이 로스차일드보다 더한 것 같은걸.]

알른 자비우스는 카릴을 바라보며 재밌다는 듯 웃었다.

"걱정 마. 안챠르, 내가 안으로 들어가겠다. 얼굴을 보고 얘기하지."

[크…… 크르르르……. 꺼지라고 했잖아!!]

그 순간, 오두막 안에서는 대답 대신 맹수의 날카로운 으르렁거림이 들렸다.

탈칵-

하지만 카릴은 그녀의 경고에도 불구하고 끝내 문고리를 잡아당겼다.

[내가…… 이제 인간이 아니게 된……!!]

콰아아아아아앙--!!

그 순간 오두막의 문이 산산조각이 나면서 어두운 방 안에서 뭔가가 튀어나왔다.

"집 안에만 틀어박혀 있는 꼬마들을 데리고 나오는 일은 내 전문이니까."

카릴은 자신을 향해 날아오는 거대한 주먹을 향해 나지막하게 말했다.

"두들겨 패서라도 말이지."

스르릉……!!

카릴이 기다렸다는 듯 얼음 발톱을 휘둘렀다. 검날이 공기에 닿아 움직일 때마다 새하얀 눈가루가 흩날렸다.

"늑대로군."

카릴의 얼음 발톱이 허공을 긋는 순간 검날을 물며 좌우로 세차게 머리를 흔드는 한 마리의 거대한 늑대가 모습을 드러냈다. 건장한 체격의 카릴보다 배는 더 클 것 같은 거대한 맹수는 갈색 털을 가지고 있었는데 자칫 곰이라고 생각될 정도로 엄청난 크기였다.

까드득…… 카득!!

카릴은 날카로운 송곳니로 당장에라도 그를 물어뜯으려 안간힘을 쓰는 그녀를 어쩐지 즐거운 듯 바라봤다.

[화린과는 또 다른 모습이로군.]

알른은 흥미로운 눈빛으로 그녀를 바라봤다. 비록 늑대의 모습을 하고 있지만, 이족보행을 하는 라이칸스로프와 달리 안챠르는 완벽한 한 마리의 늑대로 변해 있었다.

"쉐이프(Shape). 야인족 중에서도 드루이드라 불리는 특수한 능력을 가진 자들만이 쓸 수 있는 기술이지. 자신의 모습을 선령으로 탈바꿈하는 힘. 하지만 그렇다고 마력을 소모하는 것은 아냐. 선령은 고대에 살았던 동물들이기에 일반적인 변신술과는 완전히 달라."

[그러게. 재밌군. 화린의 기술은 육체적인 능력만을 극단적으로 강화되지만 저건 물리적인 힘보다 오히려 정신적인 힘이 강화되는 듯싶군.]

안챠르가 당장에라도 카릴의 목을 물어뜯으려 안간힘을 쓰는 일촉즉발의 상황임에도 불구하고 오히려 알른은 그녀를 분석하기에 바빴다.

[폴리모프 마법은 꽤 많이 마력을 소모하는 기술인데 이건 오히려 변신해서 보유하는 마력이 상승하다니 말이야.]

"맞아. 동방국의 마력변형과도 다르지."

[이걸 네 녀석의 부하들에게도 적용시킬 수 없을까?]

"어려울 거야. 그럴 수 있다면 차라리 체질적으로 가능성이 큰 야인족에게 가르쳐서 야수 부대를 만드는 게 낫겠지."

[그거 재밌겠는걸.]

"하지만 드루이드는 우리가 만드는 게 아니라 선령들이 선택하는 자들만이 가능한 거니까."

[흐음…….]

"게다가 동방국의 기술은 암연과 스나켈에게 집중시키는 게 더 나아. 마력혈을 강제로 확장해 뚫는 방법인 마력변형은 몸에 부담이 가는 기술이니까. 어릴 때부터 훈련하지 않으면 당장에 쓰기 어렵지."

[여러모로 정석의 방법뿐이로군.]

"그걸로 충분해. 특유의 방법을 쓰는 것은 소수만으로도 효과를 볼 수 있으니까."

"그렇군."

할카타는 안챠르를 앞에 두고 여유롭게 대화를 나누는 두 사람의 모습에 혼란스러운 모습이었다.

안챠르가 어떤 인물인가.

그녀는 태어날 때부터 남달랐다. 야인족은 태어난 순간 어미의 품을 느끼기도 전에 가장 먼저 다섯 선령의 무덤에서 하루를 보낸다. 갓난아기를 부모의 품에 떨어뜨려 놓는 행위만 본다면 지극히 야만적인 전통으로 보인다.

그러나 그 무덤에서 하루를 지낸 아이들은 아무것도 먹지도, 마시지도 않았지만, 오히려 더 건강해진다.

그것이 선령의 가호.

태어나는 순간 하나의 선령에게 가호를 받게 된 야인족의 아이들은 그 선령의 힘에 따라 성장하게 된다. 어떤 이는 몸이 바위처럼 단단하고 어떤 이는 하늘을 나는 것처럼 민첩했다. 하지만 안챠르는 태어나고 일주일이 지나는 시간 동안에도 선령의 무덤에서 아무런 반응이 없었다.

이미 죽었다느니, 선령에게 버림받았다느니 온갖 소문이 들끓었다. 결국, 할카타는 모두의 만류에도 불구하고 끝내 그녀를 찾기 위해 선령의 무덤에 발을 들여놓았다.

그 순간 그는 믿을 수 없는 광경을 보게 되었다. 커다란 불새가 하늘을 뒤덮으며 날갯짓을 한순간 그 아래에는 이리저리 거칠게 상아를 가로 젓는 코끼리와 송곳니를 드러내며 으르렁거리는 갈색 늑대, 푸른 비늘을 번뜩이는 나가와 커다란 코뿔소가 뒤엉켜 싸우고 있었다.

할카타는 그들이 무엇인지 단번에 알았다.

고대 시대에 살았던 대밀림의 선령들이었는데 놀랍게도 그들은 안챠르의 육체에 가호를 내리기 위해 그들끼리 싸우고 있었다. 선령은 삼 일 밤낮을 서로 싸웠지만, 결판이 나지 않았고 그동안 대밀림은 끔찍한 일들이 벌어졌었다.

강물은 범람하고 수도 없이 벼락이 내리쳤으며 아무런 이유 없이 화재가 발생하고 때로는 차가운 눈이 쏟아지기도 했다. 승자 없이 끝난 쟁탈전에서 그들은 결국 모두가 그녀에게 가호를 내리기로 했고, 야인족의 역사 중 이토록 완벽한 그릇은 더 이상 존재할 수 없으리라 여겼다.

저주가 아닌 축복의 아이라 여겨지며 살아 있는 우상이 되었던 그녀는 그 누구보다 강력한 힘을 가진 사람이었다.

하지만…… 그런 대단한 그녀를 두고 카릴은 너무나도 여유로운 모습이었다.

"고작 야수화(野獸化) 정도가 뭐 놀라울 일이라고 그래?"

카릴은 그의 눈빛에 담긴 놀라움을 알아차렸다는 듯 말했다.

"라이칸스로프에 드래곤으로까지 변하는 사람들이 있는데 고작 늑대가 되는 건 우습지도 않지."

[클클클……]

그의 옆에 있는 알른 역시 웃었다. 마치 안챠르의 그 어떤 공격이라 할지라도 카릴에게 통하지 않음을 확신하는 그의 모습에 할카타는 입을 다물고 말았다.

"안챠르, 잘 들어. 지금부터 네가 살 방법을 알려주겠다. 너는 여섯 번째 선령을 몸 안에 받아들여야 한다."

"그, 그게 무슨 말입니까?! 지금도 이 지경인데……!!"

"네게 말한 게 아니다. 할카타."

"하…… 하지만."

카릴의 차가운 말에 그는 입술을 들썩였다.

"여섯 번째 선령이 그녀의 몸에 깃들기 전까지는 그저 조잡한 변신술을 할 수 있는 야인에 불과하다. 게다가 그마저도 제어하지 못해 이성을 잃고 있지."

할카타는 카릴의 말에 깜짝 놀란 표정으로 그를 바라봤다.

"여섯 번째라니……."

또 다른 선령이 있다는 것은 야인족의 수장인 그조차도 처음 들어보는 이야기였다.

[그게 무엇이냐.]

알른 역시 그 말이 궁금한 듯 대답을 재촉했다.

"타락(墮落)."

카릴은 의미심장한 눈빛으로 그녀를 바라봤다.

"자, 잠깐만!! 그녀를 구해준다고 하지 않았소! 지금 저 아이가 저 꼴이 된 것이 타락 때문인데……. 어찌 그런 말을!!"

[키야야야야야—!!]

얼음 발톱을 미친 듯이 물어 재끼던 늑대의 몸이 갑자기 빛나더니 커다란 코끼리가 길게 솟은 상아를 마치 창처럼 카릴을 향해 내려쳤다.

콰아아아앙……!!

"흡!"

조금 전과 달리 카릴은 얼음 발톱의 끝을 나머지 한 손으로 잡아 검을 가로로 세워 그녀의 공격을 막았다.

콰드득……! 콰득!!

얼음 발톱을 들이받은 안챠르가 속도를 멈추지 않고 그를 밀어붙이자 카릴의 몸이 처음으로 뒤로 밀려났다.

툭, 툭.

하지만 코끼리의 기세가 멈추자 그는 마치 애완동물을 다루듯 두꺼운 가죽으로 된 이마를 가볍게 두들겼다. 할카타는 보고도 믿을 수 없다는 듯 어안이 벙벙한 얼굴로 서 있었다.

"할카타 네 말대로 선령들이 날뛰는 이유는 타락이 창궐하고 난 이후야. 선령들의 땅인 대밀림이 오염되는 것을 불안해 하기 때문이지. 하지만 그녀가 자신의 힘을 주체하지 못하고 날뛰는 것은 타락 때문이 아니다. 오히려 선령의 기운이 너무 강해서지."

카릴의 말은 충격적이었다. 자신들을 수호해 준다고 믿었던 선 령의 기운이 오히려 그녀에게 독이 되는 상황이라고 하니 말이다.

"오신(五神)이라 불리는 대밀림의 수호자들은 결코 한 원류 에서 태어난 것이 아니기에 제각각 모두 달라 서로 싸우기 바 쁘지. 그런 녀석들이 한 그릇 안에 있으니 날뜰 수밖에. 뿐만 아니라 타락의 기운이 나타나자 그들은 더욱더 자신의 그릇을 지키기 위해 힘을 발현하는 것이다."

"지금…… 안챠르가 이렇게 된 게 오히려 선령들이 이 아이 를 지키기 위해서라는 말입니까?"

"선령이라고 해봐야 결국 신화 시대의 미물에 불과해. 문제 는 녀석들이 힘을 모아 함께 그녀를 지킨다면 좋겠지만 그게 아니란 게 문제지."

화르르륵……!!

거대한 코끼리의 전신이 불타기 시작하더니 안챠르는 어느 새 날갯짓할 때마다 불꽃을 흩날리는 붉은 새가 되어 카릴을 향해 부리를 쏘았다.

"힘은 힘으로 제압해야 한다. 날뛰는 선령들을 다스리기 위 해서는 그보다 더 강한 힘을 그녀가 가지면 된다."

"그게 여섯 번째……."

"세 번째 재해(災害)라 불리는 타락, 라이스(Lice)는 형체를 찾기 어려운 괴물이다. 하지만 타락임과 동시에 타락이 아닌 녀석이지."

"……무슨 말입니까?"

"라이스가 창궐하게 되면 대지는 작디작은 수많은 각다귀로 뒤덮이게 될 것이다. 녀석들은 인간의 몸에 달라붙어 피를 빨아 먹는 벌레들이지. 단 하루만 나타났다 사라지지만 그 하루 만에 대륙인의 4분의 1이 피를 빨려 죽게 될 것이다."

적월(赤月)의 밤. 피 한 방울 남지 않은 시체들이 즐비했던 세 번째 타락이 나타났던 단 하루를 사람들은 그리 불렀다.

"고작 한 마리의 힘뿐인 너희가 모시는 선령과는 격이 다르지. 믿을 수 없을 정도로 강하지만……."

꿀꺽-

할카르는 자신도 모르게 그의 말에 마른침을 삼켰다.

"안챠르. 너는 녀석들을 막아야 한다."

화르르르륵……! 화악!!

카릴이 불새의 목을 움켜잡았다. 손등에 박힌 아인 트리거가 빛나자 폭염왕의 힘이 불새의 불꽃을 순식간에 밀어 내버렸다. 아무리 전설 속 야수라지만 폭염왕의 불꽃에 비할 바는 아니었다.

"허억…… 허억……."

변신이 풀리자 땀범벅이 되어 비틀거리며 주저앉은 안챠르에게 할카타가 황급히 달려갔다.

"그걸⋯⋯ 제가 무슨 수로."

인간으로 돌아온 안챠르는 처음으로 카릴에게 제대로 된 물음을 꺼냈다.

"정신이 이제 좀 드나 보지."

자신의 의지와 상관없이 몇 번이고 변신을 반복했던 그녀는 무척이나 지친 모습이었지만 오히려 눈빛만큼은 구원을 간절히 바라며 반짝이고 있었다.

"너이기 때문에 가능한 일이야. 대륙에는 수많은 부족이 살고 있고 그들이 믿는 믿음의 대상은 각기 다르다."

카릴은 그녀를 바라봤다.

"본디 타락은 인간의 믿음을 비틀어 절망을 주기 위해 태어난 것. 세 번째 타락인 라이스(Lice)는 야인족의 믿음에 대한 절망의 반영이니까."

"⋯⋯네?"

"실제로 라이스는 땅의 티끌이 작은 벌레로 형상화되어 만들어진 타락이다. 즉, 녀석은 이 땅의 기운을 가진 괴물이란 말이다."

그녀는 자신도 모르게 떨림에 양팔을 감쌌다.

"놈들은 일종의 정령과 비슷하지만, 그 숫자가 어마어마해 보통의 정령술사로는 감당할 수 없다. 오직 선령조차 탐내는 네 그릇만이 녀석을 잠재울 수 있을 것이다."

안챠르는 불안한 듯 그를 바라봤지만 카릴은 한 치의 망설임도 의심도 하지 않았다.

"걱정 마라. 넌 해낼 거다."

카릴은 자신의 옆에 있는 신수의 턱을 가볍게 간질이고는 엉덩이를 밀어 그녀에게 다가가도록 만들었다.

"멸종했다고 알려졌던 3대 위상 중 하나인 신록의 아이다. 이 아이가 널 도울 것이다. 신수는 대지를 강하게 만들어줌과 동시에 야생의 민족인 너희들의 힘을 단단히 해줄 테니까."

"뮤우."

알카르는 안챠르가 내뿜는 기운이 나쁘지 않은 듯 그녀의 손등을 작은 혀로 날름거리며 핥았다.

"네 힘은 저주가 아니라 축복이다. 대밀림의 선령들을 몸 안에 깃들게 할 수 있는 가장 뛰어난 드루이드라는 의미니까."

카릴은 그녀를 향해 말했다.

"그런 축복을 저주로 만들어 버린 놈이 있다면 어떡할래? 복수해야 하지 않겠어?"

그의 물음에 안챠르는 떨리는 눈빛으로 카릴을 바라봤다.

"신의 힘을 빼앗아라."

"……!!"

"세 번째 타락을 네 것으로 만드는 것이다. 그것이야말로 네가 녀석에게 할 수 있는 최고의 복수가 될 테니까."

그 말과 함께 카릴은 안챠르를 향해 손을 내밀었다.

"알카르."

카릴이 신수의 이름을 불렀다. 그러자 어린 신록은 아무런 망설임 없이 얼음 발톱의 얼음으로 덮인 금령못에 뒷발로 구멍을 내고는 그 안으로 머리를 집어넣었다.

부글…… 부글…….

얼음판 위에 수중기가 급격하게 솟구치더니 순식간에 카릴이 만든 얼음이 녹기 시작했다.

[재밌군. 마력으로 만든 얼음이라 마력의 공급을 끊지 않으면 열기로는 절대 녹을 리가 없을 텐데……. 이건 마치 자연계의 얼음처럼 녹고 있으니.]

알른은 알카르의 이마에 지금까지는 없었던 뿔이 아주 작게나마 자라나 있음을 발견했다.

[대밀림은 선령들의 땅인 만큼 자연계의 힘이 강한 지역이지. 그 말은 곧 정령의 힘과도 밀접한 관계가 있다는 말이겠지.]

[선령은 비록 미물이지만 오랜 세월을 거쳐 영체화(靈體化)가 된 것이니 일종의 정령이라 할 수 있다. 저 아이의 몸 안에 있는 다섯 선령이 알카르의 기운을 더 북돋아주고 있는 모양이로군.]

에테랄의 말에 같은 빛의 속성을 가진 라시스는 알카르의 모습을 보며 어쩐지 조금 기분이 좋은 듯 보였다.

우우우우웅…….

진득한 독기로 가득했던 못이 알카르의 힘이 닿자 빛이 흘러나오기 시작했다.

"허⋯⋯."

할카타는 자신도 모르게 그 광경에 혀를 내두르고 말았다. 마물조차 맥을 못 추게 만드는 강력한 독기를 가진 늪이 한순간에 정화되고 있으니 말이다.

"이건 사제도 마법사도 할 수 없는 일이지. 자연계의 순리를 바꾸는 것이니 오직 정령만이 가능한 힘이야."

카릴은 맑게 변한 못의 물을 손으로 떠서 한 모금 꿀꺽 삼켰다. 그의 모습에 할카타는 여전히 긴장한 얼굴이었다. 정화가 되었다고는 하지만 조금 전까지만 하더라도 이곳은 닿기만 해도 그대로 중독되어 목숨을 잃는 끔찍한 곳이었으니까.

"흠."

정화된 늪의 물을 삼킨 카릴은 잠시 생각하는 듯하다가 고개를 끄덕였다.

"라시스. 당신이 이 못에 가호를 걸어줄 수 있나?"

[알카르 때문이라면 굳이 필요하지 않을 듯싶은데. 비록 태어난 지 얼마 되지 않았지만, 이 정도 독기를 몰아낼 수 있는 힘은 가졌으니까.]

"그보다는 선령들을 다스리기 위해서다."

[아하⋯⋯ 알겠군.]

라시스는 카릴의 말을 단번에 이해했다는 듯 고개를 끄덕이고는 못의 주위를 한 바퀴 가볍게 날며 돌기 시작했다.

츠아아아앙⋯⋯!!

그러자 알카르 때와는 비교도 할 수 없는 강렬한 빛이 늪 안에서 뿜어져 나왔다. 이미 정화가 되어 투명한 물이 되었기에 그 빛은 눈이 부실 정도로 빛나 보였다.

[하나 너도 알겠지. 정령의 가호를 내리게 되면 당분간 내 힘을 쓸 수 없다는 걸. 두 번째 타락이 내려질 때 나는 아마 도움이 되지 못할 거다.]

"물론. 타락에게 가장 타격을 줄 수 있는 네 힘을 쓸 수 없는 건 모험이긴 하지만…… 그만한 가치가 있는 일이야. 네 가호가 있다면 알카르가 터전을 만드는 것도 훨씬 수월할 테니까."

카릴은 정화된 늪을 바라보며 말했다.

"이곳의 지형도 변하겠지. 습했던 밀림에서 산맥이 높게 차오르는 울창하고 건강한 숲으로 말이야. 앞으로 이곳은 남은 전투 동안 우리에게 힘이 되어줄 땅이 될 거야."

[게다가 저 선령의 아이를 네가 다루기도 편해지겠지. 음험한 네 머릿속을 내가 모를 줄 아느냐.]

카릴은 그의 말에 쓴웃음을 지었다.

[정령의 가호를 내리겠다.]

그 말을 끝으로 라시스에게서 알 수 없는 단어들이 흘러나오기 시작했다. 룬어도 아닌 그것은 이제는 문헌에서조차 찾을 수 없는 정령어였다. 룬어가 마법의 본질을 끄집어 내어주는 것처럼 정령어는 정령의 진짜 힘을 쓸 수 있게 만들어주는 매개체였다.

정령이 정령어를 쓰는 것은 당연한 일처럼 보일지 모르지만 정령계가 소실되어 가는 이 상황에서 정령계의 힘을 쓴다는 것은 정령 본인의 생명을 갉아먹는 것과 같은 일이었다.

"라미느. 너도 가호를 쓸 수 있나?"

[불가능하다. 정령의 가호는 오직 2대 광야만이 할 수 있는 능력이니까. 우리 원소의 정령왕들은 그들과 달리 물리적인 힘을 직접 발현하니까.]

"흐음. 그건 아쉽군."

[만약 그럴 수 있다면 신령대전에서 조금은 더 싸울 수 있었겠지.]

[하지만 원소의 정령왕이지만 우리와 별개로 가호를 내릴 수 있는 존재가 있긴 하다.]

에테랄이 말했다.

"그게 누구지?"

[번개의 정령왕. 우레 군주 쿤겐.]

그녀의 말에 라미느는 조금 난감하다는 표정으로 카릴에게 말했다.

[확실히 그는 빛과 어둠의 속성을 모두 가지고 있기에 가호를 내릴 수는 있지만…… 어디로 날뛸지 모르는 번개처럼 가호의 효과 역시 들쑥날쑥해서 꼭 도움이 된다고 볼 수는 없겠지.]

"재밌는걸. 네 말대로라면 예상보다 훨씬 더 큰 효과를 얻을 수도 있다는 말이잖아."

[반대로 가호가 아니라 저주가 될 수도 있고.]

카릴은 그의 말에 쿤겐에 대하여 좀 더 흥미를 느끼게 되었다.

[만약 네가 쿤겐을 찾고자 한다면 그전에 거암 군주의 힘을 얻는 것이 좋겠지. 정령왕들 중에 유일하게 쿤겐을 저지할 수 있는 자는 그뿐이니까.]

"그렇군."

라미느의 말에 카릴은 고개를 끄덕였다.

[그 말은 정령계의 문을 열 때가 되었다는 말이로군.]

알른은 기대에 찬 목소리로 말했다. 마도 시대에도 정령술사는 있었지만 정령왕과 계약을 한 자는 없었다. 그 말인즉슨 정령계에 대한 연구는 거의 이루어지지 않았었다는 것과 같았다. 그는 미지의 세계에 대한 흥미에 즐거워하는 듯 보였다.

"할 일은 정해져 있다. 고민할 필요 없이 나아갈 뿐."

카릴은 마치 스스로에게 말하듯 얘기했다.

쌔액- 쌔액-

날뛰던 선령의 힘을 주체하지 못해 계속해서 변신을 하다 끝내 정신을 잃고 쓰러진 안챠르를 품에 안고서 정화된 못 안에 천천히 밀어 넣었다.

그녀의 얼굴까지 완전히 물에 잠기자 할카타는 뭐라고 말을 해야 할지 몰라 안절부절못한 얼굴로 카릴을 바라봤다.

"걱정 마. 라시스의 가호가 있는 이 늪의 물은 평범한 물이 아니니까. 이 안에 있으면 오히려 선령의 기운도 회복될 거다. 하지만 당분간은 안정을 취해야 한다. 할카타. 그러니 너는 앞으로 매일 이곳에 와서 그녀를 보살피고 알카르를 돌봐주도록 해."

"……가, 감사합니다."

"그리고 사람을 보낼 테니 회복이 되면 자유국으로 그녀를 보내도록."

카릴은 수면 아래에 잠들어 있는 안챠르를 확인하고서는 할카타에게 말했다. 더 이상 그녀는 금령못에서 홀로 외롭게 지낼 필요가 없었다.

'안챠르. 정화 의식을 하는 동안까지만 조금 참아라. 하지만 전과 달리 이제 할카타가 이곳을 봐줄 테니 낫겠지.'

그는 천천히 일어섰다.

'내가 네게 줄 수 있는 안녕(安寧)의 시간이니까. 네가 눈을 뜬 순간부터 너는 끊임없는 싸움으로 밤낮을 보내게 될 거야.'

그녀의 의지와 상관없이 그녀는 앞으로 지독한 싸움 안에 갇히게 될 것이다. 그리고 그 전장으로 밀어 넣은 것은 카릴 자신이었다.

'하지만 네게 미안한 마음을 가지진 않을 것이다. 전생에 나는 네가 약하디약한 자기 스스로를 원망했던 것을 아니까.'

카릴은 고개를 돌렸다.

'안챠르, 넌 그런 사람이다. 싸움을 싫어하지만, 전장에 설 수밖에 없는 존재. 비록 지금의 너는 나를 원망할지 모르지만……
나는 내게 힘을 줄 것이다.'

그러고는 뒤에 서 있는 할카타를 향해 말했다.

"안챠르가 회복되는 동안 너는 신수의 터전을 만들도록. 장소는 이곳 금령못으로 두면 될 거다. 이 안에 있는 독기는 시간이 흐를수록 완전히 빠지고 더 나아가 빛의 힘으로 충만하게 될 테니까. 너희는 앞으로 알카르를 선령처럼 모시고 돌보도록 해라."

"알겠습니다."

"대밀림에 살고 있는 야인의 수가 몇 명이지?"

"어린아이와 여자를 제외하고 전사들만 따진다면 약 1천 명은 족히 될 겁니다."

"확실히 대부족이기는 하군. 너희가 야인 중에서 가장 규모가 큰가?"

할카타는 카릴의 말에 고개를 끄덕였다.

"네, 대밀림의 부족 중에선 저희가 가장 큽니다. 다른 부족들도 있지만, 그들은 성령의 힘을 제대로 쓰지 못합니다. 기껏해야 약간의 가호 정도만 받을 뿐이죠. 게다가 안챠르가 태어난 뒤로는 선령의 힘이 더욱 충만해졌습니다."

"그런 도움을 받았으면서 금령못에 홀로 두었지."

"그녀가 원했던 일이라……."

신랄한 카릴의 말에 할카타는 쓴웃음을 지었다.

그를 탓할 수는 없는 일이었다. 자신의 딸을 가둬 놓는 일을 과연 어느 부모가 원하겠는가. 그는 아버지이기 이전에 부족의 수장이기도 했기에 힘든 결정을 내릴 수밖에 없었다.

[가호의 차이가 있다라……. 재밌군. 여기서도 혈통이 나뉘나?]

'쓸데없는 소리 하지 마.'

[클클…….]

카릴은 할카타가 들리지 않게 알른의 입을 다물게 했다.

[뭐, 어때서. 제국을 비롯해서 북부, 남부뿐만 아니라 이제는 대밀림까지. 대륙의 모든 순혈의 핏줄들이 네 앞에 무릎 꿇고 있는 것인데. 즐거운 일 아니더냐?]

'난 그들을 혈통으로 나눌 생각 없다. 내가 제국의 황제와 같은 생각을 했다면 애초에 자유국을 만들지도 않았을 테지.'

[까칠하기는…… 그저 널 칭찬하려는 의미였을 뿐이다. 녀석, 올리번인가 하는 그 애송이를 만난 뒤로 부쩍 제국에 관한 이야기만 하면 심각해지는구나.]

알른은 살짝 입맛을 다시며 머쓱한 듯 말했다.

[그 녀석이 사라지기 전에 했던 말 때문에 그러는 게냐. 솔직히 말해서 그저 그런 허풍일지도 모르지. 결국은 너는 그를 죽인 사람이지 않으냐. 자신을 죽인 자를 편히 지내게 하고 싶지 않은 욕심일 수도 있다.]

'나 역시 부디 그러길 바라지.'

카릴은 알른의 말을 부정할 수 없었다. 황가의 무덤에서 올리번이 자신에게 하고자 할 말이 있다는 말을 남겼을 때부터 그의 머릿속 한편에는 올리번의 유언이 계속 맴돌았기 때문이었다.

'어차피 죽은 녀석이다. 지금은 앞으로 해야 할 일을 끝내는 것이 더 중요해.'

카릴은 더 이상 그에 대해서 생각하지 않으려 노력했다.

"뮤우……."

알카르가 안챠르를 지키려는 듯 물속에 잠겨 있는 그녀의 곁에서 잠들자, 날뛰던 성령들이 평온을 되찾고 그녀의 숨소리도 더욱 안정되었다.

[확실히 3대 위상과 선령들은 비슷하지만 다르군. 정령의 힘을 직접 받은 위상과 달리 성령은 원래는 평범한 동물에 불과했던 것이 오랜 세월 숭배받으면서 정령화 한 것이니까. 그 힘의 우월함도 차이가 있겠지.]

우습지만 이 역시 굳이 따지자면 혈통의 차이라고 할 수 있을 것이었다. 정령왕들에게 직접 힘을 받은 3대 위상이 성령들보다 더 고위의 순도 높은 정령력을 가지고 있다는 것을 지금 이 결과로 확인할 수 있었다.

[미물조차 가치가 나누어져 있으니 네가 하고자 하는 피의 의지가 아닌 자율 의지의 실현이 얼마나 어려운 일인지 알겠느냐.]

'하지만 불가능한 일은 아니지.'

그 순간 영혼 계약을 맺은 알른은 카릴의 기분을 어렴풋이 느낄 수 있었다.

[그래, 불가능한 것은 아니지. 평등도 자유도 신실도…… 네가 걸어가려는 길은 참으로 가시밭길이지만 길이 없는 것은 아

니니까.]

알른은 피식 웃으며 말했다.

[다음 여정은 어디지?]

"멀지 않아. 두 번째 타락이 나타나기 전에 우리는 아마 마지막 동료를 찾을 수 있을 거야. 다만…… 문제는 그가 나와 함께할지는 미지수라는 거지."

[어째서? 타락이 창궐한 이후 고통받는 자들이라 하지 않았느냐. 저 아이처럼 남은 한 사람도 네 덕에 목숨을 구하는 것일 텐데.]

"그 녀석은 자신이 겪는 고통마저 신이 내린 시험이라 생각하고 겸허히 받아들이고 있을 거거든."

[설마…….]

카릴의 말에 알른은 인상을 찌푸렸다.

"맞아. 다음 목적지는 교단이다."

[신의 사도에게 지금 신살을 도우라 하겠다고? 그거야말로 정말 말도 안 되는 일이야.]

알른의 말에 카릴은 언제는 안 그랬냐는 듯 가볍게 어깨를 으쓱했다.

[또 한 번 난리가 나겠군.]

►Chapter 4◄

"어…… 어떻게 할까요?"

유린 휴가르는 한 통의 서신을 확인하고 난 뒤부터 잠을 이루지 못하고 있었다. 그는 책상에 놓인 편지를 마치 괴물처럼 바라보며 낮은 한숨을 내쉬었다. 그리고 그의 앞에 있는 조이 요한셀 역시 피곤한 기색이 역력한 모습이었다.

"정말 그가 온다는 건가."

"서신의 내용이 맞는다면 이제 곧 당도할 것입니다."

"하아……."

조이 요한셀은 자신의 스승이 이토록 고뇌에 빠져 있는 모습을 처음 봤다. 하지만 그의 상태를 누구보다 조이는 이해할 수 있었다. 그는 카릴이라는 자가 어떤 인물인지 누구보다 잘 알고 있으니까.

"그런데 어째서 이동 마법진을 놔두고 번거롭게 서신을 보낸 것일까요?"

"뻔하지. 경고하는 거다."

"경고…… 라니요?"

"자신이 오기 전까지 서신에 적혀 있는 자를 찾아서 기다리라는 뜻이겠지."

라엘 스탈렌이 죽고 난 다음에 교단은 거의 풍비박산이 난 상태였다. 그녀가 백금룡과 모종의 관계가 있었다는 것도 모자라 그의 불법적인 실험을 도운 게 우든 클라우드라는 것을 알게 된 이후 교단은 대대적인 숙청 작업을 시작했다.

그리고 그 작업을 주도한 것이 바로 유린 휴가르, 그였다.

'사제가 되고 나서 오히려 더 많은 피를 손에 묻히다니……. 제길, 제국이 멸망할 줄은 정말 상상도 못 한 일이야. 원래대로라면 지금쯤 영지 하나 수여 받아 편히 여생을 보냈어야 하는 것을…….'

황제의 목숨을 구할 화염초를 얻었을 때까지만 하더라도 그는 앞으로 자신의 인생이 탄탄대로가 될 것이라 생각했었다. 하지만 자신의 곁에 있던 소년이 황제뿐만 아니라 드래곤조차 막을 수 없는 거물이라는 것을 알게 된 이후 그의 머릿속이 복잡해졌다.

'교단을 존속시키기 위해서는 카릴, 그자의 눈 밖에 나지 않는 게 좋겠지. 그래서 돌아오자마자 라엘을 성녀로 추대했던 주교

부터 그 아래 제국과 관련된 자들을 모조리 처리했는데…….'

유린 휴가르는 만반의 준비를 끝냈다고 생각했지만 카릴이 헤임으로 향하겠다는 소식을 들은 순간부터 오금이 저리는 것을 참을 수 없었다. 그 이유는 아이러니하게도 누구보다 제국과 관련이 깊은 사람이 바로 그 자신이었기 때문이다.

"그런데…… 어째서 카릴 님께서는 그를 찾는 걸까요. 교단 내에서도 이렇다 할 존재감이 없던 자인데……."

서신이 도착하고 난 뒤, 조이 요한셀은 가장 먼저 그 안에 적혀 있던 한 남자를 찾았다. 교단 내에 유능한 사제들의 이름은 모두 꿰고 있는 그였음에도 불구하고 서신에 적혀 있던 이름은 처음 들어보는 것이었다.

사제란 사제를 모두 찾아본 뒤에도 서신의 이름을 찾을 수 없었던 조이는 놀랍게도 그 이름의 주인을 전혀 생각지도 못한 장소에서 발견했다. 다름 아닌 교단 내에 있는 의료실에서 일을 하고 있는 노년의 하급 사제였다.

"그야 모르지. 분명한 건 우리도 알지 못하는 그의 존재를 그자는 확실하게 알고 있었다는 점이지."

"그렇군요……."

조이 요한셀은 카릴의 서신을 확인하고 그를 직접 만나러 가기 전까지 솔직히 말해서 이런 사람이 교단 내에 있는지도 몰랐다. 치유력이 뛰어나 전생에 황제의 주치의까지 올랐던 그는 현재 의료실을 총괄하는 사제였다.

서신에 적혀 있던 자 역시 비록 허드렛일을 하는 하급 사제라지만 눈썰미가 좋은 조이가 기억하지 못할 정도였으니 그가 얼마나 교단에서 존재감이 없이 생활했는지 알 수 있었다.

"칼락 타슌에게는 곧장 이곳으로 오라 명했겠지."

"물론입니다."

유린 휴가르는 조이의 대답에 천천히 고개를 끄덕였다.

"할 수 있는 것은 다 했다. 카릴, 그자가 아무리 괴물이라 할지라도 설마 신을 받드는 교단까지 뒤엎진 않겠지."

"물론입니다."

유린 휴가르는 마지막의 보험으로 신을 생각했지만 안타깝게도 그가 믿어 의심치 않는 신을 죽이기 위해서 온다는 것을 그는 알지 못했다.

쿠웅…….

그때였다.

"주교시여…… 부름을 받고 왔습니다."

중앙 건물의 문을 두들기는 소리와 함께 아래층에서 낮고 힘없는 목소리가 들렸다.

"들라 하라."

유린 휴가르는 살짝 긴장된 얼굴로 열리는 문을 바라봤다. 그곳에는 허리가 굽고 지팡이에 겨우 의지하는 노인이 서 있었다.

'……꼽추?'

칼란 타슌을 본 순간 유린의 얼굴은 굳어졌다. 이 시대는 의

학의 연구가 연금술사에 의해서 진행되고는 있긴 하지만 현재까지도 대부분의 치료는 여전히 사제에 의존하고 있었다. 결국, 의료에 있어서는 과학이 아닌 신앙으로의 치료 위주의 세계라는 뜻이었다.

그렇기에 병을 그 자체로 보려 하기 전에 병의 시작을 신에 대한 인과관계로 먼저 해석한다. 그중에서도 사제들은 사람의 외형적 변화를 신에 대한 믿음의 부족으로 인해 발생한다고 여겼다. 그 대표적인 예가 바로 곱사등이였다.

신이 인간을 창조할 때 자신의 모습을 닮게 하였는데 그 외형을 가지고 태어나지 못한 자들은 곧 신의 저주를 받은 것이라 여겼기 때문이었다.

"조이?"

유린 휴가르는 어째서 등뼈가 굽은 자가 교단에 있을 수 있는지에 관하여 묻는 것처럼 조이의 이름을 불렀다.

"그게…… 칼란 타슌 님께서는 의료실의 허드렛일을 맡아 처리하고 계십니다. 대부분 새벽에 업무를 보시다 보니 교단에서도 딱히 얼굴을 보일 일은 없으시답니다."

"내가 묻는 건 그게 아닐 텐데."

시간이 언제든 중요한 것은 교단의 사제 중에 꼽추가 있다는 것이 유린으로서는 용납할 수 없는 모양이었다.

"아……."

조이는 뭐라 말을 해야 할지 몰라 난감해했다.

"송구하옵니다…… 하나뿐인 아들의 건강이 좋지 않아 믿음으로 치유를 하고자 제가 교단을 찾아왔습니다. 허드렛일이라도 하여 아들의 목숨이나마 연명할 수 있길 바란 아비의 마음입니다…… 주교께서 허락지 않으시다면 더 이상 찾아오지 않도록 하겠습니다."

칼란 타슌은 분위기를 감지한 듯 난처해하는 조이 대신에 유린에게 대답했다.

"아들? 무슨 병에 걸렸기에 그렇지?

"거인…… 병이라고 합니다."

조이는 그의 물음에 난색을 표하며 말했다.

"돌겠군."

그리고 유린은 같잖다는 얼굴로 두 사람을 노려보았다.

"아비는 꼽추에 아들은 거인병이라…… 저런 자들을 들여? 교단을 망하게 하려고 작정을 했군."

"송구하옵니다."

"사제란 이름을 달고 사람을 죽이고 다니는 광인보다는 차라리 낫지."

그때였다. 문 앞에서 들리는 목소리에 유린 휴가르는 화들짝 놀라며 자리에서 벌떡 일어섰다.

"카, 카릴 님……."

그는 사색이 된 얼굴로 카릴을 바라봤다. 마치 사신이라도 본 듯한 그의 표정에 카릴은 피식 웃었다.

로맨스 판타지 17

"하, 하하. 오셨습니까. 어쩐 일로 여기까지……."

"왜? 내가 못 올 곳이던가."

"아닙니다. 무슨 그런 섭섭한 말씀을. 이쪽으로 오시지요."

"그 자리."

천천히 걸음을 옮기며 카릴은 유린 휴가르가 앉아 있던 의자를 가리켰다.

"네?"

"거저 올라온 자리는 아닐 거잖아. 주교의 자리에 앉으니 어때? 그 아래 흘린 피 덕분에 의자는 푹신한가?"

"그럴 리가요……. 갑작스러운 사태로 인해서 교단이 흔들리는 것을 방비하기 위해 카릴 님께서 제게 직접 명하지 않으셨습니까. 저는 모두 이를 위해서……."

"맞아. 그랬지. 그런데 원래 있던 주교를 숙청하라고까지는 안 했는데? 머리가 비상하게 돌아가던데? 제국에서 내 쪽으로 갈아타면서 그사이에 자신의 실리까지 챙길 명분을 만들다니 말이야."

유린은 그의 말에 머쓱한 표정을 지었다.

"뭐, 나쁘지 않아. 나를 잘 알고 있는 사람이 교단을 맡고 있는 게 내 쪽에서도 편하니까. 날 화나게 하면 어떻게 되는지도 잘 알고 있고 말이야."

카릴은 유린 휴가르를 지나서 그의 앞에 무릎 꿇고 있는 칼란을 바라봤다.

"당신이 하와트 타슌의 아비 되는 사람인가."

"그, 그렇사옵니다."

"지금 그는 어디에 있지?"

칼란은 고개를 숙이고서 제대로 카릴을 바라보지 못한 채 대답 대신 입술만을 들썩일 뿐이었다.

"너희를 책망하려 하는 것이 아니다. 뭐, 방법은 잘못되었지만 이해한다. 어쩔 수 없는 선택이었을 테니까. 아들을 살리려는 아비의 마음을 어찌 비난할 수 있겠어."

"송구하옵니다……. 저 같은 자가 감히 신성한 교단에 발을 들여놓는 것이 아니었는데."

"내가 말하는 잘못된 방법이란 그걸 얘기하는 게 아니다. 그건 당신도 알 텐데."

그 순간 칼란의 눈빛이 흔들렸다.

"신이 당신들에게 해준 게 뭔데?"

그러고는 의미심장한 얼굴로 묘한 미소를 지었다.

"일단 그를 만나지."

[정말 놀랄 노자로군……. 거인족은 신화 시대에 사라지지 않았던가?]

[거인족이 아니라 거인처럼 커지는 병이라고 하잖았는가.]

[그럴 리가. 라미느, 현실을 외면하려고 하지 말게. 자네도 저 몸에서 흐르는 피가 익숙하다는 것을 알지 않은가.]

라시스는 그에게 핀잔을 주듯 말했다.

[하지만 그들은 우리와 마찬가지로 완전히 사라졌다. 심지어 봉인이 아니라 멸족이 되었는데……]

"너희들이 생각하는 그것 맞아."

[허……]

[정말이냐? 정말 그의 몸 안에 거인족의 피가 흐르고 있다고? 어떻게 이런 일이……]

카릴은 놀라움을 금치 못하는 정령왕들에게 짧게 대답했다. 그의 앞에는 방구석에 웅크리고 고개를 숙인 채 얼굴을 보이지 않는 한 사람이 있었다. 앉아 있는 그가 서 있는 카릴보다 더 커 보이는 것을 봐서 실로 거인이라 불려도 이상하지 않을 만큼 커다란 사람이었다.

"……아버지?"

그는 덩치와 어울리지 않게 잔뜩 겁에 질린 얼굴로 카릴을 바라봤다.

"헤임에 이런 곳이 있었군요."

유린 휴가르는 눈앞의 거인보다 헤임 뒤쪽에 마련되어 있는 작은 오두막집이 신기하다는 듯 둘러보며 말했다. 하지만 결코 좋은 의미로 보는 것이 아니었다. 그는 당장에라도 이곳을 처분하고 싶어 하는 눈빛이었다.

"일어나보겠나?"

카릴은 웅크린 남자를 바라보며 말했다. 하지만 그는 카릴의 말에 어찌할 바를 몰라 들썩일 뿐이었다. 그러나 그가 조금 움직였을 뿐인데 그의 머리가 천장에 닿으려 했다.

"흐음, 이 자리에서 일어서려면 지붕이 무너지겠군. 이 안에 들어와서 생활한 지 얼마나 되었지?"

남자는 대답하지 않았다. 유린은 행여나 카릴의 심기를 건드릴까 봐 조마조마한 기색으로 소리쳤다.

"어서 솔직하게 얘기하지 못하겠는가! 우리 모르게 교단에 몰래 숨어들어 온 지가 얼마나 되었냐는 말일세!"

그들이 이곳에 있는 것을 자신의 탓으로 돌리지 않으려고 어지간히 애를 쓰는 유린을 보며 카릴은 피식 웃었다.

"너를 해하려는 것이 아니다. 내 몸 역시 이단이란 오명을 받았던 이민족의 피가 흐르고 있다. 하지만 이렇게 당당히 교단의 영토에 있지 않으냐. 안 그래?"

남자는 그 말에 고개를 들어 카릴을 바라봤다.

"넌 병에 걸린 게 아니다."

칼란 타슌의 아들, 하와트 타슌은 카릴의 말에 자신도 모르게 마른침을 꿀꺽 삼켰다. 그도 그럴 것이 지금껏 자신의 아버지를 제외하고 그 누구도 그렇게 이야기해 준 자는 없었으니까.

"오히려 어깨를 펴고 당당해져야 한다. 너는 신과 맞서 싸웠던 최초의 블레이더 중의 한 명인 타이탄의 후예니까. 지금까지는 그 힘의 정체를 알지 못했겠지만, 그 거대한 키와 체구 주체할 수 없는 힘은 타락이 이 세상에 모습을 드러내자 그에 맞서기 위해 반응한 것이다."

"무, 무슨……."

하와트 타슌은 카릴의 말에 입술을 씰룩이면서 어떻게 대답을 해야 할지 몰라 당황스러워하고 있었다.

"저는 세상에 태어나지 말았어야 할 사람입니다. 저 때문에 아버지께서 평생 죄업을 짊어지고 살아가고 계십니다."

"응. 그렇게 얘기할 줄 알았어."

하지만 그런 그의 반응을 예상했다는 듯 카릴은 웅크리고 있는 커다란 어깨를 가볍게 두들기며 말했다.

"세상 밖으로 나갈 수 없다?"

카릴은 웃으면서 고개를 끄덕였다.

"내가 하게 만들어줄게."

철컥-

그 순간, 카릴은 검을 뽑아 칼란 타슌의 목에 겨누었다.

"아, 아버지!!"

콰직!!

그가 다급함에 소리치며 자신도 모르게 일어서려 바닥을 짚자 그 힘을 주체하지 못하고 오두막의 기둥이 와르르 무너졌다. 동시에 오두막의 지붕이 부서지자 차가운 공기가 하와트의 얼굴을 때렸다.

겨울의 햇빛은 생각보다 뜨거웠다. 그는 아무런 말을 하지 않고 멍하니 자신도 모르게 내리쬐는 태양을 바라봤다.

"하와트. 나는 네 아비를 협박해서 널 어찌할 생각이 아니야. 오히려 너희 부자는 내게 감사해야 할걸? 내가 병을 낫게 해주려는 것이니까."

"……네?"

카릴의 목소리가 들리자 그는 그제야 정신을 차린 듯 황급히 그를 바라봤다.

"어때. 네 아비의 병을 고쳐주면 너는 내게 힘을 빌려줄 수 있겠나? 이건 정당한 거래라 생각되는데."

"그게 가능합니까?"

하와트의 물음에 모두가 카릴을 바라봤다.

'도대체 저자가 또 무슨 꿍꿍이를 벌이려고 하는 거지?'

사제인 유린과 조이는 신이 인간에게 내린 불치병인 칼란의 굽은 등을 자신 있게 치료할 수 있다고 하는 카릴을 의아하게 생각했다.

그중에서도 특히 유린은 더 불안할 수밖에 없었다.

"네 아비의 병은 너와 달리 태어날 때부터 생긴 게 아니거든. 널 살리기 위해서 꼽추가 된 거다."

"그게 무슨 말입니까?"

"별거 아냐. 그의 등이 굽은 이유는 마족과 거래를 해서거든."

카릴의 말에 사람들은 어안이 벙벙한 얼굴로 그를 바라봤다.

"왜? 믿기 어렵나? 그럼, 확인해 볼까."

교단의 성지인 혜임에서 카릴은 아무렇지 않게 금단의 이름을 불렀다.

"하가네."

"마, 마족?!"

유린 휴가르는 차원문이 열리며 걸어 나오는 하가네를 바라보며 믿을 수 없다는 표정을 지었다.

"인간, 건방지구나. 감히 나를 보고 한낱 마족이라고 하다니. 목숨이 아깝지 않은가 보지."

하가네는 그를 향해 무감각한 표정으로 대답했다.

"죽여도 될까요?"

그러고는 카릴에게 말했다.

"뭐, 뭐라고?!"

유린 휴가르는 으르렁거리듯 소리쳤다. 하지만 어느새 하가네는 아무렇지도 않게 그의 이마에 손을 얹었다.

치이이이익--!!

그 순간 불에 지진 듯 유린 휴가르의 이마에서 타들어 가듯 연기가 솟구쳤다.

"아아아악!!"

그의 비명과 함께 하가네는 차가운 눈빛으로 그를 거칠게 밀었다.

"하명하시옵소서."

고통에 찬 비명과 함께 쓰러진 유린 휴가르를 두고 그는 보란 듯이 카릴을 향해 고개를 숙이며 말했다.

"네, 네놈……!!"

유린 휴가르는 시뻘겋게 화상을 입은 이마에 핏대를 세우며 소리쳤다. 비록 지금은 몸을 사리는 위인이지만 전생에는 광인(狂人)이라 불리던 그였다. 그는 당장에라도 하가네에게 달려들 듯 주위에 무기가 될 만한 것을 찾아 두리번거렸다.

"설마……."

분노에 찬 유린 휴가르를 마치 어린아이가 재롱을 피우는 것처럼 우습게 보는 하가네를 바라보며 조이 요한셸은 자신도 모르게 마른침을 삼켰다.

"지, 진정하십시오! 스승님."

그러고는 황급히 유린을 막아 세웠다.

"뭐 하는 것이냐."

화를 삭이지 못하는 그와 달리 교단의 성지인 헤임에서도 위풍당당하게 허리를 꼿꼿이 세우고 있는 하가네는 조이를 향해 말했다.

"그래, 너는 조금 나에 대해서 아는 듯싶군."

조이 요한셸은 고개를 끄덕였다.

"과거 문헌에서 보았습니다."

"그래. 내가 누구지?"

"……마왕(魔王)."

그의 말에 유린 휴가르는 사색이 되고 말았다.

"말도 안 돼……. 어떻게? 헤임에는 신성 사제들의 1급 결계가 쳐져 있을 텐데?"

"아니, 말이 충분히 되지. 고작 너희들이 만든 결계로? 신이 만든 봉인이 아니고서야 그 정도 결계를 뚫는 것은 내게 우스운 일이지."

하가네는 그런 그를 바라보며 냉소를 지었다.

"인간이여, 더 이상 우리의 대화를 방해한다면 그때는 이마가 아닌 입을 지져주겠다. 너의 앞에 서 있는 사람이 과연 누구라고 생각하지? 이분은 대륙의 주인이시다."

하가네가 몸을 돌리고서 이번엔 카릴을 향해 한쪽 무릎을 꿇으며 신하의 예를 표했다.

"그리고 마계의 주인인 내가 그의 충직한 수하라는 뜻은 마계 역시 그분의 아래에 있다 할 수 있겠지."

그러자 그곳에 있는 사람들은 지금 이 상황을 어떻게 받아들여야 할지 몰라 혼란스러운 표정을 지었다. 마왕이 헤임에 나타난 것도 놀라운 일인데 그 마왕이 인간에게 무릎을 꿇고 있으니 말이다.

하가네는 유린 휴가르를 바라보며 마력을 발산했다. 그의 몸에서 느껴지는 엄청난 마력은 그 어떠한 광인이라 할지라도 버틸 수 있을 리가 만무했다.

"쿨럭."

짓눌리는 압박감에 유린은 자신도 모르게 헛기침을 하며 물러섰다.

"하가네. 네게 물을 것이 있다. 과거 저자와 계약을 한 마족이 있을 것이다. 그가 대가로 원한 것이 뭐지?"

하지만 그런 그와 달리 카릴은 아무렇지 않은 평온한 표정이었다.

"흐음……"

카릴의 명령에 하가네는 칼란을 바라봤다.

"이 특유의 냄새는 제32계의 마족 중 한 명인 마툰의 냄새군요. 그는 마족 4기사 중 한 명인 아가레스의 아래에 있는 자입니다."

"그래?"

"아뢰옵기 송구하오나 마족의 저주가 맞습니다."

"말도 안 됩니다!! 마족 때문에 꼽추가 되었다니? 그들의 등이 굽는 이유는 신에 대한 믿음이 없는 죄지은 자들이기 때문입니다!! 오직 신만이 죄를 벌할 수 있습니다."

아무도 예상치 못한 일이었다.

잠자코 있던 조이 요한셀이 하가네의 말을 부정했다.

"그렇다는데?"

"저 젊은 사제가 그래도 저 덩치보다는 용기가 있군요. 확실히 등이 굽는 형벌은 신이 인간에게 내린 벌이 맞습니다만…… 믿음에 의한 것은 아니지요."

하가네는 유린을 보며 코웃음을 쳤다.

"만약 그랬다면 마족들은 모두 굽은 허리로 바닥만을 보며 살았을 테니까요. 하지만 멀쩡하지 않습니까. 그건 인간도 마찬가지. 이 세계의 모든 인간이 율라를 숭배하는 것은 아니지 않습니까."

화르르륵……!!

그의 발아래 붉은 핏물이 가득 고이기 시작했다.

"너희들이 세운 교단을 내가 엉망으로 만든다 한들 과연 신이 나를 벌할까? 아닐걸. 그렇다고 인간이 과연 나를 벌할 수 있을까? 과연 누가? 네가?"

끈적끈적한 핏물이 오두막을 가득 채워 바닥에 스며들자 유린은 긴장 가득한 눈빛으로 그를 바라봤다.

"쓸데없는 짓 하지 마."

카릴의 한 마디가 떨어지자마자 하가네의 발아래 흥건했던 핏물이 온데간데없이 사라졌다.

"묻는 말에나 정확히 대답해. 그가 마족과 계약을 한 것이 맞는가?"

"그렇습니다."

"미, 믿지 말거라!!"

카릴은 쏟아지는 잔해들 사이에서 칼란에게 시선을 옮겼다. 싸늘한 시선만큼이나 차가운 얼음 발톱의 냉기만이 공간을 짓눌렀다.

"마족? 제가 아무리 배운 것 없이 남에게 빌어먹으며 살아왔어도 알 것은 압니다. 신께서 무지한 저를 가엽게 여기어 아들의 목숨을 이어주셨습니다. 대신 그 대가로 평생을 교단에 몸 바치라 하였습니다."

[네가 대밀림을 떠나기 전에 말했던 사람은 하와트가 아니라 저 노인네였군. 정말로 그는 이 말도 안 되는 행위가 신의 숙제라 생각하고 있으니…….]

알른 자비우스는 고개를 저었다.

[무지(無知)란 이토록 잔혹하고 무서운 것이로구나.]

그러고는 나지막한 한숨 섞인 목소리로 말했다.

"신이 아니라 마족이 신의 행세를 한 것이겠지. 꼽추의 모습으로 교단에서 살아라? 웃기지도 않은 일이야."

카릴은 하가네를 바라봤다.

"마족이란 족속들은 다 이런가? 놈은 그와의 거래를 성사한 후 웃음을 참지 못했겠지. 저 꼴을 구경할 생각에 말이야."

"마족은 결코 선량하지 않습니다. 저희와의 거래는 언제나 불공평합니다만, 얻는 것보다 잃는 것이 많다는 걸 알면서도 거래를 하는 것은 그만큼 원하기 때문이지 않겠습니까."

"하나, 내가 마음에 들지 않는다고 하면?"

"목을 베겠습니다."

하가네는 가차 없이 말했다.

"내 앞에서 머리 굴리지 마. 마족은 목을 벤다고 죽지 않는 걸 알고 있는데 어디서 수작이야?"

카릴이 차갑게 되묻자 하가네는 알 수 없는 미소를 지으며 어깨를 으쓱했다.

"오해하지 마시길. 소멸에 대하여 인간의 입장에서 말씀을 드린 것뿐입니다."

"짚고 넘어가지 않았더라면 빠져나갈 구멍으로 썼겠지. 너야 말로 조심해라. 하가네."

그의 말에 하가네는 고개를 끄덕이며 차원문을 넘어 사라졌다. 그가 떠나자 카릴은 칼란을 바라봤다.

"봤지? 녀석은 내 수하라 자처하면서도 여전히 머리를 굴린다. 마족은 절대로 믿어서는 안 되는 놈들이다. 녀석들은 야금야금 천천히 인간을 갉아먹지."

"……절 협박해서 아들을 이용하려는 것이라면 포기하시는 편이 좋을 겁니다. 아무리 당신이 대륙의 주인이라 한들…… 저 아이를 전장에 데려가 봐야 소용없습니다. 절대 남을 해치거나 하는 데 어울리는 성격이 아니니……."

칼란 타슌은 그의 눈빛이 두렵지 않은 듯 나지막한 목소리로 말했다.

"그걸 당신이 어떻게 알지?"

하지만 그런 그를 향해 카릴은 도리어 차갑게 대답했다.

"그를 봐."

"저 눈빛을 보라고. 새장 속에 가두는 것이 정말 당신의 아들을 위함이라 생각하나? 세상 밖으로 나오길 간절히 바라는 그를 두고?"

"하지만……."

"세상이 험난하다는 것은 누구보다 내가 가장 잘 알고 있다. 과거, 이민족의 후예로서 세상을 대면했을 때 나를 막아 세우던 수많은 벽에 좌절하기도 했으니까."

카릴은 차분한 목소리로 말했다.

"하지만 그렇기에 내가 온 것이다. 대륙의 주인이 바뀌었으니 세상 역시 바뀌어야지. 더 이상 그 누구도 등이 굽었거나 남들보다 크다 하여 그를 배척할 수 없을 것이다. 하나, 모든 평등이 존재할 수 없듯 나의 명령만으로 음지까지 변하진 않겠지."

하와트는 긴장 가득한 얼굴로 카릴을 바라봤다.

"그건 네가 바꿔야 한다. 네 앞은 결코 꽃길이 아니다. 하지만 하와트, 그렇다고 해서 네가 살아갈 인생을 아비에게 맡기지 마라."

카릴의 말에 하와트는 자신도 모르게 숨이 턱 하고 막히는 기분이었다. 태어나서 다른 사람과 다른 외모에 질시 받던 인생이었다. 제대로 인생을 경험을 해보기도 전에 쫓기듯 이 헤임으로 온 것이었다.

하지만 인정할 수밖에 없다. 막연한 불안감만 가득했던 세상이었지만 분명 마음 한편에는 호기심도 있었다.

"강요하지는 않겠다. 그러나 명심해라. 백성은 무지하고 그들의 생각을 바꾸는 건 어렵지만 그래도 그들의 생각을 바꾸려

한다면 더 이상 무지한 백성 안에 머물지 마라."

"……어떻게 해야 합니까?"

"영웅이 돼라. 모두가 찬양할 수 있도록. 그럼 세상의 평가는 달라진다."

하와트 타슌뿐만 아니라 유린 휴가르를 비롯해서 그 안에 있는 모든 사람이 놀라지 않을 수 없었다. 집 안에 갇혀 평생을 음침하게 살아야 한다고 생각했던 그에게 영웅이란 말이 가당키나 한 것이었는가.

"그 앞에 내가 있을 것이고 너는 내 등을 바라보며 따라오기만 하면 된다."

"아버지……."

하와트는 카릴의 말에 파르르 입술을 떨며 칼란을 바라봤다. 칼란 역시 그 눈빛을 외면하지 못했지만 차마 입이 떨어지지 않는 듯 보였다.

"율라의 입장에서 본다면 당신은 죄를 지은 것은 맞지. 자신을 섬기지 않고 마족을 섬겼으니까."

"그, 그건……."

"믿기 힘들겠지. 하지만 이제 내 말을 믿을 수 있을 것이다."

툭―

그때 칼란의 앞에 뭔가가 떨어졌다.

"……?!"

놀랍게도 그것이 마족의 잘린 머리라는 것을 알게 되었을 때 그는 소스라치게 놀라지 않을 수 없었다.

"인간. 너와 계약한 마족이다."

어느새 다시 나타난 하가네가 바닥에 떨어진 마툰의 주검을 가리키며 말했다.

"계약은 풀렸다."

우·우·우·우·웅······!!

그 순간 칼란의 몸 주위에 마치 독기가 빠져나가는 것처럼 검은 연기가 흩어졌다. 칼란은 그 광경에 깜짝 놀라며 손을 들어 몸을 훑었다. 그 순간 그는 자신의 허리가 꼿꼿하게 펴져 있음을 깨달았다.

"이, 이게 어떻게······."

"나는 마족과 계약한 자를 두둔하려는 것은 아니다. 하지만 그럼 네게 묻겠다. 당신이 계약을 한 자가 마족이라는 것을 알게 된 지금, 너는 마족을 원망할 것인가? 신이 해준 것이 뭐지?"

"그, 그런······."

"적어도 마족은 당신의 아들의 생명을 연장시켜 주기라도 했지. 타이탄의 피는 너무나도 강해 인간의 몸이 버티지 못하니, 확실히 하와트의 수명은 절대 길지는 않았을 터."

칼란은 떨리는 눈빛으로 자신의 아들을 바라봤다.

"그렇다고 도와주지 않고 내버려 둔 신을 원망할 필요도 없다. 비록 속았다고는 하지만 너의 속죄는 분명 진심이었을 테니까."

"제가······ 어찌하길 바라십니까."

"아무것도 하지 마라."

망설임 없는 카릴의 대답에 칼란은 뭐라 할 말을 잃은 듯 그를 바라봤다.

"자식이 결정할 수 있도록 지켜보는 것이 아비가 된 자가 할 일이니까."

저벅- 저벅- 저벅-

카릴은 하와트의 곁으로 걸어갔다.

"마족과의 계약이 파기된 것에 불안해할 필요 없다. 어떤 마족이든 상관없이 모두 내 아래에 있으니 너의 목숨은 내가 지켜주겠다."

워낙 큰 키의 거구라 그가 올려다봐야 했지만 하야트는 자신보다 훨씬 작은 그를 마주하는 것만으로도 마치 태산을 앞에 둔 것 같은 기분이었다.

"오랜만에 보는 태양이 어때?"

그의 물음을 듣는 순간 하와트의 눈가에 눈물이 글썽였다.

"……처음입니다."

그러고는 목이 메어 말이 제대로 나오지 않는 듯 덩치에 어울리지 않게 울먹이는 목소리로 대답했다.

"음?"

카릴이 그런 그를 바라봤다.

"태어나서…… 처음으로 태양을 직접 바라봅니다."

그의 말에 대답 대신 카릴은 그저 옅은 미소를 지을 뿐이었다.

"가자. 네가 있어야 할 곳으로."

툭-

그러고는 그의 허리를 아무렇지 않게 가볍게 치며 말했다.

"하나, 걱정 마라. 네가 허리를 펴고 당당히 걸어 들어갈 수 있도록 자유국의 성문을 크게 만들어두었으니까."

[전생의 기억을 교묘하게 잘도 이용하는군.]

칼란의 오두막에서 돌아오는 마차 안에서 알른 자비우스가 말했다. 창밖을 바라보고 있는 카릴은 그의 말에 아무런 대답도 하지 않았다.

[하와트 부자의 생각을 바꾸게 만드는 것과 동시에 마왕이 수작을 부리지 못하도록 덜미를 잡아 뒀으니 말이야. 마왕은 앞으로 더 신중해지겠지.]

알른은 카릴이 대답을 하지 않아도 연신 주절거리기 시작했다.

'아직 끝난 게 아냐.'

[그렇지. 마족은 언제나 경계해야 한다. 하지만 반대로 녀석이 우리를 조심스러워할수록 놈이 꿍꿍이를 펼칠 범위도 좁아질 것이야.]

'하가네를 말하는 게 아냐. 딱히 그를 잡아 두기 위해서 그런 게 아니까. 마족인 녀석이 무슨 생각을 하고 있는지는 궁금하지도 않아. 어차피 내게 도움이 되는 것을 생각하지는 않았을 테니까.'

[……그러면?]

'안챠르와 마찬가지다. 하와트의 마음에 짐을 남겨 두지 않기 위해서다.'

[마음의 짐?]

'그래. 전생에선 안챠르와 마찬가지로 하와트 역시 이번 사건으로 인해 아버지가 죽었거든.'

같은 과거. 하지만 두 사람이 받아들이는 아버지의 죽음은 명백하게 달랐다.

'두 사람은 타락이 나타나고 난 이후 자신의 능력을 깨달았다. 그 녀석의 몸 안에 타이탄의 피가 흐르는 것은 그저 그의 문제지 타락과 관련된 능력이 아냐.'

[흐음…….]

'뭐, 타이탄의 피가 블레이더로서 타락과의 전쟁에서 영향을 끼치는 것은 맞지만, 그의 힘이 각성하는 데에는 다른 이유가 있었다.'

안챠르는 자신의 힘이 약해 타락의 습격으로 대륙이 파괴되던 당시에 가족을 잃게 되었지만, 하와트는 자신의 손으로 아비를 죽이게 되었기 때문이었다.

[믿을 수가 없군. 덩치만 컸지 아무짝에도 쓸모없어 보일 정도로 순박한 그놈이? 자신의 아비를 스스로 죽였다고?]

그 순간 알른은 카릴을 바라봤다.

[설마…… 그게 마족과 관련되어 있다는 뜻인 거냐.]

알른은 그의 아버지인 칼란이 마족과의 계약했던 것을 떠

올리며 물었다. 카릴은 그런 그의 말에 옅게 웃었다. 그의 비상한 머리는 확실히 마도 시대에 천재라 불릴 만했다.

'맞아. 덕분에 대륙을 습격한 마족들의 침공을 막을 수 있었던 것이기도 하지만……'

전생에 신탁 전쟁이 일어났을 때. 타락과 함께 대륙을 습격했던 종족 중에는 마족도 있었다. 그들은 언제까지나 자신들의 이익을 위해서만 철저하게 움직인다.

녀석들은 때론 신으로 변장하고 어떨 때는 사랑하는 이로 둔갑하여 인간을 유혹하고 괴롭혔다.

칼란뿐만이 아니었다. 신탁 전쟁이 일어나기 이전에 마족들은 이미 대륙 곳곳에 마수를 뻗은 지 오래였으니까.

'전쟁이 발발한 이후 그런 자들은 마족의 제물이 되었지. 칼란도 예외는 아니었다.'

[과연…… 그렇겠지. 마족과 계약을 했던 그가 살아남을 수 있을 리 없을 터. 너는 네가 알고 있던 전생의 기억을 통해서 그전에 칼란을 살려 하와트의 미래를 바꾼 것이로군. 아무도 모르게 말이야.]

'반은 맞고 반은 틀려.'

[……흠?]

'전생에 하와트가 칼란이 죽고 얻은 이명이 뭔지 알아?'

[뭔데 그러느냐.]

카릴은 피식 웃었다.

'마족 사냥꾼.'

[하아?]

알른은 정말로 예상하지 못했다는 듯 자신도 모르게 소리 치고 말았다. 다행이라면 그의 외침을 들은 인간은 없다는 것 이었다.

[마족 사냥꾼······? 유치하기 짝이 없군. 그래, 그럼 그가 얻은 능력은 뭐지? 마족만 보면 강해지기라도 하는 건가.]

그 놀람은 약간의 코웃음과 함께 놀림으로 바뀌었다.

'맞아. 마족에 특화된 힘이지. 그가 전장에 모습을 드러내는 것만으로도 놈들의 몸이 타들어 갔다.'

[허······.]

하지만 카릴은 그의 말에 표정 하나 변하지 않고 바로 대답 했다.

[설마······ 그가 태양의 힘을 가졌다는 말인가?]

라미느가 말했다.

'역시 너희들은 알고 있군'

알른의 놀람을 들은 인간은 없었지만, 인간을 제외한 나머지 존재들이 오히려 두 사람의 대화에 흥미를 보였다.

[믿을 수가 없군. 그 힘은 타고날 수 없는 것인데······ 게다가 율라가 그 힘을 허용할 리가 없어.]

[글쎄, 완전히 불가능한 것도 아니지. 정말로 그가 타이탄의 피를 가진 것이라면 말이야. 최초의 블레이더였던 거인족의 수

장, 크로논은 분명 태양의 힘을 가지고 있었으니까.]

[……마족들에겐 확실히 끔찍한 힘이지.]

침묵을 지키던 정령왕들의 말이 머릿속에 울리자 카릴은 그들의 반응을 예상했다는 듯 살짝 귀찮은 표정으로 인상을 찡그렸다.

[하지만 여전히 의문인 것은 어째서 타이탄의 피가 남아 있냐는 것이겠지.]

[그 힘을 율라가 용인한 것도 의문이야. 태양의 힘은 빛의 힘과는 또 다르다. 자신에게 위협이 될 수도 있는 힘을 그냥 두다니…….]

[어째서?]

의문이 꼬리에 꼬리를 무는 동안에도 카릴은 아무런 해답을 얘기해 주지 않았다.

[하지만 네 말대로라면 하와트는 자신의 힘을 각성할 수 있는 계기를 잃어버린 것이 아니더냐. 마족과의 악연이 사라졌으니까.]

알른이 먼저 그에게 물었다.

'아니. 악연은 사라지지 않았어.'

[그게 무슨 뜻이지?]

카릴은 그 순간 차갑게 눈빛을 빛냈다.

'마족들은 언제나 인간계를 호시탐탐 노리기 위해 준비했다. 그리고 그 통로가 우든 클라우드였지. 타락을 모시는 자들이

지만 그들에게 직접적인 도움을 준 건 마족이니까.'

[맞다. 마계에서만 나는 식물들을 재배할 수 있도록 하기도 했으니까. 녀석들이 인간계를 넘보는 것은 예전부터 있었던 일이지.]

그렇기에 카릴이 하가네를 자신의 수족으로 두었을 때 가장 먼저 우든 클라우드의 섬멸을 명령한 것도 그 이유 때문이었다.

'우든 클라우드는 결국 대륙에 심어놓은 마족의 잔재들이라 할 수 있다. 전생의 마왕은 율라의 편에 섰다면 이번 생의 마왕은 내게 도박을 건 것이겠지.'

결코 카릴은 하가네가 자신을 지원하는 것에 대해서 스스로의 계획이 뛰어나기 때문이라 생각하지 않았다.

율라와 자신. 마족이란 결국 어느 쪽에 서도 이상하지 않은 종족이기에 언제든 배신을 할 가능성을 가지고 있기도 하다는 것을 다시 한번 상기할 뿐이었다.

'하지만 적어도 이번은 아냐.'

[아니라니……?]

'정령왕들의 의문처럼 어째서 율라는 하와트가 가진 거인의 힘을 노렸을까. 하와트의 아버지인 칼란은 평범한 인간이지. 과연 그가 하와트를 낳은 것일까? 백금룡이 키메라를 만들었던 것 기억해 봐.'

[설마…… 그가 만들어진 인간이라는 뜻인가?]

'비슷해. 어렵게 생각할 필요 없어. 하와트에게 힘을 준 것이 율라이기 때문이거든. 그러니 타이탄의 힘을 허락하는 것도 당연한 일이지. 자신이 준 힘이니 일부러라도 쓰게 만들어야지.'

[말도 안 돼. 분명 너는 칼란이 마족과 계약을 한 것이라고 하지 않았느냐?!]

'전생에 우리를 모두 모아놓고 신탁을 내릴 때 율라가 직접 그리 말했으니까. 우리는 당연히 믿었지.'

알른은 이번에는 소리치지 않았다. 하지만 그 침묵이 오히려 조금 전 비웃음과는 비교도 할 수 없는 경악의 의미라는 것을 알 수 있었다.

'하지만 하가네에게 확인해 보니 아니더군. 내가 그의 마음의 짐을 덜어내고자 하려는 것은 율라에게 속아 넘어가지 않게 하겠다는 의미였다. 전생에 신탁의 10인은 결국 율라에게 이용당한 것뿐이니까. 그리고 나는 이 사실을 하가네에게 말했다. 우리는 율라가 만들어놓은 계획처럼 연극을 했을 뿐이지.'

[허······.]

'하가네도 이 연극에 동참하기로 했다. 왜냐면 율라가 타이탄의 피를 하와트에게 준 이유가 마족을 멸살하기 위함이라는 데 그도 동의했으니까.'

[정말 놀랄 노자로군. 마족이 인간을 해하려고 한 것처럼 보이지만 실상은 신이 만들어놓은 계략이었다? 그리고 그걸 네가 이용하고? 도대체 몇 개의 계략이 뒤엉켜 있는 거지.]

알른 자비우스는 속임수 위에 또 다른 속임수 그리고 그마저 끝이 아닐 수 있다는 사실에 놀라지 않을 수 없었다.

[전생에 관해서 마왕이 믿던가?]

'그는 카이에 에시르의 정수를 내게 넘겨주었던 그 시점에서 이미 내가 시간을 거슬러 왔다는 것을 짐작하고 있었으니까. 이렇다 할 얘기는 하지 않았지만 적어도 내 쪽에 패를 던진 상황에서 나를 따를 수밖에 없겠지. 물론, 녀석은 내가 알고 있는 전생의 기억을 빼내기 위해서 뒤에서 수작을 부리려 하겠지만 말이야.'

[앞뒤로 적인 상황이로군.]

'언제는 안 그랬어?'

카릴은 자조적인 쓴웃음을 지으며 가까워지는 헤임을 바라봤다.

[그럼 이제 하와트에게 있는 숨겨진 힘을 어떻게 *끄집어낼* 거지? 파렐은 나타났지만 네피림이 죽으면서 신탁이 무산되어 더 이상 율라가 나타나지 않을 텐데.]

'내가 누구라고 생각하는 거야? 나는 파렐에서 억겁의 시간을 인내하며 버텨왔다. 비록 마법에 관해서는 문외한이지만 그 이외의 것들은 알른, 당신보다 더 많은 것을 깨우쳤어.'

이따금 잊을 때가 있었다. 몇 달만 지나면 이제 성인식을 치르게 될 나이인 카릴은 그저 신체만이 어릴 뿐, 그의 정신은 이곳에 있는 그 누구보다도 현명한 자라는 것을.

"유린."

자신의 이름이 호명되자 마차 안에 마주 앉아 있던 그는 잔뜩 긴장한 얼굴로 말했다.

"……네, 말씀하십시오."

"지금 교단에 있는 성구는 몇 개나 되지?"

"예?"

"성구(聖具) 말이야. 교단의 사제들이 쓰는 하급이 아닌 주교와 성녀에게만 허락된 최상급의 성(聖)무구들. 일전에 라엘 스탈렌이 썼던 지팡이 같은 도구들 말이야."

"아아…… 네."

유린 휴가르는 갑작스러운 질문에 살짝 당황스러워하는 표정이었다.

'저 인간이 또 뭘 하려고…….'

제국이 멸망하고 난 뒤 유린 휴가르는 카릴의 기대만큼 누구보다 바삐 움직였다. 사제이면서 타이란 슈테안이 황제로 있을 때부터 이미 제국과 긴밀한 관계를 가졌던 그의 성향은 변해 버린 상황에 가장 발 빠르게 대처할 수 있었다.

그리고 유린 휴가르는 그 기대를 저버리지 않고 비밀리에 우든 클라우드와 관련이 된 교단의 사제들을 처리해 나가고 있었다.

불과 30년 전 제국의 비호 아래 교단이 꽃을 피웠던 전성기 시절과 비교하면 헤임 안에 살고 있는 사제의 숫자는 이제 절반도 채 남지 않았다.

"그게…….'

그중에는 성구를 관리하던 자들도 많았다. 그도 그럴 것이 성구란 곧 교단의 유물이자 무구와 같은 것이었으니 각별한 관리가 필요한 일이기에 우든 클라우드가 아무에게나 맡길 리가 없었다.

"네게 뭘 시키려고 하는 것이 아니다. 너는 지금까지 기대 이상으로 잘 해주고 있었으니까. 예전에는 서쪽 사당에 놔뒀었지? 그동안 우든 클라우드의 끄나풀들을 네가 숙청해 낸 덕분에 성구의 주인 자리가 많이 비었을 것 같은데. 어때?"

"……그걸 어떻게?"

"사당에 도착하면 알게 될 거야. 그쪽으로 가자."

카릴은 더 이상 자신에게 말을 걸지 말라는 듯 팔짱을 끼며 눈을 감았다. 유린 휴가르는 그런 그를 바라보며 어찌할 바를 모르다 결국 한숨을 내쉬며 고개를 끄덕였다.

'하와트를 데려가기 전에 그에게 줄 선물을 하나 만들어야겠어.'

[그게 네가 교단에 다시 돌아온 진짜 이유였군.]

'맞아. 이번 생에는 거짓된 신탁으로가 아닌 그 스스로 태양의 힘을 끄집어낼 수 있도록 만들 거거든. 그러기 위해서 필요한 성구가 있다.'

신탁이 내려졌을 때 네피림들에게 율라는 말했었다.

교단에 자신의 힘 일부를 잠들게 두었으니 그 힘을 찾아 타락을 처단하라고 말이다.

카릴은 전생의 기억을 떠올리며 차갑게 웃었다.

'율라의 힘은 여전히 교단 아래에 보관되어 있지만 더 이상 그 힘을 쓸 수 있는 네피림들은 없군.'

천천히 눈을 뜨자 그의 눈빛에서 흘러나오는 예기에 유린 휴가르는 자신도 모르게 꿀꺽 마른침을 삼켰다.

"그럼 우리가 써야지."

카릴은 들리지 않을 작은 목소리로 읊조렸다.

"……여기입니다."

유린 휴가르가 카릴은 안내한 곳은 어느 곳이든 깨끗하고 청결한 헤임과 어울리지 않는 음침한 곳이었다. 이곳은 마차로 꽤 오랜 시간을 달려와야 도착할 수 있는 곳이어서 그런지 아무도 없었다.

유린은 어쩐 일인지 이곳에 들어오는 것을 꺼리는 것 같은 모습이었다.

주르륵…… 주륵…….

이끼가 잔뜩 낀 지저분한 하수구에서 악취가 심하게 났고 계속해서 썩은 물들이 흘러나왔다.

"흐음."

카릴은 나지막한 한숨과 함께 주변을 둘러봤다.

"원래대로라면 사당을 관리하는 사제들이 있어야 할 텐데 카릴 님의 명을 받고 숙청하는 과정에서 사당의 사제들이 많이 제거되는 바람에……."

유린은 눈치를 보며 카릴에게 말했다.

"그렇군."

하지만 의외로 카릴은 지저분한 사당의 모습에 대해서 그다지 그에게 화를 낼 생각은 없어 보였다.

"그만큼 네가 일을 잘하고 있다는 뜻일 테니까."

"하하…… 별말씀을."

"우든 클라우드의 잔재들을 교단에서 정리한 지 얼마나 되었지?"

"한 달 이상은 족히 되었습니다. 처음에는 여전히 주교를 따르는 세력들이 많아서 오히려 카릴 님께 대항하자는 잔당들이 있어 비밀리에 움직이다 보니…… 조금 더 빨리 처리해야 했는데 말이죠."

"한 달이라……."

카릴은 바닥에 고여 있는 악취가 나는 구정물을 손바닥으로 떠서 냄새를 맡았다. 유린은 그 모습을 보며 인상을 찌푸렸다.

[이제는 별 이상한 취미가 생긴 게냐. 그걸 왜 맡아?]

알른 자비우스는 하수구의 폐수를 신중하게 살피는 카릴을 보며 어이가 없다는 듯 말했다.

"한 달치고는 너무 더럽지 않아?"

"……네?"

"여기 배수로는 헤임의 본건물과도 떨어져 있는 곳이다. 식

당이 있어서 요리를 하는 것도 아니고, 관리하는 자가 없다 한
들 이렇게까지 더러워질 순 없지. 그런데…… 이건 마치 먹다
남은 음식 쓰레기 같지 않아?"

주르륵-

카릴의 손가락 사이를 빠져나오는 구정물들이 끈적끈적하
게 흘러내렸다.

"아니면 토사물이던가."

꿀꺽.

그것을 바라본 순간 유린은 자신도 모르게 마른침을 삼켰다.

저벅- 저벅- 저벅-

카릴은 당황하는 그에게 천천히 다가갔다.

짜악-!

그가 유린의 뺨을 움켜잡았다. 손바닥에 묻어 있던 구정물에
악취가 났지만, 유린은 얼굴을 뺄 엄두를 내지 못했다.

"내게 숨기는 게 있지?"

"저…… 저는 아무것도 모릅니다. 이곳이 성구를 관리하는
사당이라는 것도 맞고 관리하던 사제들이 우든 클라우드와
관련이 있어 제거한 것도 사실입니다."

유린은 떨리는 목소리로 말했다.

"흐음……."

카릴은 눈을 흘겼다.

"그들에게 이상한 점은 없었나."

"그게 무슨 말씀이신지……."

"제국의 수도에서 라엘 스탈렌을 죽였을 당시 그들을 따랐던 사제들은? 솔직히 말해봐. 정말로 네가 제거한 거야?"

카릴의 말에 유린 휴가르는 뭐라 할 말을 잃은 듯 입술을 들썩였다.

"아니면 그들이 스스로 자살을 한 것인가."

"그, 그걸 어떻게……."

"역시 그랬군."

어쩐지 우든 클라우드의 죽음에 대해서 카릴은 그다지 놀라워하지 않았다.

"놈들은 선혈동굴 안 비밀 장소에서 검은 포자라는 마계의 열매를 재배했다. 그것들은 강력한 환각 효과가 있지. 이곳에 있는 자들은 우든 클라우드 중에서도 고위급들일 가능성이 크다. 아마도 열매를 가지고 있었든지, 아니면 이미 오랜 세월 복용을 했을지도 모르지."

"환각……?"

"녀석들은 교단을 광신교로 만들려고 했어. 우든 클라우드는 어떤 면에서 교단보다 더 믿음으로 점철된 자들이다. 죽음마저 쉽게 볼 수 없는 녀석들이지."

유린은 그의 말에 굳은 얼굴로 바라봤다.

"반면에 내가 네게 교단을 맡긴 이유는 너는 사제이면서 제국과 거래를 하고 있었다는 점에서였지. 자신에게 이득이 되지 않는다면 교단도 버리는 녀석이니 우든 클라우드에게도 현혹될 리가 없다는 게 내 판단이야. 그리고 내 믿음을 저버리지 않았고."

"하, 하하……."

카릴의 말에 유린 휴가르는 웃어야 할지 말아야 할지 몰라 기묘한 표정을 지었다.

"하지만 나는 교단의 주교가 된 라엘 스탈렌이 죽었다고 해서 우든 클라우드가 완전히 끝났다고 생각하지 않아. 하가네를 통해 그들을 솎아내고 있지만 결코 쉬운 일이 아니지."

사제의 앞에서 마왕의 도움을 받고 있다는 것을 아무렇지 않게 말하는 카릴이었지만 유린은 그런 그에게 뭐라 할 수가 없었다.

"넌 이곳을 확인했나?"

"그게……."

"확인하지 못한 모양이로군. 광인(狂人)이 설마 겁을 먹기라도 한 거야? 그만큼 놈들의 자살이 끔찍했었나."

"……죄송합니다."

카릴은 유린의 대답에 의외라는 표정을 지었다. 혹시 하는 마음에서 찔러본 물음이었는데 유린의 태도는 예상외로 진지했다.

스르릉……!!

오물을 뿜어내는 하수구를 지나 카릴은 사당의 문에 잠겨 있는 쇠사슬을 검으로 잘라냈다.

쿵……!!

그가 발로 사당의 문을 차자 두꺼운 석문이 양쪽으로 갈아지듯 열리고 희뿌연 연기가 피어올랐다.

"뭐, 좋아. 기껏해야 성구가 보관되어 있는 창고에 불과하다. 내가 이상한 건 힘을 갈망하는 네가 교단의 초고위 자리에 오르고서도 이런 보구를 그냥 두고 들여다볼 생각도 하지 않았다는 거지. 내가 아는 유린 휴가르라면 누구보다 먼저 이곳에 눈독 들였을 텐데 말이야."

"……."

"그럼에도 불구하고 네가 이곳을 확인하지 않은 이유는 뭔가 걸리는 것이 있다는 뜻이겠지."

사당 안에는 짙은 어둠이 깔려 있었다. 카릴의 손등에 있는 아인 트리거에서 라미느의 불꽃이 흘러나와 안을 비추었다. 지하로 내려가는 계단이 보였고 사당은 생각보다 훨씬 더 거대했다.

"그들의 죽음에 대해 얘기해 봐."

카릴은 사당 안으로 걸어 들어가며 말했다.

"그게 너무 많은 사제가 죽어서…… 누구부터 말씀을 드려야 할지……."

"누구긴. 당연히 주교지. 그 밑에 자들이야 어차피 가지에 불과할 테니까."

"라엘…… 말씀이십니까?"

유린 휴가르의 물음에 카릴은 한심하다는 듯 싸늘한 눈빛으로 그를 바라봤다.

"아니."

카릴은 당연한 것을 묻느냐는 듯 입꼬리를 올리며 말했다.

"전(前) 주교 말이야. 너도 기억하겠지? 내가 헤임에 널 처음 만났을 때만 하더라도 교단의 주교는 다른 사람이었지. 하지만 제국의 수도에 당도하였을 땐 라엘이 교단의 주교가 되어 있더군."

"그, 그렇죠."

"어떻게 죽었지?"

"그게……."

그때였다.

[크으으으으…….]

지하로 내려가는 계단 아래에서 들려오는 낮은 으르렁거림이 있었다.

"흐음. 성스러운 교단의 성구가 모셔 있는 곳에는 전혀 어울리지 않는 소린데."

카릴은 계속해서 걸음을 멈추지 않았다. 오히려 그 으르렁거림도 상관없다는 듯 그는 유린에게 말했다. 아니, 어쩌면 예상을 했던 것일지도 모른다.

"그때의 일을 얘기해 봐. 내가 알지 못하는 교단에서 벌어진 사건 말이지. 기껏해야 주교의 밑에서 심부름꾼이었던 라엘이 교단을 빼앗을 수 있었던 계기."

과거 교단에서 나인 다르혼에게 악몽의 서를 건네주었을 때 그것을 운반했던 것이 라엘이었다. 그 당시만 하더라도 주교가 따로 있었으니 그녀는 교단의 수장이 아니라는 말이었다.

　'전생에 신탁의 10인으로 뽑힌 우리가 신탁을 내려받기 위해 교단을 찾았을 때 주교는 그녀가 아니었다.'

　그 말은 곧 전생에 주교는 죽지 않았었다는 것. 그것은 지금까지 카릴의 행동으로 현생에서는 전생과 달리 특이점이 온 것임을 의미했다.

　'전생에 비추어 보아 백금룡을 라엘을 광신교의 교주로 만들고자 했어. 그렇다면 교단과 분리를 해두는 게 좋겠지.'

　그의 생각대로 전생에는 당연히 교단과 블루 로어가 따로 존재했고 지금 와서 생각해 보면 그 두 단체를 통해 백금룡은 안팎으로 자신의 계획을 수행할 수 있었을 테니까.

　'하지만 이번에는 그녀를 주교의 자리에 앉혔다. 신탁이 일어나기도 전에 말이야. 그렇게 할 수밖에 없었던 이유가 뭘까.'

　가장 큰 이유는 역시 자신 때문일 것이다. 하지만 그가 변화시킨 미래의 요소들은 너무 많았기에 어떤 부분이 백금룡의 심경을 바꾸게 한 것인지 쉽게 짐작할 수 없었다.

　'처음에는 나르 디 마우그가 라엘을 주교로 만든 것은 인간이 쓸 수 있는 신의 힘의 한계를 시험하기 위함이라 생각했다. 하지만 지금 생각해 보니 굳이 주교를 죽여 교단과 블루 로어를 합칠 필요는 없었어. 광신교로서 행동하는 것이 더 자유로웠을 터.'

'……셀베이션(Salvation)!!'

우그글……!! 우극……!!

그 순간 그녀의 주위에 있던 사제들이 머리를 움켜쥐며 비명을 지르기 시작했다.

[타락……?]

알른은 그 광경을 보며 살짝 인상을 찡그렸다.

콰아아아아아아아아아앙--!!

짓눌린 라엘의 몸이 드래곤의 발에 밟혀 마치 풍선이 터지는 것처럼 터지며 바닥에 붉은 피가 사방으로 흥건하게 튀었다.

[머저리 같은 계집.]

차갑게 들려오는 나르 디 마우그의 목소리.

계단을 내려가는 어둠 속에서 카릴의 머릿속에서 백금룡이 라엘 스탈렌을 밟아 죽였던 장면이 떠올랐다.

'확실히…….'

백금룡은 한 치의 망설임 없이 타락을 소환하려던 라엘의 숨통을 끊었다.

'너무 쉽게 죽였지.'

라엘은 분명 백금룡의 실험에 결과물일 것이다. 엘프의 피와 인간의 피를 동시에 가지고 있는 혼혈인 그녀가 태어날 때부터 그런 것인지 아니면 그마저도 백금룡에 의해 만들어진 것인지는 모른다. 중요한 것은 타락의 힘을 쓸 수 있다는 것. 하지만 그 당시에 백금룡은 라엘이 타락을 소환하는 것을 율라에게 들키지 않기 위해 황급히 그녀를 죽였다.

'이유는 이해되지만 성급할 정도로 빨랐어.'

카릴은 제국에서 주교가 된 라엘을 봤을 때 그녀를 대신할 대체자가 또 존재하는 것이 아닐까 하는 의심도 했었다.

만약 그렇다면 라엘을 죽이는 것만으로는 광신교의 창궐을 막을 수 없을 테니까. 그렇기에 나르 디 마우그를 더더욱 그 자리에서 죽여야 할 이유였기도 했다.

그리고 그 의심은 여전히 유효했다.

나르 디 마우그가 죽었다고 해서 그가 만들어놓은 대체품들이 사라진 것은 아니기 때문이었다.

"반란이었습니다."

"흠?"

"교단 내에서 일어난 일을 그런 불경스러운 단어로 말하는 것이 이상하지만…… 제 눈에는 그저 그렇게밖에 보이지 않았습니다."

생각에 잠겨 있던 카릴에게 유린이 말했다. 그의 목소리에 카릴은 고개를 돌렸다.

"계속해 봐."

"제국으로 출정이 있기 전이었습니다. 교단은 대외적으로는 중립을 지켜야 하지만 전 주교셨던 레미엘 주르 경께서 제국쪽 사람이라는 것을 모르는 사람은 없는 일이죠."

"그런데?"

"제국을 돕기 위해 사제들이 집결되었던 날 한 소녀가 찾아 왔습니다."

[라엘이로군.]

두 사람의 대화에 흥미를 보이며 알른이 모습을 드러내며 말했다.

"헙……!!"

"계속해."

유린은 갑작스럽게 나타난 그의 모습에 놀라 숨을 들이마셨 지만 카릴은 눈을 떼지 않고서 말했다.

"아, 넵……. 그런데…… 그 소녀가 헤임에 나타난 순간 믿 을 수 없는 일이 벌어졌습니다."

그는 말을 이어갔다.

"전투를 위해 소집되었던 사제들이 갑작스럽게 그녀를 성녀 로 추대하였습니다. 지금 생각해 보면…… 카릴 님께서 마계의 열매를 통해 환각을 보게 한다는 말씀을 하셨을 때 어쩌면 그 들은 이미 그 열매를 먹은 게 아닐까 하는 생각이 드는군요."

"흐음……."

[카릴. 우리가 백금룡의 레어를 찾기 위해 약속의 땅이란 금 역을 뒤졌을 때 말이다.]

알른 자비우스는 음산한 기운을 내뿜으며 카릴에게 말했다.

"야, 약속의 땅……?! 설마 드래곤의 성지에……."

유린은 카릴이 금역에 갔었다는 것에 놀란 표정을 감추지 못했다.

[그때 녀석의 레어가 비어 있었다는 것을 기억하느냐.]

"물론. 하지만 놈이 해왔던 쓰레기 같은 짓거리들은 잔해로 남아 있었지. 인간을 실험했던 증거들이 여기저기 너부러져 있었지."

꿀꺽-

유린 휴가르는 두 사람의 대화가 자신이 끼어들 수 없는 것임을 알았다.

[어쩌면 우리가 온 이 창고는 가벼운 마음으로 보물 몇 개를 집어 들고 갈 수 있는 곳이 아닐지도 모른다는 생각이 드는군.]

"무슨 근거로?"

[드래곤은 자존심이 강하고 콧대가 높은 종족이지. 그들은 언제나 자신의 영역을 만든다. 그것이 그들의 존엄성을 지키는 방법이라 여기지.]

"……."

[그런데 그 레어가 비어 있었다.]

"왜 그걸 이제야 말하지?"

카릴은 그의 말에 살짝 인상을 찌푸리며 되물었다.

[나 역시 확신이 필요했으니까. 백금룡은 일반적인 드래곤과는 분명 다른 존재니까. 신의 영역에 도달하기 위해 신을 속이

려는 자였으니 자신의 레어쯤은 버릴 수도 있으리라 여겼지.]

"한데 왜 지금 와서 그런 생각을 했지?"

알른은 천천히 고개를 돌렸다.

[왜냐니. 지금 너도 나와 같은 생각을 하지 않느냐.]

검은 연기의 얼굴이 천천히 움직이며 마치 웃는 것처럼 기묘한 표정으로 말했다.

[하수구에서 흐르던 폐수. 네가 그걸 뭐에 홀린 듯 살폈던 이유는 그 안에 타락의 향기가 느껴졌기 때문이겠지. 게다가 하수구에서 흐르던 찌꺼기들은 마치 먹다 버린 음식물들 같았지.]

카릴은 그의 말에 한쪽 입꼬리가 올라갔다.

탈칵-

계단을 끝까지 내려오자 사당의 마지막 문이 보였다.

[태양의 힘은 정화의 힘. 한데…… 지금 저 안에 타락의 기운이 느껴진다. 그것이 무엇을 의미하는지 잘 알겠지.]

카릴은 천천히 그 앞에 서서 문고리를 잡았다.

[저 안에 뭔가 살아 있는 녀석이 있다.]

끼이이익--

사당의 문이 귀곡성처럼 비명을 지르며 열렸다.

[그리고 여기가 어쩌면 백금룡이 금역을 버리고 튼 새로운 둥지일지도 모른다.]

►Chapter 5◄

"배, 백금룡……?!"

"유린. 너는 이제 물러나라. 더 이상 네가 관여할 수 있는 영역이 아니다."

"아니, 지금 그게 무슨 말씀이십니까. 이곳이 백금룡의 새로운 둥지라니요. 여긴 율라를 모시는 성스러운 교단입니다!"

쫘악-!!

그 순간 카릴이 유린의 손목을 움켜잡았다.

"큭?!"

뼈가 으스러질 것 같은 고통에 유린은 자신도 모르게 신음을 내지르고 말았다.

"성스러운 교단? 유린 휴가르. 네 눈은 옹이구멍이냐. 제국에서 네가 본 건 뭐지? 내가 널 교단에 남겨놓은 이유가 뭔지 또 설명해 줘야 하는 것은 아니겠지."

"……제가 독실한 사제가 아니기 때문입니다."

"잘 안다면 내 앞에서 더 이상 성스럽다는 단어를 쓰지 마라."

카릴은 유린의 잡은 팔을 놓으며 말했다. 시퍼렇게 멍이 든 손목이 욱신거렸지만 유린은 차마 회복 마법을 쓸 엄두를 내지 못했다. 사제의 회복 마법은 결국 신의 힘을 빌려 치유하는 것이었으니까. 괜히 카릴의 기분을 상하게 할까 봐 두려웠기 때문이었다.

"그래도 따라가겠습니다."

"……."

"좋든 싫든 저는 사제입니다. 세상이 어떻게 보든 교단에서 벌어지는 일에 대해서 책무를 다할 의무가 있습니다."

"그럼 내가 오기 전에 와봤어야지?"

"그건……."

카릴은 사당의 지하 문 앞에서 들어가기 직전 발을 멈추며 물었다.

"전 주교에 대해서 하던 얘기를 계속해 봐."

"……네?"

유린은 그의 말에 고개를 갸웃거렸다.

"그게 끝입니다. 반란은 성공하였고 사제들은 라엘 스탈렌을 성녀이자 주교로 추대하였습니다. 제 생각엔 그 당시에 저와 조이 요한셀은 다른 임무로 외부에 있다가 소집으로 돌아온 직후라 환각에 당하지 않을 수 있었던 게 아닐까요."

"아니면 그들은 스스로 원해서 환각에 빠져 있었던 것일지도 모르지. 애초에 라엘의 밑에 있던 자들은 우든 클라우드였을 테니까."

"……그들이 원하는 게 뭡니까?"

유린 휴가르는 지금껏 우든 클라우드를 공국의 비밀 단체 정도로만 생각했었다. 하지만 교단 전체를 집어삼킬 정도의 엄청난 규모였으며 그를 떠나 백금룡이 연관되어 있다는 점에서 그들을 단순한 단체로 볼 수 없었다.

"나도 몰라."

하지만 카릴에게서 돌아온 답변은 꽤 단순명료해서 오히려 유린을 당황하게 만들었다.

"미친놈들에게 답이 어딨어?"

"하, 하하……."

"다만 그 미친놈들 때문에 세상이 미쳐 버릴 수 있다는 게 문제니까 그렇지."

유린은 그의 말에 머리를 긁적였다.

"넌 아직 사제의 축복을 쓸 수 있나?"

"네."

"그렇군. 율라는 아직 교단에게 힘을 빌려주고 있나 보군."

"이러니저러니 해도 대륙에 율라를 따르는 자들은 많습니다. 변방의 백성들은 모르겠지만, 신탁을 내리러 왔던 네피림들을 물리쳤던 카릴 님의 소문은 빠르게 퍼지고 있습니다."

그는 조심스럽게 말했다.

"항간에서는 신의 축복을 내리러 온 천사들을 카릴 님이 물리쳐 그 벌로 저 탑이 나타난 것이라는 사람들도 있습니다."

카릴은 유린의 말에 코웃음을 쳤다.

"진실을 언젠가 알게 되겠지. 너는 신의 힘을 버리지 않고서 날 따를 수 있겠나?"

"저는 기사도 아니고 귀족도 아닙니다. 그 이전에 사제니까요. 신의 힘을 버리지도 카릴 님을 따른다고도 못 박지 않았습니다."

"그래? 그럼 너는 내게 걸림돌이 되는 건가. 신의 편에 서려는 놈이라면 너는 지금 여기서 죽어도 할 말이 없겠지."

"불손하게 보이겠지만 저는 그래도 사제입니다. 사제이기 때문에 작금의 사태를 확인해야 할 의무가 있습니다. 카릴 님께서 제게 교단을 맡긴 이유는 단지 제가 귀족의 뒤나 쫓으며 부를 쌓으려는 사람이 아니라 우든 클라우드가 아니기 때문이라는 게 더 맞지 않습니까?"

그는 먼지를 털어내듯 손뼉을 치고서 말했다.

"영웅은 강합니다. 하나 그 힘으로 자칫 폭군이 될 수 있으며 백성은 무지합니다. 소수가 뒤늦게 진실을 외쳐봐야 그들은 힘의 논리에 굴복하고 말죠."

"내가 폭군이 될 수 있다는 말인가?"

"제 말이 그런 의미가 아니란 걸 아시지 않습니까. 비록 저는 독실하진 않지만 근본인 사제의 눈으로 신을 봅니다. 그리고 신이 틀렸다면 인간에게 전할 의무가 있습니다."

"신을 믿는 것이 사제의 의무일 텐데?"

"독실하지 않은 사제니까요. 저는 신을 바라보되 철저히 인간의 편이거든요."

유린은 마치 장난기 가득한 표정을 지으며 웃었다.

그르르르릉······.

"그러니 저도 확인해야 하겠습니다.

그는 카릴을 지나 사당의 문을 활짝 밀며 그 안으로 들어갔다.

"이 안에 뭐가 있는지."

빛의 구슬을 소환하고서 자신 있게 앞장서서 걸어가던 유린은 몇 번이나 뒤로 물러서고 싶은 마음이었다. 사당 안은 마치 폭발이라도 일어난 것처럼 폐허가 되어 있었다. 게다가 여기저기 날카롭게 날에 베인 것처럼 석벽들에 상처가 나 있었다.

[마치 발톱으로 긁은 것 같은 모습이로군.]

알른 자비우스는 사당의 주위를 훑으면서 부서진 기둥의 잔해들을 바라보며 말했다.

"이 정도로 파괴되었다면 헤임에서도 크게 소란이 났을 법한데······ 전혀 모르는 일입니다."

"네가 없을 때 그런 것일 수 있고 아니면 들리지 않도록 봉인을 했을 수도 있지."

"봉인이라니요. 헤임에서 마법을 쓰는 것은 있을 수 없는 일입니다. 비록 마력이 신의 축복이라고는 하지만 이곳에서는 오직 사제만이 힘을 발현할 수 있습니다. 그리고 사제는 신의 힘을 빌려 신성력만을 씁니다."

"예외인 자가 한 명 있잖아."

"……네?"

"마력을 쓰면서도 신의 사도가 된 배신자."

"배신자라니요……?"

유린은 누구를 말하는지 모르겠다는 표정을 지었다. 그도 그럴 것이 신령대전의 일을 그가 알 리 없었다.

"나르 디 마우그."

카릴은 이렇다 할 설명 대신 백금룡의 이름을 힘주어 말할 뿐이었다.

툭-

발끝에 치이는 돌이 정적 속에서 바닥을 튕기며 구르는 소리가 들렸다. 그 순간 두 사람은 어쩐 일인지 섬뜩한 기분에 갑자기 걸음을 멈췄다.

"흐억?!"

유린 휴가르는 앞을 바라보자 깜짝 놀라며 비명을 지르고 말았다. 사당의 안쪽에 마치 기도하듯 한 사람이 두 손을 모은 채로 무릎을 꿇고 있었기 때문이었다.

그가 입고 있는 옷은 평범한 사제의 것이 아니었다. 양쪽 어깨에 길게 늘어뜨린 파샤(Fascia)의 문양을 본 순간 유린은 자신도 모르게 마른침을 꿀꺽 삼켰다.

"주…… 주교님?"

낯익은 얼굴에 그가 떨리는 목소리로 물었다.

[여기…… 뭔가 익숙한 냄새가 난다고 했더니 제국의 수도에 있던 마굴과 비슷하군.]

그 순간 알른이 굳어버린 유린을 뒤로한 채 주위를 바라보며 말했다.

"맞아."

알른의 말에 카릴은 고개를 끄덕였다.

"저, 저…… 저기. 주……."

"알고 있어. 하지만 이미 죽은 자다. 생기가 느껴지지 않는다는 것은 너도 알잖아."

"하지만……."

유린이 궁금한 것은 교단의 성구를 보관하는 이곳에 어째서 전 주교의 시신이 있는 것인지였다.

"교단의 성지인 헤임에 버젓이 마굴이 존재한다는 것이 우스운 일이겠지만…… 만약 주교 역시 우든 클라우드였다면 조각난 퍼즐이 맞춰지지. 그가 교단을 광신교로 만들고 백금룡은 라엘 스탈렌 이전에 주교를 실험 대상으로 썼다면 고작 마굴 따위가 헤임에 있는 것은 이상한 일도 아니지."

"마, 마굴이라니……."

저벅- 저벅- 저벅-

카릴은 천천히 걸음을 옮겨 무릎을 꿇고 기도하고 있는 주교의 시체를 향해 갔다.

퍼억--!!

그러고는 있는 힘껏 얼음 발톱을 휘둘러 시체를 부숴 버렸다.

"무, 무슨 짓입니까?!"

유린은 산산조각이 나 쓰러지는 주교의 시체를 보며 깜짝 놀라 소리쳤다.

"우리가 잘못 짚었어."

산산이 조각난 뼈들이 사방으로 튕기듯 쏟아졌고 마력을 머금은 뼛조각들이 낡은 벽에 박히자 벽돌들이 먼지를 뿜어내며 무너져 내렸다.

그 순간 유린은 자신의 눈을 의심했다. 무너진 석벽 뒤로 수많은 시체가 쌓여 있었기 때문이었다.

"저들은……."

"내가 맞춰 볼까. 저 녀석들 라엘을 따르던 자들이 아닌가?"

"……맞습니다."

카릴은 유린의 말에 그럴 줄 알았다는 듯 고개를 끄덕였다.

"교단의 아래에서 이런 짓을 벌이다니. 역시 드래곤은 신을 기만하는 행위도 급이 다르군."

그는 그렇게 말하며 기분 나쁜 듯 튓-! 하고 침을 뱉으며 앞을 응시했다.

"여긴 백금룡의 새로운 레어가 아냐. 아니, 레어였던 곳이겠지.

여기도 약속의 땅과 마찬가지로 녀석이 쓰다 버린 곳이다."

[······아무래도 그런 것 같군.]

"그저 녀석의 쓰레기 처리장일 뿐이지."

카릴은 차갑게 비웃었다.

'백금룡······ 너는 이제 사라져 내 마력이 되었지만 네가 남긴 것들은 여전히 존재한다. 여전히 풀리지 않는 의문들의 해답을 그곳에서 찾을 수 있겠지.'

나르 디 마우그는 결과적으로 이번 생에 그에게 용의 심장을 얻을 수 있도록 한 장본인이었다.

그는 분명 알고 있었을 것이다. 카릴이 과거로 돌아가게 되면 카릴 본인의 미래만이 아니라 자신의 미래까지 바뀔 것임을 말이다. 그럼에도 불구하고 나르 디 마우그는 오히려 카릴에게 과거로 돌아갈 수 있는 방법을 제시했다.

'네가 날 이용해서 하려는 것이······ 인간의 가능성을 실험하는 것이 끝이었을까.'

카릴은 고개를 저었다. 전생에 관하여 물어볼 수는 없는 일이었으니까. 그리고 물어볼 대상도 이제 존재하지 않았다.

[크르르르르······]

그때였다. 무너진 석벽 뒤에 쌓여 있는 시체들이 들썩이더니 그 안에서 날카로운 울음소리가 들렸다.

[백금룡의 빈 레어에도 키메라가 있었지. 네 말대로 금역에서 자리를 옮겨 놈이 실험을 했던 장소가 이곳이었나 보군. 하

긴 그곳보다 여기가 훨씬 더 재료를 조달하기 용이했을 테니까.]

"재료라니요……?"

[저기 네 눈앞에 보이지 않느냐.]

조금 전 쌓여 있던 시체들이 움직이기 시작했다. 게다가 카릴에 의해 머리가 부서진 주교의 시체 역시 뼈들이 다시 조각조각 합쳐지며 모습을 맞춰나가기 시작했다.

"어, 언데드……!?"

[사제들을 언데드로 만들다니 정말 미친 짓을 벌여 놓았군.]

알른은 그 모습에 기가 막힌다는 표정이었다.

[백금룡 그자는 정말 모든 경우의 수를 실험했던 건가. 단순히 엘프와 인간이란 종족뿐만 아니라 신성력을 가진 사제를 대상으로까지 실험을 했으니…… 다음엔 암흑력을 가진 자들이려나?]

"쓸데없는 소리 하지 마."

카릴은 알른의 반응에 핀잔을 주었다. 그도 그럴 것이 대륙에서 암흑력을 가진 존재는 불멸회밖에 없기 때문이었다.

"유린. 저건 언데드가 아냐."

그러고는 고개를 돌렸다.

"네?"

"부활한 게 아니라 시체들이 합성된 거다. 일종의 키메라란 말이지. 잘 봐. 사자(死者)의 육체임에도 불구하고 신성력을 고스란히 가지고 있다. 평범한 흑마법이라면 절대로 불가능한 일이지."

그 말에 유린이 우글거리는 시체들을 바라보며 말했다.

"말도 안 돼……. 불사와 신성이 함께라니. 그야말로 신을 모독하는 일이지 않습니까. 이런 짓을 백금룡이 했단 말입니까? 그것도 교단 안에서?!"

유린은 이를 바득 갈며 인상을 구겼다. 아무리 그라도 용납할 수 없는 일이었던 모양이었다.

"천상의 군대를 이끄는 신이시여…… 영혼들을 멸망시키는 악령을 지옥으로 내던지소서."

그는 눈을 감으며 성호를 긋고서 천천히 눈을 떴다.

"율라의 기쁨이 있으리."

기도문을 읊자 그의 주변이 붉게 빛났다. 유린 휴가르의 특기인 고양 주문(高揚 呪文)이었다.

"지옥으로?"

오랜만에 보는 그 모습에 카릴은 주위를 둘러보며 말했다.

"그런 건 신에게 빌지 말고 네가 직접 해."

카릴은 벽에 걸려 있는 성구 중에 커다란 망치를 꺼내었다.

"받아."

그가 유린에게 망치를 던지듯 건네자 유린에 손에 닿은 망치가 찬란하게 빛나기 시작했다.

"이건…… 지옥추(地獄鎚)?"

"블레이더의 무구와는 반대로 성구는 그 율라의 힘을 담고 있는 무구니까. 신성력을 주입하는 과정에서 도구로 쓰기에 안성맞춤이야. 게다가 이름도 완전히 네게 딱 어울리는군."

카릴은 성구를 들고 있는 피식 웃었다. 그가 건넨 지옥추는 다름 아니라 전장의 광인이라 불리던 전생에 유린 휴가르가 썼던 무구였기 때문이었다. 고양 주문으로 붉게 빛나는 모습 까지 그 예전 모습을 보는 것 같아 카릴은 감회가 새로웠다.

"신을 버린 자들인지 신에게 버림받은 자들인지는 모르지만…… 적어도 저런 꼴로 두고 싶진 않습니다."

유린 휴가르는 해머의 손잡이를 꽉 쥐었다.

"사제로서 그리고 인간으로서 저는 아무래도 카릴 님을 따라가야 할 것 같군요."

"날 받들어봐야 이익을 볼 수 있는 것은 없는데? 내가 만들 자유국엔 네가 원하는 부가 없다."

"진실은 있잖습니까. 그걸 전해야 할 의무를 제가 짊어지겠습니다."

[스스로 고행의 길을 가려는구나.]

알른 자비우스는 유린 휴가르를 바라보며 클클거리며 웃었다.

[다행히도 그 길이 외롭진 않을 게다. 이미 너보다 먼저 그 길을 걷고 있는 자가 있으니.]

"……네?"

유린 휴가르는 그의 말에 카릴을 바라봤다.

"원한다면 그리 하여도 좋겠지. 펜으로 역사에 남기는 자가 있다면 교리로 진실을 밝히는 사람도 필요하니까. 하지만 솔직히 그런 일은 조이 요한셀이 적임이라 생각하는데."

카릴은 그가 들고 있는 지옥추를 가리키며 말했다.

"네겐 교리보다 때려 부수는 게 어울려."

콰직--!!

"사실 저도 그렇게 생각합니다."

그 순간 유린 휴가르는 언데드로 부활한 전 주교의 머리를 있는 힘껏 내려쳤다.

"흐아아아아아!!"

사당 안에서 유린 휴가르의 고함이 거칠게 들렸다. 그가 지옥추를 휘두를 때마다 달려들던 시체들이 산산조각이 나며 부서졌다.

츠으으윽……! 츠즉……!!

동시에 부서진 뼈들이 마치 불에 탄 것처럼 시커먼 연기를 내며 재로 변했다.

[다른 의미로 괴물이로군.]

알른 자비우스는 싸우는 유린을 바라보며 말했다.

[사제가 아니라 전사라 해도 믿겠는걸. 하지만 놀라운 건 그보다 말도 안 되는 신성력이로군. 전투에 한정되어 있다고는 하지만 저렇게까지 신성 주문을 쓰면서 싸울 수 있나?]

콰악-!!

유린 휴가르가 언데드의 두개골을 한 손으로 움켜쥐더니 있는 힘껏 손가락에 힘을 줘 그것을 눌렀다. 그러자 그의 손가락에서 빛이 흘러나오더니 언데드의 머리가 가루가 되며 흩날렸다.

"잘 봐. 저건 신성력이 많아서가 아냐. 그는 확실히 1급 전투 사제긴 하지만 신성력의 양을 마력으로 따지면 3클래스 정도 수준에 불과해."

[그것치고는 너무 잘 싸우지 않느냐. 지치지도 않고 말이지. 게다가 전생에 광인이라 불릴 정도로 전쟁터를 휩쓸고 다녔다면서?]

"누구에게나 재능이 있는 법이니까. 마력의 양이 적으면서도 그는 전생에 분명 소드 마스터보다도 더 화려하게 전장을 누볐지."

[흐음.]

알른은 유린 휴가르의 전투를 살폈다.

부우우웅……!!

그가 양손으로 잡은 지옥추를 있는 힘껏 횡으로 그었다. 번뜩이는 날과 함께 언데드들을 박살 내며 앞으로 걸어가고 있었다. 어느새 까마득하게만 보였던 시체들이 숫자를 셀 수 있을 정도로 줄어든 상태였다.

"그의 신성력의 운용 방법은 마법사와도 검사와도 다르다. 처음 다루는 무기라 초반엔 신성력의 소모가 있었지만 지금은 마물을 벨 때만 신성력을 발동시키고 있거든. 그렇게 되면 훨씬 더 적은 힘으로 큰 타격을 줄 수 있지."

[그렇군. 그런데 신성력을 멈추면 보호 마법도 사라지는 것

아니더냐.]

"맞아. 당신도 알다시피 전투 시에 마력을 제어하는 것은 극히 어려운 일이지. 게다가 유린은 신성력을 유지하면서 그 양을 줄이는 게 아니라 아예 끊었다가 폭발적으로 발산하는 거니까. 목숨이 오락가락하는 싸움 도중에 자신의 힘의 원천을 멈춘다는 것은 웬만한 사람은 못하는 일이야. 자칫 목숨을 내어놓는 일과 같으니까."

[그런데 그걸 저 녀석이 하고 있다? 실없어 보이는 녀석이었는데 재밌군.]

"전장에만 서면 목숨을 내놓고 싸우는 녀석이니까. 자신의 안전보다 적의 죽음을 택하는 성격이 아니라면 결코 할 수 없는 일이지."

[광인(狂人)답군.]

카릴은 유린 휴가르를 바라봤다.

"그가 제대로 된 사제가 될 수 없는 이유도 바로 그 때문이거든. 피를 너무 좋아해."

[그런 놈에게 공포를 심어준 게 너라는 사람이고?]

알른의 말에 그는 피식 웃었다.

"크아아아!!"

유린 휴가르가 지옥추를 들어 아래로 내려쳤다.

"이거 손에 착착 감기는데요?"

그는 땀범벅이 될 때까지 전투에 매료되어 있었던 듯 거친 숨을 몰아쉬었다.

"힘 빼지 마. 이제 막 첫 문을 열었을 뿐이니까."

"네?"

"들어가자."

카릴은 유린 휴가르가 난장판으로 만들어놓은 시체들 사이를 뚫고 부서진 석벽을 뜯어내기 시작했다.

"분명 이 안에서 타락의 기운이 느껴졌었어. 게다가 알른의 말대로 살아 있는 생명의 기운도 있었지. 이곳에 있는 진짜 보물은 고작 이런 하찮은 뼈다귀 따위가 아니란 말이지."

"'하찮은'이라……."

유린은 카릴의 말에 누더기가 되어 너부러져 있는 전 주교의 로브를 바라보며 씁쓸한 듯 입맛을 다셨다.

한때는 대륙에서 가장 추앙받던 인물이었으나 지금은 하찮은 뼈다귀로 전락해 버렸으니 말이다.

"아니, 그보다 살아 있는 것이라니요? 이곳은 한 달 넘게 사람이 없었던 곳입니다."

"대신 시체들이 잔뜩 있었지. 성구가 있어야 할 곳에 교단의 사제들이 죽어 있어. 살아 있는 것 한둘 나온다고 이상한 일은 아니라고 보는데."

"그렇긴 하네요……."

유린은 머쓱한 표정으로 머리를 긁적였다.

"따라와."

"저……."

그 순간 석벽 안으로 들어가기 직전 유린이 어색하게 말했다.

"왜?"

"하, 하하……. 이왕 허락하신 거 이것도 하나 더 가져가면 안 되겠습니까?"

그가 가리킨 것은 투명한 관에 보관되어 있는 커다란 방패였다.

[하여간 물욕이 많은 녀석이라니까.]

알른은 그런 그를 바라보며 피식 웃었고 카릴은 그가 가리킨 방패를 물끄러미 바라봤다.

운철(隕鐵)의 아이기스. 율라가 이 대륙에서 교단을 세운 자신의 최초의 사도에게 내렸다고 전해지는 신의 방패. 이름 그대로 대마법사의 반열에 오른 마법사만이 쓸 수 있는 메테오조차 막을 수 있다고 전해지는 절대거절(絶對拒絶)의 방패였다.

"안 돼."

"……네?"

당연히 줄 것이라고 생각하며 기대했던 유린은 가차 없는 그의 대답에 자신도 모르게 소리쳤다.

"저건 따로 임자가 있다."

카릴은 고개를 돌렸다.

"그리고 넌 어차피 못써. 네가 저걸 들면 그 순간 온몸의 피가 증발해서 껍데기만 남아 죽을걸."

너무나도 확고하게 말하는 카릴의 모습에 유린은 자신의 목을 슬쩍 쓰다듬으며 마른침을 삼켰다.

"그게 누굽니까? 저도 못 쓰는 걸 쓸 수 있는 사람이 말이죠. 설마 그 오두막에 숨어 살던 거인 녀석은 아니겠죠?"

유린을 아쉬운 듯 입맛을 다시면서도 카릴의 말을 거역하지 않고 그의 뒤를 따랐다.

"네? 말씀 좀 해주십시오."

조르다시피 묻는 그였지만 카릴은 그저 고개를 가로저으며 석벽 안 무너져 생긴 공간으로 걸어 들어갈 뿐이었다.

"정말 얘기 안 해주실 겁니까?"

얼마나 내려왔을까. 석벽 안쪽에는 예상보다 넓은 공간이 있었고 가장 끝쪽에는 또다시 내려가는 계단이 있었다.

두 사람이 지하로 통하는 길을 걷는 동안 유린은 계속해서 카릴에게 아이기스의 주인에 대해서 물었다.

의외로 유린은 카릴이 성구를 허락하지 않았다는 것에 은근히 자존심이 상한 듯 보였다.

"성구(聖具)는 오직 사제만이 쓸 수 있습니다. 게다가 그 방패는 의식용도 아니라 전투용입니다. 교단에 저보다 더 뛰어난 전투 사제는 없을 텐데요?"

"라엘 스탈렌이 썼던 빛의 지팡이는 전투용이 아니라 의식용이지. 그런데도 그녀는 그걸 들고 제국으로 왔지."

"그거야…… 성녀는 전투에 특화된 존재가 아니니까요. 하지만 전투용 성구는 오직 전투 사제만이 쓸 수 있습니다."

"그래서 당연히 그 방패는 네 것이 되어야 한다?"

"그야……."

카릴의 물음에 유린은 부정하지 않았다. 그만큼 전투에 관해서는 그 스스로 자신감이 있었기 때문이었다.

"그럼 너는 교단 내에서 그 방패를 쓰는 사람을 봤나?"

"……네?"

"없었을걸."

유린은 카릴의 말에 대답하지 못했다.

"실물로 보는 것도 처음일걸? 확실히 교단 내의 성물로 취급받는 엄청난 물건이지만 주교조차 그 방패를 쓴 적은 없을 거야."

카릴은 이미 알고 있다는 듯 여유로운 모습으로 말했다.

"포기하는 게 좋아. 그건 인간이 쓸 수 있는 게 아니니까. 네가 아무리 전투에 뛰어나다 하더라도 그것과는 별개의 문제야. 그리고 하와트에게도 줄 것이 아니니 걱정하지 않아도 된다."

"그럼 누구에게……?"

"내가 그걸 네게 알려줘야 할 의무는 없다고 보는데."

"윽……."

카릴은 마치 유린을 놀리듯 말했다.

[크르르르르……]

그때였다. 지하 안쪽에 도달한 순간 낮은 으르렁거림이 들렸다. 유린이 그 소리에 긴장 가득한 얼굴로 카릴을 바라봤다.

담담한 표정으로 어둠을 뚫고 내려간 곳에서 카릴의 앞에 믿을 수 없는 광경이 펼쳐졌다.

"이…… 이게 뭡니까?"

그건 유린 역시 마찬가지였다. 창문은커녕 지하 깊숙한 곳이기에 빛 하나 들어오지 않아야 할 암실임에도 불구하고 두 사람이 도착한 곳에는 마치 살아 있는 것 같은 빛무리들이 사방을 훑으며 날고 있었다. 대낮처럼 밝은 지하 속에 커다란 기둥들이 겹겹이 꽂혀 있었다.

"이건……."

유린은 솟아 있는 기둥 중 하나를 떨리는 손으로 쓸어 넘기며 위를 바라봤다. 곡선으로 꺾여 있는 기둥은 왠지 모를 이질감이 느껴졌다. 그것은 하나의 거대한 무덤이었다. 아니, 정확히는 거대한 시체였다.

[……이건 드래곤의 뼈로군.]

알른은 수십 개의 솟아 있는 기둥들을 바라보며 헛웃음을 터뜨리듯 말했다. 놀랍게도 솟아 있는 기둥들은 인공적으로 만들어진 것이 아니었다. 돔 형태로 굽어 있는 기둥은 다름 아닌 드래곤의 갈빗대였다. 기둥의 마지막에는 커다란 드래곤의 두개골이 놓여 있었다.

[이제야 알겠군. 백금룡이 어째서 사당 아래에 실험실을 만들어놓은 것인지 말이야. 교단은 빛의 힘인 신성력을 모으기 아주 좋은 장소지. 게다가 성구가 놓여 있는 사당은 그 힘이

더욱더 응축될 수 있는 곳이고.]

"하지만…… 그보다 더 확실한 게 있었어."

휘이이이…….

갈빗대 사이를 통과하는 바람 소리가 마치 포효처럼 들리는 것 같았다. 유린은 떨리는 눈빛으로 기둥처럼 박혀 있는 거대한 뼈를 조심스럽게 쓸었다.

우-우-웅--!!

그러자 놀랍게도 커다란 뼈의 아래에서 위로 빛이 훑고 지나가며 불을 비춘 것처럼 알 수 없는 문자들이 나타났다 순차적으로 사라졌다.

[카릴. 용마력을 가진 너라면 지금 눈앞에 있는 게 뭔지 알 수 있겠지.]

빛의 정령왕인 라시스가 조심스럽게 그 뼈들을 바라보며 말했다.

"그럼. 게다가 정령왕들 중에 네가 반응을 하는 이유 역시 알고 있지. 이 뼈의 주인은 율라 이외에 유일한 빛의 힘을 가진 지고의 존재였으니까."

카릴은 차갑게 웃었다.

"이게 누구의 시체입니까……?"

유린은 그의 모습을 보며 떨리는 목소리로 물었다.

"신화 시대에 사라진 황금용(黃金龍)."

기둥에 손을 얹고서 카릴은 나지막하게 말했다.

"토스카의 뼈 무덤이다."

"……!!"

"빛의 힘을 모으기 위한 교단 아래 빛의 원천을 두어 그 힘을 극대화 시킨다라……. 그 녀석 정말 상상도 하지 못할 일을 벌였는걸."

"그 녀석이라뇨? 누가 이런 걸 만들었을까요……?"

"누구긴 누구겠어. 이런 짓은 제국의 황제라도 할 수 없어. 인간 이상의 존재뿐이겠지."

"백금룡……."

유린 휴가르는 나지막하게 그 이름을 읊조렸다. 그와 동시에 천천히 고개를 들었다. 까마득해 보이는 뼈의 크기는 지금까지 그가 봤던 드래곤들과는 비교도 할 수 없을 정도로 거대했다.

[빛에도 종류가 있다. 순수한 빛을 상징하는 라시스와 달리 태양의 빛은 열기를 가진 정화의 빛. 그런 의미에서 황금룡 토스카는 백금룡과는 또 다른 속성의 마력을 지닌 존재지.]

알른 자비우스 역시 토스카의 뼈를 바라보며 말했다.

[나르 디 마우그가 가진 백금의 칭호는 오히려 율라의 빛을 닮았다. 하지만 토스카의 황금은 태양의 빛에 가깝다고 할 수 있겠지.]

"놈이 토스카의 시체를 어떻게 구한 것인지는 모르겠지만 금역과는 또 다른 실험을 한 게 분명하겠지."

[어쩌면 그가 찾은 것이 아니라 처음부터 토스카의 시체는 이곳에 봉인되어 있던 것인지 모른다.]

그 순간 카릴의 말에 라미느가 대답했다.

"무슨 말이야?"

[신령대전에 패배한 우리가 제각기 봉인되었다는 것을 너는 알고 있을 것이다. 하지만 토스카는 다르지. 그는 패배 이후 완벽하게 죽었다.]

라미느의 말에 카릴은 고개를 끄덕였다. 그가 토스카의 유물이라 할 수 있는 대마도서 폴세티아를 얻었을 때 그가 창조한 검에서 새겨져 있던 주덱스의 기억을 통해 그의 죽음을 봤으니까.

[율라는 패배의 대가로 우리에게서 토스카에 대한 기억을 모조리 지웠다. 천년빙동의 봉인에서 우리가 그를 알아보지 못한 것도 그 때문이었지.]

[하지만 네가 폴세티아의 봉인을 풀고 마법서를 익힌 덕분에 우리는 그때의 기억을 돌이킬 수 있었다. 아마도 율라는 황금룡 토스카의 정신을 천년빙동 속에 가두고 그의 시체를 이곳에 묻은 것일지 모른다.]

라시스와 두아트가 폭염왕의 말을 뒷받침해 주었다.

[정확히는 그를 이곳에 묻은 게 아니라 그의 시체 위에 자신을 섬기는 교단을 세웠다는 것이 더 가능성이 높겠지만.]

"치졸한 복수로군."

카릴은 신이라고 하기엔 한없이 가벼운 율라의 행위에 이를 바드득 갈았다.

"중요한 건 이곳에서도 백금룡이 행한 실험에 대한 결과는 없다는 점이겠지."

[흐음…… 그 말은 또 다른 레어가 있을 수 있다는 뜻인가?]

알른이 질린다는 듯 고개를 저었다.

"맞아. 부디 그곳에서 녀석의 진짜 목적을 찾을 수 있다면 좋겠군."

카릴은 굳은 얼굴로 말했다.

'나르 디 마우그…… 이렇게 보니 더욱더 네 진짜 목적이 뭔지 의문스러워지는군. 정말 단순히 신좌에 대한 욕망이었을 뿐인가?'

아닐 것이다. 고작 그런 이유로 이런 모험을 할 리가 없었다.

'그랬다면 너는 용의 심장을 가질 수 있도록 나를 과거로 보낸 거지? 나로 인해 자신의 미래도 바뀌리란 걸 알았을 텐데.'

아무리 백금룡이라 할지라도 그 결과가 자신의 죽음이 될 것이라 예상하진 못할 걸까.

뭔가…… 자신의 소중한 실험체인 라엘 스탈렌을 너무 쉽게 죽인 것부터 백금룡이 남겨놓은 단서들을 찾을 때마다 카릴은 자신이 놓친 뭔가가 있는 게 아닐까 하는 생각이 들었다.

"……"

카릴은 낮은 한숨을 내쉬었다.

[어차피 지금 고민해 봐야 소용없는 일이다. 녀석이 죽은 마당에 진실을 좇다 보면 자연스럽게 도달하겠지.]

"맞아. 놈이 진실을 남기진 않았지만 대신 남겨놓은 것들은 제대로 써줘야겠지. 유린."

"네."

"사당에 있는 성구들을 모두 밖으로 꺼내고 사당의 지하까지 땅을 파서 토스카의 뼈를 자유국으로 옮기도록 해라."

"이걸…… 전부 다 말입니까?"

카릴은 고개를 끄덕였다.

"방패가 탐났다고 했지? 내가 그 아이기스보다 더 좋은 걸 만들어줄 수 있을 것 같은데…… 어때. 대신 날 위해 전장에서 한번 미쳐 날뛰어보는 건."

"하하, 여부가 있겠습니까."

토스카의 뼈를 가볍게 두들기며 의미심장하게 말하는 카릴을 향해 유린 휴가르는 미소를 지었다.

[크르르르르…….]

그때 토스카의 두개골의 비어 있던 두 눈에 마치 살아 있는 것처럼 빛이 일렁이기 시작했다.

"이, 이게 뭐지?!"

갑자기 눈을 빛내는 두개골의 등장에 유린 휴가르는 경악에 찬 목소리로 외쳤다.

쿠그그그그그…….

시체라고 생각했던 토스카의 뼈들이 움직이자 카릴 역시 예상하지 못한 일이라 긴장 가득한 눈빛으로 그를 바라봤다.

"단순한 무덤이 아니었던 건가."

그의 말을 기다리기라도 했다는 것처럼 부서진 뼈들이 하나둘 조각처럼 맞춰지더니 거대한 본 드래곤의 형상이 나타나기 시작했다. 두꺼운 뼈에 새겨져 있는 문양에서 희뿌연 연기가 흘러나오더니 뼈 위에 마치 가죽처럼 덮이며 찬란하게 빛나기 시작했다.

[카릴, 이곳에 들어오기 전에 우리가 느꼈던 생명의 움직임. 아무래도 이것인 듯싶군.]

"뼈밖에 남지 않은 놈에게서 생명이라니…… 말도 안 되는 일이야."

[언데드의 몸 안에 신성력이 있는 부조화의 상황에서 불사(不死)의 드래곤이 있다는 것도 이상한 일은 아니지.]

알른의 말에 카릴은 천천히 머리를 들어 자신을 바라보는 본 드래곤을 향해 나지막한 목소리로 말했다.

"불사(不死)라니. 저건 그런 거창한 이름으로 불러 줄 만한 대단한 것이 아냐. 그저 사자(死者)의 일부일 뿐이지. 저건 더 이상 신화 시대의 블레이더였던 황금룡이 아니니까."

스르릉--

카릴이 천천히 허공에다가 검을 뽑는 시늉을 했다. 그러자 그의 손의 움직임을 따라 아무것도 없던 공중에서 검이 나타났다. 유린 휴가르는 강렬한 마력을 뿜어내는 검날을 바라보며 마른침을 꿀꺽 삼켰다. 예전 저 검으로 백금룡의 목을 베었을 때가 떠올라기 때문이었다.

[폴세티아는 쓰지 않는 것이 좋을 것 같은데. 그 힘은 본디 토스카의 것이었으니 자칫 네가 대마법을 쓰게 된다면 적의를 나타낼지도 모른다.]

라미느가 걱정스러운 듯 말했다.

[황금룡의 힘은 최초의 블레이더라 불렸던 주덱스에 견주어도 밀리지 않는 강자였다. 만약 그가 자신의 마법서를 빼앗겼다 생각하기라도 한다면……]

신령대전을 겪었던 정령왕들은 누구보다 토스카의 위용을 잘 알고 있었다.

모든 삼라만상의 마법을 통달한 궁극의 존재인 그는 자연계 힘의 응축이라 할 수 있는 정령왕들에게 있어선 영령 지배자라 불렸던 백금룡보다도 더 대단한 존재였다.

"그렇다면 더더욱 폴세티아의 검으로 싸워야겠군."

하지만 카릴은 오히려 라미느의 말에 차갑게 웃으며 말했다.

"내가 기억하기론 토스카의 영혼은 천년빙동 속에 봉인되어 있다. 하지만 만약 그 정신과 별개로 육체가 본능적으로 폴세티아를 느낀다면……."

스르릉-

카릴이 마력을 끌어올리자 검날이 진동하며 울기 시작했다.

"지금이야말로 폴세티아의 진짜 주인이 누군지 확실하게 할 수 있는 기회가 되겠지. 그에게 이제 시대가 변했음을 알려줘야 하지 않겠어?"

[설마…… 황금룡과 싸우기라도 하겠다는 말이야?]

"못할 것도 없지."

에테랄의 물음에 그는 고개를 천천히 끄덕였다.

"이미 이 안엔 2마리의 드래곤이 있는데. 한 마리 더 잡는다 해서 문제 될 게 뭐야?"

'두, 두 마리?'

유린 휴가르는 카릴의 말에 깜짝 놀라며 그를 바라봤다. 제국에서 백금룡을 쓰러뜨렸던 것은 알고 있었지만, 그는 카릴이 염룡의 심장까지 먹은 것은 알지 못했기 때문이었다.

'어쩐지…… 그러니 그런 터무니없는 힘을 가질 수 있었던 것이겠지.'

[크아아아아아아아--!!]

토스카가 거대한 입을 벌리며 포효를 질렀다.

"살아…… 있는 건가?"

유린 휴가르는 그 모습을 넋 놓고 바라보고 볼 수밖에 없었다.

"살아 있는 게 아냐. 빛이 반사되면서 그 안에 뼈가 보이지 않을 뿐 그저 연기로 만든 형상에 불과하다. 일반적인 본 드래곤과는 확실히 다르지만……."

카릴은 반투명한 토스카의 비늘 사이로 한 곳을 뚫어지게 바라봤다.

"하지만 유린, 네가 착각한 이유도 충분히 이해되는군. 저길 봐라."

"저건……?"

갈빗대 사이에서 유난히 강한 빛을 뿜어내는 한 부분이 있었다. 유린은 답을 요구하듯 카릴을 바라봤다.

"토스카의 심장."

[클클클, 이곳에 온 것이 헛걸음은 아니었군. 백금룡의 쓰레기들만 남아 있는 줄 알았는데 이런 진짜 보물이 있을 줄이야. 저 심장이야말로 태양의 극의(極意)라 할 수 있지 않겠느냐.]

하지만 기뻐하는 알른과 달리 카릴은 생각에 잠긴 듯 세 번째 용의 심장을 바라보며 아무런 말도 하지 않았다.

"하지만 이상한걸. 어째서 토스카의 심장이 이곳에 있을 수 있지? 여기가 백금룡이 실험 장소로 썼던 거처라면 그 녀석이 이걸 그냥 둘 리가 없을 텐데."

[글쎄…… 이유야 여러 가지가 있을 수 있겠지만 저걸 여기에 둔 것이 아니라 여기에 둘 수밖에 없었던 것이 아닐까.]

"무슨 뜻이야?"

[용의 심장은 드래곤의 신체에서 가장 중요한 기관이다. 그렇기에 그들은 심장을 노리는 자들을 대비해서 육체에 스스로 결계를 만든다. 토스카의 뼈에 각인되어 있던 문양이 그런 것이지.]

"흐음……."

카릴은 고개를 끄덕였다. 드래곤의 뼈에 있는 결계 마법의 위력이 얼마나 대단한지는 누구보다 그가 잘 알고 있었다.

염룡 리세리아의 뼈를 녹여 만든 적색 갑옷, 렉스 핸더(Rex Hander)는 전생의 올리번이 입었던 방어구였기 때문이었다. 황궁의 보고에 있는 그 어떤 갑옷보다 뛰어난 무구인 그것은 우연히 발견된 리세리아의 뼛조각 하나를 칼립손이 녹여 미스릴과 오리하르콘을 섞어 만든 것이었다.

고작 조각 하나의 힘이 그 정도인데 토스카의 거대한 뼈가 온전히 남아 있었으니 그야말로 엄청난 보물이 아닐 수 없었다.

[그렇기에 용의 심장을 적출하는 것은 쉬운 일이 아냐. 토스카는 나르 디 마우그보다 더 선대의 드래곤이지. 아마 나르 디 마우그는 그의 심장을 빼내는 것에 실패한 것일 수도 있다.]

"하지만 리세리아의 심장은 따로 아인헤리에 숨겨져 있었는데?"

[염룡의 죽음에 대해서는 여전히 석연찮은 부분이 있으니……. 자신의 의지로 용의 심장을 남겨두었다면 봉인과는 상관없겠지.]

카릴은 알른의 말에 살짝 눈을 흘겼다.

"하긴 백금룡의 심장을 얻어도 제국과의 맹약이 있기 전까지는 그 힘이 내게 온전하게 들어오지 않았으니까. 토스카의 심장 역시 어떤 의미로는 봉인을 풀 열쇠를 찾지 못한다면 무용지물일 수 있겠어."

유린은 그런 둘을 바라봤다. 솔직히 말해서 이 안에 본 드래곤이 남아 있다는 것보다 놀라운 건 토스카를 앞에 두고 여유롭게 대화를 나누고 있다는 사실이었으니까.

[주덱스…… 너냐.]

그때였다. 놀랍게도 본 드래곤의 입이 벌어지며 낮고 음산한 목소리가 흘러나왔다.

'의식이 남아 있다?'

카릴은 머리가 어지러운 듯 좌우로 흔들며 힘겹게 말을 내뱉은 토스카를 흥미롭게 바라봤다.

"아냐. 천년빙동에서 나는 확실히 그의 의지를 만났었어. 그리고 그 봉인은 아직 풀리지 않았어."

토스카를 바라보며 그는 생각을 정리했다.

"기껏해야 사념(思念) 정도일 터."

하지만 신에게 봉인이 된 상태에서도 이렇게 의지가 남아 있다는 것은 그만큼 토스카의 힘이 강력했다는 것을 의미하며 그가 필사적으로 지키려는 뭔가가 이 안에 남아 있는 것이기도 했다.

"과연……."

카릴은 옅은 미소를 지었다.

차앙--!!

말없이 뽑아낸 폴세티아의 검날에 오러 블레이드가 솟구쳤다.

[인간…….]

토스카는 카릴을 바라보며 말했다.

쩌저저적……!! 쩌적……!!

그 순간 토스카의 거대한 입이 카릴을 향해 벌어졌다. 뜨거운 열기와 함께 빛의 브레스가 응축되기 시작했다.

"피해!!"

카릴이 유린을 향해 소리쳤고 지옥추를 방패처럼 앞을 가리며 유린은 황급히 결계 주문을 외우며 몸을 숨겼다.

콰가가가가가가가--!!

지하 공동 안에 마치 태양이 떠오른 것처럼 엄청난 열기와 함께 브레스가 순식간에 주위의 바위들을 녹이며 카릴을 덮쳤다.

"헉, 헉……."

유린 휴가르는 성호를 그으며 시뻘겋게 달아오른 얼굴로 숨을 토해냈다. 그는 황급히 축복을 걸었다. 그가 쓸 수 있는 최상위 등급의 보호 마법이었지만, 토스카의 열기는 실드를 뚫고 그의 몸에 화상을 입혔다. 여기저기 타서 너덜너덜해진 로브의 소매를 유린은 잡아 뜯어냈다.

쿠그극……!! 쿵! 쿵! 쿵!!

브레스를 내뿜었던 토스카는 갑자기 괴로운 듯 발을 구르기 시작했다. 거대한 몸뚱어리가 움직일 때마다 지진이 일어난 것처럼 땅이 울렸고 지하 공동은 당장에라도 무너질 것처럼 흔들렸다.

카아아앙--!!

요란한 흔들림 속에서 날카로운 칼날음이 들렸다.

"라시스."

카릴이 낮은 목소리로 빛의 정령왕의 이름을 불렀다.

[알겠다.]

굳이 말하지 않아도 그의 의지와 감응한 라시스의 힘이 폴세티아의 검날에 흡수되듯 스며들었다.

[우리도 가지.]

기다렸다는 듯 알른이 두아트의 암흑력을 응축시키며 지팡이를 만들었다.

파앗-!!

허공을 박차듯 발을 내딛는 순간 카릴의 발아래 둥근 충격파 같은 것이 생기며 질주하듯 토스카의 옆구리 안쪽으로 그가 쇄도해 들어갔다.

2번째 외뿔 자세(Unicorn Posture).

폴세티아의 검이 섬광을 내뿜으며 번뜩였다. 살아 있는 육체라면 피부를 갈랐겠지만, 카릴은 연기로 되어 있는 그의 몸을 뚫고 뼈 안쪽으로 파고들었다.

"흡……!!"

카릴은 기다렸다는 듯 손을 뻗었다.

폴세티아, 고서 마법(古書魔法)-2번째 잿빛 충만(Gray Fill).

뻗은 손바닥 위로 회색빛의 구슬 하나가 나타났다.

[크아아악……!!]

구슬은 마치 무엇이든 빨아들이겠다는 것처럼 토스카의 내부에서 무서운 속도로 회전하기 시작했다.

[카악!!]

심장 주위의 뼈들이 잿빛으로 물들기 시작하자 토스카는 괴로운 듯 비명을 지르기 시작했다.

콰가강!! 콰강!!

요동치는 회색 폭풍 속에서 카릴이 그의 이름을 외쳤다. 카릴이 만든 회색 구슬은 빠르게 토스카의 심장 주위를 맴돌면서 그물처럼 심장을 노리기 시작했다.

쩌적……! 쩌저적……!!

하지만 그 순간 주위의 뼈들이 심장을 보호하려는 듯 감싸기 시작했다.

[조심해라. 고서 마법은 토스카가 창안한 마법. 당연하겠지만 파훼법도 알고 있을 터다.]

"그러라고 쓴 거야."

카릴은 자신을 옭아매기 시작하는 뼈들을 보며 말했다.

"유린!"

그가 외치자 유린은 기다렸다는 듯 지옥추를 움켜잡았다.

"녀석의 갈비뼈를 부숴라!! 기회는 단 한 번뿐이다. 모든 신성력을 쏟아부어!!"

꿀꺽-

토스카의 뼈들이 카릴의 전신을 휘감는 모습을 보며 유린은 긴장 가득한 모습으로 마른침을 꿀꺽 삼켰다.

"좋아…… 할 수 있어. 드래곤이 뭐 별거야? 그래, 별거 없지! 퉷!"

유린은 다짐하듯 말하고선 손바닥에 침을 뱉고는 지옥추를 움켜잡았다.

"썰어주마. 뼈다귀 새끼."

부우우웅……!!

소매가 뜯긴 로브 밖으로 훤히 보이는 탄탄한 그의 팔뚝이 지옥추를 움켜잡는 순간 터질 듯 부풀어 올랐다.

콰아앙!!

토스카의 다리에 정확히 지옥추가 굉음과 함께 박혔다. 신성력을 머금고 있는 유린의 공격은 언데드인 본 드래곤에겐 확실한 효과가 있었다.

[크으으으으……!!]

그 순간 토스카의 중심이 무너지면서 휘청거리듯 쓰러졌다. 그때를 놓치지 않고 카릴은 폴세티아의 검을 심장을 감싸고 있는 뼈에 찔러 넣었다.

쩌적……! 콰드득……!!

[네놈……!! 또다시 나를 괴롭히느냐!! 주덱스!!]

"난 주덱스가 아냐."

[다시는 너희를 믿을 일은 없을 것이다……. 결국 너희는 패할 것이니……!!]

"패할 생각이라면 시작하지도 않았다."

사념밖에 남지 않은 토스카는 카릴의 말을 알아들을 수 없는 듯 서로 다른 말을 하고 있었지만 묘하게 그들의 감정은 서로 닿아 있는 느낌이었다.

"네가 남긴 폴세티아의 기억 속에서 너는 적어도 이런 맥없는 녀석은 아니었던 것 같은데. 마지막까지 너를 따르는 일족에게 축복을 내렸던 황금룡이 말이야."

카릴은 천천히 검을 들어 올렸다.

"싸우기를 포기했다면 더 이상 강요하지 않겠다. 하지만 나는 계속해서 싸울 것이니 더 강해질 것이다."

쩌적…… 쩌저적……. 파아악……!! 파스스슥……!!

폴세티아의 검날이 토스카의 마력에 공명하자 순식간에 카릴의 주위에 만들어진 회색 구체들이 그의 뼈들을 부숴 버리기 시작했다.

[크아아악!!]

토스카는 고통에 찬 비명을 질렀다.

"보이나? 네가 만든 고서(古書)마저 전의를 잃은 주인에게 실망한 것 같군. 네가 아닌 내게 힘을 빌려주는 것을 보니 말이야."

부서지는 뼈들 틈으로 황금빛 빛이 새어 나오기 시작했다.

카릴은 그것을 바라보며 나지막한 목소리로 말했다.

"싸우지 않겠다면 네 심장은 내가 가지겠다."

[내 심장을……?]

토스카는 자신의 몸 안에 요동치는 폴세티아의 기운에 고통스러우면서도 카릴의 말에 고통보단 분노에 찬 모습으로 소리쳤다.

[가증스러운 놈. 감히…… 신조차 가질 수 없었던 내 심장을 빼앗겠다는 말인가.]

쿠그그그그……!! 쿠그그……!!

그가 고개를 들자 커다란 머리가 천장에 닿으며 무너질 듯 흔들렸다.

[내 기억을…… 내 존재를…… 너희로 인해 모두 내어 주었는데…… 너희들은 또다시 나를 이용하려 드는가.]

"아니. 너는 지워지지 않았다. 그저 감춰졌을 뿐."

콰드득……! 콰가가각……!!

카릴은 심장을 보호하는 토스카의 뼈갑을 뚫기 위해 빠른 속도로 회전하는 잿빛 충만을 움켜쥐고는 틈 사이로 밀어 넣었다. 그러자 회색 구체는 날카로운 송곳처럼 변하더니 점차 황금빛 심장을 향해 찔러 들어갔다.

"황금룡 토스카. 디곤 일족에게 축복을 내렸던 드래곤. 잊혀진 역사 속에 분명히 남겨져 있었으며 이제는 모두가 알고 있다. 최초의 블레이더이자 신에게 마지막까지 대항했던 드래곤."

쫘악--!!

카릴은 벌어진 뼈갑 틈 사이로 황금룡의 심장을 움켜잡았다.

[크아아아아아!!]

그러자 토스카의 비명이 홀 안을 가득 채웠다. 회색 마력이 전신을 감싸자 카릴은 다시 한번 폴세티아를 꺼내었다.

폴세티아, 고서 마법(古書魔法)-1번째 황금빛 기만(Golden Deception).

그의 머리 위로 대마도서가 나타났고, 펼쳐진 페이지에서 흘러나오는 마력이 검날을 감쌌다.

쾅! 쾅! 콰가가가강……!!

수십 다발의 빛의 화살들이 토스카의 심장에 박히기 시작했다. 그와 동시에 카릴의 검이 정확히 그의 심장 한가운데에 박혔다.

콰아아아아앙!! 콰가강!!

요란한 폭음과 함께 지하 전체가 흔들렸고 고룡의 포효에 유린 휴가르는 다리에 힘이 풀려 주저앉아 그들의 싸움을 지켜봤다.

[크륵…… 크르르륵…….]

토스카의 거친 숨소리가 폭음 뒤에 들렸다. 놀랍게도 폴세티아의 검이 심장에 박혔음에도 불구하고 토스카는 죽지 않았다.

"솔직히 말해서 너를 소멸시키는 것은 나로서도 아쉬운 일이야."

카릴은 검을 쥔 손에 힘을 주었다. 그러자 폴세티아의 마력이 오히려 토스카의 심장을 치료해 주는 것처럼 심장 주위를 감싸기 시작했다. 어느새 마력으로 만들어진 검은 그의 심장과 융합되어 연결되어 있었다.

[사념과 연결하려는 건가……. 카릴, 조심하거라. 온전한 의지가 아닌 상태에서 영혼을 연결하게 되면 자칫 그 반발이 네게 올 수 있다는 걸 잊지 말아라.]

"물론. 단지 나는 내 의지를 느끼게 해주고 싶어서야. 비록 사념이라고는 하지만 이 안에는 분명 그의 의지가 남아 있을 테니까."

알른의 말에 카릴은 오히려 더욱 검을 심장 안으로 밀어 넣었다.

"만약 하나의 기억만을 남길 수 있을 때 그가 진실 된 블레이더라면…… 신령대전의 목적을 잊지 않았겠지."

푸욱-!!

폴세티아의 검날이 심장 깊숙이 파고들었다. 황금룡의 몸이 부르르 떨렸고 카릴은 바닥에 쓰러진 토스카의 머리를 내려다보며 나지막한 목소리로 말했다.

쓰윽-

그는 황금룡의 이마를 가볍게 쓸었다.

"토스카. 네 의지는 여전히 봉인되어 있는 상태이고 지금 남아 있는 것이 단편적인 의미만을 가지는 사념이라는 것도 알고 있다. 하지만 사념이 남아 있다는 것은 결코 잊고 싶지 않은 뭔가가 있기 때문에 가능한 일."

우우우웅…….

폴세티아가 토스아에 반응하며 빛을 내기 시작했다.

"기억해 내라. 네가 신에게 봉인당했음에도 불구하고 남기고자 했던 이념을. 뼈에 사무칠 정도로 새겨 넣어 의지가 사라져도 네 몸 안에 남아 있는 기억을. 백금룡조차 건드리지 못한 그 분노를 말이다."

[난…… 나는…….]

토스카의 거대한 머리가 카릴의 말 한마디 한마디에 파르르 떨리기 시작했다.

"이대로 정말 포기할 것인가? 그렇다면 한때나마 운명을 거역했던 너에 대한 최소한의 예의로 나는 남아 있는 네 뼈를 녹여 갑옷을 만들고 네 심장을 먹어 치우겠다."

[큭…… 크윽…….]

"적어도 그것이 기억을 잃기 전의 네가 바랐던 세계를 만드는 데 일조하는 것일 테니까."

토스카는 괴로운 듯 이마 위에 올려진 카릴의 손을 떼어내려 발버둥 쳤지만 오히려 그럴수록 카릴은 더욱더 그의 이마를 지그시 눌렀다.

"하지만 정말로 그것으로 만족할 수 있나? 고작 네 육신을 녹이는 것으로 대신할 만큼 네 꿈은 가벼웠던 것이냔 말이다."

[그만……!! 감히 인간이 수천 년의 고통을 알지 못한 채 내게 꿈을 논하느냐!!]

콰직-!!

"토스카!!"

카릴은 있는 힘껏 그를 찍어 누르며 소리쳤다.

"고작 수천 년이다."

그의 한마디에 정적이 흘렀다. 날뛰던 토스카의 육신이 마치 감전이라도 된 것처럼 부르르 떨다 침묵했다.

알른은 그런 그를 차분히 바라볼 뿐이었다. 어째서 그가 이토록 토스카에게 분노를 하는 것인지 처음에는 이해가 가지 않았다. 하지만 영혼 계약을 한 알른은 조금 전 카릴의 외침 속에 그가 숨겼던 감정을 이제야 느낄 수 있었다.

[쯧, 녀석······.]

단순히 카릴이 신에게 대적하기 위함만을 생각했다면 토스카의 육신을 그저 도구와 재료로 이용했을 것이다. 일반적인 드래곤의 몇 배나 될 법한 거대한 고룡의 뼈는 어쩌면 용갑을 두른 기사단을 만들 수 있을 만큼 엄청났으니까.

하지만 그는 과거를 거슬러 왔다. 패배의 쓴맛, 아니, 끔찍하리만치 지독한 맛을 너무나도 잘 알고 있는 그였기 때문에 토스카가 겪었을 치욕과 분노를 이해할 수 있는 것이다.

그리고 그렇기 때문에 더욱 그를 포기할 수 없었다.

정령왕부터 블레이더까지. 단지 태어난 시대가 달라 그들이 선구자가 되었을지는 모르지만 적어도 패배의 고통은 그들보다 카릴이 더 힘겹게 짊어지고 있었다.

그들은 봉인되고 잠들었지만 카릴은 시간을 거스르기 위해 파렐 안에서 억겁의 시간을 살아서 투쟁해 왔으니까.

"토스카. 나는 비록 네게 생명을 불어넣어 줄 수는 없지만 대신 너 스스로 날아오를 수 있도록 해주겠다. 생전의 피와 살은 없을지언정 마지막 남은 네 뼈로 다시 한번 대적하는 거다."

카릴은 토스카를 향해 말했다.

"날 믿어라. 네가 나를 따른다면 천년빙동 속의 네 의지도 되찾을 수 있도록 해주마."

[너를……? 어떻게…….]

고통에 익숙해진 것일까 아니면 고통보다 더한 열망으로 인해 고통을 잊어버린 것일까. 토스카는 카릴의 말에 천천히 그를 올려다보며 물었다.

[불가능하다……. 아무리 본드래곤으로 전락했다 하더라도 나는 드래곤이다. 드래곤과의 맹약은 의지로써 가능한 것. 하지만 내 의지는 신에 의해 봉인되어 있다. 네가 천년빙동에서 날 꺼내주지 않는 이상 계약도 불가능하겠지.]

토스카는 낮은 목소리로 물었다.

[하지만 그 의지는 봉인이 풀림과 동시에 바스라질 터. 율라는 결국 나를 놓아주지 않으려 계획한 것이다.]

그의 말대로 전생에서 천년빙동 속의 존재들은 봉인이 풀렸을 때 사라졌다. 하지만 카릴은 그의 말에 오히려 입꼬리를 올렸다.

"널 이곳에서 빼내어 천년빙동으로 데려갈 방법이 전혀 없는 것은 아니지."

[……뭐?]

그 순간 카릴은 기다렸다는 듯 말했다.

"사역마(使役魔)."

[……!!]

토스카의 눈동자가 그의 말에 일렁거렸다.

[확실히 문헌에 남아 있는 드래곤과의 계약은 맹약을 통한 것이다. 일종의 테이밍이라고 할 수 있지. 하지만 너는 이미 사자(死者)가 된 지 오래. 드래곤의 맹약을 쓸 순 없다. 하지만 반대로 본 드래곤이 되었기 때문에 흑마법을 통한 계약이 가능하지.]

카릴의 말에 알른은 단번에 이해하고서 기다렸다는 듯 그의 계획을 대신 읊기 시작했다.

[그래, 그 방법이 있었지. 클클…….]

그의 목소리가 살짝 떨렸다.

즐거움으로 인한 고양감. 현존하는 규율을 비틀고 그 틈을 노려 신을 농락하는 것이 그에게는 가장 큰 즐거움이었으니까. 더 이상 대적할 수 없다 여겨진 황금룡이 다시금 율라를 향해 이빨을 드리울 수 있다면 이보다 더 흥분되는 일은 없을 것이다.

[맹약보다 황금룡에게 걸린 봉인이 더 강력한 것은 사실이다. 하지만 사역 계약은 다르다. 의지를 건드리는 것이 아니라 육체 자체에 금제를 거는 거니까. 율라는 토스카의 의지에 금제를 걸고 육체를 봉인했다면 카릴 너는 의지와 상관없이 육체에 사역이라는 새로운 금제를 걸면 된다. 금제 위에 새로운 금

제를 새기는 것과 같지.]

알른은 마치 새로운 마법식을 만들어내는 것처럼 연신 손가락을 움직이며 얘기했다.

[율라조차 예상하지 못했을걸. 드래곤을 사역마로 두는 자는 없을 테니까. 제아무리 본드래곤이라 할지라도 말이야. 인간에게 자신을 맡길 드래곤이 누가 있겠어? 그들은 자신보다 인간이 약하다 생각하니까.]

그는 카릴을 가리켰다.

[하지만 드래곤보다 강한 인간이 있지.]

유린 휴가르는 그의 말에 자신도 모르게 고개를 끄덕였다.

[다만 사역 계약을 하게 되면 종속이 명확해진다는 점이 있다. 황금룡. 당신이 진정 복수를 위해 카릴의 수족이 되는 것도 마다치 않는다면 말이야.]

알른은 선택의 기회를 그에게 넘겼다.

[나라면 적어도 날 죽인 자의 최후는 두 눈으로 꼭 볼 거다. 무슨 짓을 해서라도.]

그는 두아트의 힘으로 만들어진 자신의 육체에 대해 아무렇지 않다는 듯 어깨를 으쓱하며 대답했다.

[또다시 인간을 믿어야 하는 건가…….]

[믿음? 지고(至高)의 존재라는 자도 오랜 세월 갇혀 있으니 멍청이가 되어버리는군. 왜 인간을 믿고 의지해야 한다 생각하지? 복수는 스스로 하는 것이지 남에게 맡기는 게 아냐. 네 복수

를 위해 철저히 카릴을 이용해라.]

알른은 차갑게 말했다. 우습지만 카릴이 토스카의 모습을 보고 분노했던 것처럼 그 역시 복수에 대한 열망이 어떤 것인지 잘 알고 있는 존재였으니까.

[네 힘이 부족해서 면상에 칼을 꽂아 넣지 못한다면 적어도 칼을 꽂아 넣을 자를 위해 적의 목덜미라도 물어뜯을 수 있어야지. 안 그래?]

[과연…… 이런 모습이 되어버린 내가 도움이 될까.]

그의 말에 토스카는 조심스럽게 말했다.

"걱정 마. 어떻게 부려 먹을지는 네가 고민할게 아냐. 시키는 내가 생각해야 할 문제지."

토스카는 카릴의 대답에 저으며 자신도 모르게 옅은 웃음을 터뜨렸다. 이미 죽은 자라고 느껴지지 않을 정도로 그의 미소는 살아 있었다.

[그건 그렇고 재밌는걸. 대화를 하면 할수록 사념이 아니라 온전한 의지가 남아 있는 것 같단 말이지.]

"드래곤의 사념은 평범한 사자(死者)들과는 분명 다를 테니까. 신화 시대부터 응축된 열망은 그의 의지가 없어도 그를 버티게 만든 버팀목이 되었으니 그럴만하지."

[과연…… 천년빙동 속에 봉인되어 있는 의지가 육체와 합쳐졌을 때 어찌 될지 기대되는군.]

알른 자바우스는 어깨를 으쓱하며 기대에 찬 목소리로 말했다.

"이제 곧 두 번째 재해가 온다. 천년빙동의 파렐로 간 자들은 아마 시간 맞춰 나오지 못할 거야. 솔직히 말해서 실패의 경우도 생각해 둬야 할 만큼 파렐은 호락호락 곳이 아니니까."

[그들을 제외하고 남아 있는 자들로 재해를 막아야 한다는 말이로군. 그래도 다행인걸. 솔직히 말해서 천년빙동으로 보낸 녀석들은 2군에 가까운 자들뿐이잖느냐.]

"글쎄. 나는 그렇게 생각하지 않는다. 어쩌면 그들이야말로 앞으로 있을 전쟁에 가장 중요한 존재가 될 테니까."

[흐음?]

"이제부터 모습을 드러낼 타락들은 혈(血) 때와는 전혀 다르니까. 전투가 아닌 전쟁. 놈들에게 재해(災害)라는 이름이 붙게 된 계기가 된 것도 바로 이 두 번째 싸움 때문이거든."

카릴은 긴장 가득한 얼굴로 말했다.

"놈은 하나가 아니다."

그러고는 토스카를 바라봤다.

"놈들은 대륙 전역에서 나타난다."

두 번째 타락(墮落). 번식(繁殖)의 재해, 헤크트(Hekqet).

►Chapter 6◄

"모두 훈련을 완료하라!! 오늘 밤…… 달이 뜨기 시작하면 그 누구도 집 밖으로 나오는 것을 금한다!"

"네!!"

"알겠습니다!"

수도 주위에 병력은 빠르게 움직이고 있었다. 각 부대의 움직임은 자유분방해 보였지만 전략을 아는 자라면 그들이 큰 틀을 두고 일사불란하게 움직이는 것임을 알 수 있었다. 자유군이라는 이름답게 북부와 남부뿐만 아니라 구제국의 병사들까지 모두 모여 있기 때문에 그들은 지금까지 익혔던 지휘체계도 전혀 달랐다. 그런 그들을 통합하기 위해 앤섬은 그가 창안한 진법인 무진(無陣)을 변형하여 새로이 전술을 만들었다.

"어떻습니까?"

앤섬은 병사들에게 소리치는 두샬라를 향해 물었다.

"전술을 알지 못하는 제가 봐도 훌륭한걸요. 자갈 틈으로 물이 흐르듯 수십 갈래로 나뉘어서 움직이는 군사들처럼 보이지만 사실은 한 점을 중심으로 회전을 하고 있네요. 하지만 반대로 그들이 흩어지면 각각의 병력 안에 새로운 점이 만들어집니다. 마지 작은 소용돌이가 되는 것이겠죠."

그녀는 비어 있는 한 곳을 가리키며 말했다.

"아마도 저 자리는 주군의 것이겠지만 주군이 없는 상황에 맞춰서 병력을 제각기 운용할 수 있도록 했군요."

하나의 구심점을 가지면서도 그 주변은 변화무쌍하게 하며 틀이 없다는 것이 무진의 장점이었다. 하지만 반대로 말하면 그 강렬한 구심점인 카릴이 없다면 쓰기 어려운 점도 있었다.

앤섬 하워드는 수도로 돌아와 무진의 보강에 힘썼다. 그리하여 이제는 각각의 부대를 하나의 구심점으로 하여 수십 개의 구심점이 독자적으로 운용되며 때로 하나로 합쳐졌을 때 더욱 강력해지는 진법을 만들어냈다. 그는 그것을 퇴무진(頹無陣)이라 이름 붙였다.

"전술을 모르신다고요? 한 번 보고 진법의 요지를 정확하게 꿰뚫어 보시는걸요."

앤섬은 그녀의 안목에 감탄을 금치 못하는 표정으로 말했다. 동방국의 암연 출신인 그녀는 확실히 다른 사람들보다 진법을 보는 눈이 뛰어났다.

"주군께서 그러셨죠. 두 번째 재해가 나타나는 밤을 홍월의 밤이라 하고 세 번째 재해를 적월의 밤이라고 말입니다."

"붉은 달이라도 뜨는 걸까요?"

"그런 낭만적인 분위기라면 좋겠지만, 첫 번째는 온 세상이 피로 덮이는 날이고 두 번째는 피 한 방울 남지 않은 시체로 세상이 덮이는 날이라고 하셨죠. 똑같은 죽음이지만 방법은 완전히 다르네요."

두샬라의 말에 앤섬은 나지막이 마른침을 삼키고서 자신의 목을 쓰윽 만졌다.

"……둘 다 붉을 수밖에 없는 밤이군요. 대지에 피눈물이 흐르든지 아니면 가족의 눈에 피눈물이 흐르든지."

"……이제 그 밤이 찾아오기 하루 전이네요."

"주군께서는 어찌 아셨을까요?"

앤섬의 물음에 그녀는 살짝 어깨를 으쓱하며 대답했다.

"글쎄요. 그건 나도 모르죠. 이따금 주군께서는 우리가 상상하지 못하는 것을 알고 계실 때가 있거든요."

그녀는 처음 카릴을 만났을 때 그가 타투르의 비밀 장소에서 마도 범선을 보여주었던 것을 떠올렸다. 그 누구도 알지 못했던 범선의 위치를 카릴은 마치 처음부터 알고 있는 것처럼 말했었다.

하지만 그녀는 그에 대한 의문이 가지지 않았다.

"분명한 건 더 나은 미래를 만들고 계신다는 거니까. 그러기 위해 언제나 혼자서 싸우시잖아요. 그러니 우리는 적어도 그분의 발목을 잡지는 말아야죠."

"그렇군요."

앤섬은 그녀가 어떤 기분으로 말하는 것인지 알 것 같았다. 그 역시 공국이 무너져 내리던 순간 극적으로 나타난 카릴에 의해 구원받았으니까.

"그러니 이번도 분명 잘 이겨낼 수 있을 겁니다."

"앞으로 아홉 번인가요……."

그는 낮은 한숨을 내쉬며 앞으로 남은 많은 재해를 과연 버텨 낼 수 있을지 걱정스러운 듯 말했다.

"난 아홉 번이나 이 짓을 할 생각 없는데."

두 사람은 뒤에서 들려오는 목소리에 화들짝 놀라며 고개를 돌렸다.

"주군!!"

"오셨습니까!"

카릴의 등장에 두 사람은 황급히 고개를 숙이며 그에게 인사했다.

"누, 누구……?"

카릴의 뒤에 있던 하와트는 뭐라고 자신을 소개해야 할지 몰라 어리숙한 모습으로 뒷목을 긁었다.

"토스카."

하지만 카릴은 자신이 타고 있는 거대한 본드래곤의 머리를 가볍게 툭 치면서 말했다.

"다들 알지? 과거 드래곤의 시조라 불리던 황금룡 토스카 말이야."

"네?!"

"그, 그게 무슨⋯⋯."

두 사람은 카릴의 말에 믿을 수 없다는 듯 경악을 금치 못했고 자신을 향한 물음이 아니었다는 것을 안 하와트는 멋쩍은 듯 헛기침을 했다.

차르르릉⋯⋯! 쿵!

카릴은 설명 대신에 들고 있던 커다란 주머니를 두 사람의 앞에 던졌다. 묶어두었던 주머니의 입이 바닥에 떨어지면서 열리자 그 안에는 새하얀 빛을 머금은 무구들이 흩어졌다.

"교단의 성구들이야. 지금 당장 칼립손을 불러 저것들을 녹여 내가 지시하는 것을 만들라고 해. 만들어야 할 것은 여기에 써뒀다."

카릴은 품 안에서 작은 양피지 하나를 꺼내 함께 두살라에게 주었다.

"네? 교단이라고 하셨습니까?"

앤섬은 카릴의 말에 놀란 표정으로 되물었다.

"물론. 세상이 망하느냐 마느냐 하는 판국에 교단도 도와야지. 안 그래? 곧 교단의 전투 사제들이 이곳으로 올 거야. 두 번째 재해를 막는 데 그들의 힘을 쓸 거다."

"그게……."

두샬라와 앤섬은 카릴에게 뭔가를 물어보려 하다 서로를 바라봤다. 그도 그럴 것이 신에게 대항하는 싸움에 신을 모시는 사제의 힘이 과연 쓸모가 있을까 하는 의문이었다.

"신성력은 타락에게 유효하다. 우습지만 타락은 신이 만든게 아냐. 타락을 대륙에 뿌린 것이 신일 뿐이지."

"확실히…… 율라는 저희들에게 타락을 정화하라고 했었죠."

"문제는 인간이 어찌 되든 중요하게 생각하지 않고 오직 타락의 섬멸만을 원한다는 것이지."

"인간의 눈으로 신을 바라보면 안 됩니다. 그분께서 행하시는 일은 단순히 한 차원을 보는 것이 아닌 차원적 관점에서 이해하려 해야 하니까요."

"저…… 제가 아닙니다."

목소리가 들려오는 방향으로 사람들이 고개를 돌리자 하와트는 자신에게 쏠리는 시선에 다급하게 팔을 저었다.

"반갑습니다. 구면이죠? 유린 휴가르입니다."

거인의 등 뒤에서 얼굴을 내밀며 너스레를 떨며 인사를 하는 유린을 보며 두샬라는 살짝 인상을 찡그렸다.

"신의 관점? 그게 얼마나 큰 대의를 가지는지 몰라도 가만히 앉아서 죽을 순 없는데 이해하라는 쓸데없는 말을 하고 있나요?"

"개미는 그저 자기의 집에서 살고 있을 뿐이었는데 인간들이 갑자기 머리 위에서 전쟁을 벌입니다. 그리고 말굽에 밟혀 죽죠. 하지만 인간은 개미의 죽음 따위는 생각하지 않지 않습니까? 관점의 차이를 말씀드리고자 한 것입니다."

유린 휴가르는 자신의 등에 메고 있는 지옥추를 툭툭 손가락으로 가리키듯 치면서 말했다.

"타락은 잡습니다. 신의 힘으로. 그것이 율라가 바라는 것이니까요."

"그래서 가만히 신의 말씀을 따라서 죽어라? 과연 사제다운 발언이네요. 당신의 말로 보면 신에게 인간은 개미 목숨 같은 거니까."

"설마요."

유린은 피식 웃었다.

"개미라도 죽고 싶어서 밟혀 죽었겠습니까. 저 역시 죽기 싫으니까 싸우러 온 것이고요."

"그럼 율라가 죽으라고 하면? 그때는 어떻게 할 거죠? 그때도 신의 말을 따를 겁니까?"

"신을 죽여야죠."

그는 어깨를 으쓱하며 대답했다.

"말했잖습니까. 죽기 싫다고. 죽기 전에 날 죽이려는 놈을 때려잡으려고 하는 건 신도 용서하겠죠. 그게 신이라 할지라도 말입니다. 안 그렇습니까?"

"미친 소린데 마음에 드네요."

두샬라는 그의 뻔뻔한 대답에 의외로 만족한다는 듯 입꼬리를 살짝 내리며 고개를 끄덕였다.

"여부가 있겠습니까."

"저자는 싸우기 위해서 사제가 된 걸걸. 믿어도 돼. 전장에서 누구보다 미친놈이 되어줄 거니까."

"그리고 이쪽은 하와트. 앤섬, 그는 이번 재해부터 전장에 바로 투입될 거야. 그에게 맞는 갑옷을 맞춰주도록 해. 칼립손에게 준 도면으로 만들 무기도 그의 것이긴 하지만 제작 시간이 걸릴 테니 일단은 무기도 함께 챙겨주도록 해."

"그에게 맞는 갑옷이…… 있을지 모르겠지만 일단 창고를 살펴보겠습니다."

"창고가 아니지."

"네?"

"윈겔 하르트에게 연락해. 골렘 부대의 소형 골렘 들이 쓰는 갑옷을 개조해서 그에게 맞게 설정하면 될 거야."

"알겠습니다."

앤섬은 카릴에 말에 아차 싶은 얼굴로 대답했다.

"그가 이번 10인 중 한 명인가요? 듣기로는 한 명 더 데려오려고 하시지 않았나요?"

"나머지 한 명은 치료 중이야. 곧 합류할 거니까 걱정하지 않아도 돼."

"알겠습니다."

"인원은 모두 모였다. 나는 앉아서 당하고만 있진 않을 거야.

재해가 우리를 공격하는 것을 그저 막기만 해서는 아무런 해결책이 되지 않으니까."

"옳은 말씀입니다. 아무리 단단한 방패가 있다 한들 공격하지 않고선 적을 쓰러뜨릴 수 없으니까요."

"세 번째 재해가 끝남과 동시에 파렐을 공략할 거다. 무슨 의미인지 알겠지."

그의 말에 두 사람은 고개를 끄덕였다.

"이번 재해를 반드시 막아야 한다는 것."

"또한 단순히 막는 것이 아니라 최소한의 피해로 승리해야 한다는 것입니다."

"좋다."

두 사람은 카릴의 말에 긴장 가득한 눈빛으로 저 멀리 세워져 있는 탑을 바라봤다.

"모두를 불러. 지금부터 두 번째 재해를 막을 작전을 짜겠다."

"오셨습니까."

"재해 시작 하루 전날에 작전이라니……. 인류의 명운이 걸린 싸움에 너무 늦게 온 거 아닙니까?"

"내가 보고 싶었나 보지."

카릴은 에이단의 핀잔에 피식 웃었다.

"앤섬에게 미리 기본적인 준비는 모두 지시해 뒀을 텐데. 너야말로 내 지시를 얼마나 제대로 수행했는지 확인해야 할 것 같은데."

"물론입니다. 이미 스나켈과 암연의 배치는 끝났으니까요. 수도에는 저만 남았습니다. 주군과 함께 싸우기 위해서 말이죠."

에이단의 말에 카릴은 고개를 끄덕이고는 주위를 한 번 훑었다. 그의 명령에 소집된 사람들은 긴장한 기색이 역력한 표정으로 서 있었다.

"나머지 주요 기사들은 자신의 병력과 함께 모두 요충지에 배치가 완료되었습니다. 수도에 남아 있는 자들은 주군께서 언급하셨던 사람들뿐입니다."

에이단을 비롯하여 수안 하자르, 이스라필, 세리카 로렌, 케이 로스차일드 그리고 하와트까지.

"알다시피 너희들은 내가 뽑은 신살의 10인 중 한 명이다. 다른 이들을 천년빙동으로 훈련을 보낸 이유는 그들이 우리가 파렐을 공략하는 동안 재해를 막아야 할 전력이기 때문임과 동시에 너희들은 당장에라도 전력으로 충분한 자들이기 때문이다."

꿀꺽-

그의 말에 하와트는 잔뜩 긴장한 얼굴로 마른침을 삼켰다.

"물론 불안할 것이다. 전장이 처음인 자도 있고 싸움에 익숙하지 않은 자도 있다. 하지만 너희들은 나와 함께 두 번째 재해를 막아야 한다. 그럴 수 있는 자들이라 믿어 의심치 않기에 너희들을 남긴 것이다."

촤르륵……!!

카릴은 지도를 펼쳤다. 그러고는 수도의 한가운데 흐르는 수로를 가리켰다. 손가락은 수로를 따라 천천히 남하하였고 그 끝에는 포나인 강이 있었다.

"대륙을 관통하는 포나인 강은 이곳에 있는 사람이라면 모두가 잘 알고 있을 것이다. 이번 재해는 이 강에서부터 시작된다."

그는 나지막한 목소리로 말했다.

"놈들은 강에서 나타나고 강을 타고 대륙 전역으로 흩어진다. 그 숫자는 수천, 수만을 뛰어넘을 것이고 놈들의 몸 안에는 독성을 품고 있어 놈들의 시체가 쓰러진 땅은 오염되어 버린다."

"수만…… 그렇게 엄청난 숫자의 적을 과연 저희가 막을 수 있을까요? 아니, 죄송합니다. 어떻게 막아야 할까요."

이스라필은 부정적인 물음을 한 자신의 입을 손을 막으며 카릴에게 다시 물었다. 전투에 앞서 아주 작은 불안이라도 걷잡을 수 없는 파급을 가져올 수 있기 때문이었다.

하지만 그의 걱정과 달리 그 안에 있는 사람들은 어느 하나 그의 실수에 불안해하지 않았다.

"작전을 알려주십시오."

"우리는 소수의 인원으로 대륙 전역을 맞아야 한다. 포나인 강을 중심으로 헤크트의 중심 전력을 끊는 것을 최우선적으로 수행해야 한다. 지금부터 내가 말하는 장소의 병력을 통솔

하며 너희들은 전장에 있어 독자적으로 싸우면서도 이스라필의 전달에 맞춰 병력을 움직일 것이다."

"퇴무진을 연습한 것이 이 때문이군요."

"맞아. 다만 아쉬운 게 있다면…… 이곳에 밀리아나와 세르가가 없다는 것이겠지. 그는 아직도 대답이 없던가?"

카릴의 물음에 앤섬은 고개를 끄덕였다.

"올 거야."

그때였다.

"누가 늦는다고 그래? 디곤을 빼고 전장을 논한다는 것이 말이 되는 소리라고 생각한 건 아니겠지?"

"……밀리아나?"

홀의 문이 열리며 나타난 여인의 등장에 카릴은 실소를 머금고 말았다. 그녀의 몰골은 말이 아니었다. 여기저기 상처투성이었고 손목과 발목에는 마치 띠를 두른 것처럼 붉은 비늘이 돋아 있었다.

"볼 때마다 새롭네요. 점점 더 인간이 아닌 모습이 되시는걸요?"

"응. 그래도 나는 용의 마력과 엘프의 피가 있어서 너보다는 늙지 않을 거니까 걱정하지 않아도 돼. 아마 수년이 더 지나고 나면 카릴은 나와 어울리는 모습이 되겠지. 그리고 이 비늘은 내 강함을 증명하는 것이라 일부러 보이게 해둔 거거든?"

두샬라는 밀리아나의 대답에 살짝 인상을 찡그렸고 그런 그녀를 보며 에이단은 히죽 웃었다.

"세르가가 온다는 말은 무슨 뜻이야?"

"마법의 정점에 선 자가 드래곤이라는 것은 누구나 다 알고 있는 사실이잖아. 그리고 이제 드래곤들 위에 서 있는 사람이 누구겠어."

밀리아나는 한쪽 입꼬리를 올리며 말했다.

"이제 나야."

카릴은 오만해 보일 정도로 당당한 그녀의 모습에 못 말린다는 듯 피식 웃었다.

"당신이 그를 필요할 거라 생각해서 훈련을 끝내자마자 세르가에게 드래곤들을 보냈어. 멱살을 잡아서라도 끌고 오겠지."

단순히 웃음으로 넘어가는 카릴과 달리 사람들은 그녀의 말에 경악을 금치 못했다. 그 짧은 시간 동안 드래곤들의 훈련을 끝내고 돌아왔다는 의미였으니까.

"용의 여제답군."

카릴은 만족스러운 얼굴로 창밖을 바라봤다.

"동이 튼다. 데릴 하리안."

"네."

"오늘 밤을 기록해라. 후세의 사람들은 오늘을 홍월의 밤이라 기억하게 될 것이다. 온 세상이 핏빛으로 물들게 될 끔찍한 밤이겠지."

스롱―

"대륙을 피로 물들이자."

그는 천천히 검을 뽑았다.

"놈들의 피로."

타탁……! 타다닥……!!

숲을 가로지르는 발걸음 소리가 요란하게 들렸다. 발을 디디는 속도에는 규칙성이 없는 것으로 보아 그만큼 다급하다는 것을 알 수 있었다.

"헉…… 헉……."

사력을 다해 달리는 병사의 모습은 몰골이 말이 아니었다. 입고 있던 갑옷은 마치 녹아내린 것처럼 군데군데 구멍이 뚫려 있었고 지팡이 대신 쥐고 있는 창대는 당장에라도 부러질 것 같았다.

"괴, 괴물……."

그는 뭔가에 홀린 듯 뒤를 돌아보며 낮은 목소리로 중얼거렸다.

[카르륵…… 카르륵…….]

개구리의 울음소리와 마치 아이의 울음소리가 섞인 것 같은 괴상망측한 울림이 사방에서 들리기 시작했다.

"흐이익?!"

병사는 공포에 떨며 다리에 힘이 풀린 듯 바닥을 기듯 엉금 엉금 도망치기 시작했다.

[카르르륵……! 카륵!!]

그 순간 사방에서 빛나는 눈동자들이 그를 덮치기 일보 직전까지 다가갔다.

"주…… 죽기 싫어!!"

패닉에 빠진 병사는 오히려 숨을 죽이고 몸을 숨겨야 한다는 것을 잊은 채 달아나려 소리치기 시작했다.

[저기다.]

그 순간, 묵직한 목소리가 들렸다.

카륵! 카륵! 카륵! 카륵!!

명령이 떨어지자마자 마치 한여름날에 매미가 우는 것처럼 사방에서 개구리의 울음소리가 귀를 찢을 듯이 울려 퍼지기 시작했다.

"으…… 으아아아아아!!"

콰아아아앙--!!

병사의 비명과 함께 소나기가 쏟아지듯 사방에서 떨어지는 마물들이 그의 전신을 물어뜯기 일보 직전 나타난 샌드 서펀트가 으르렁거리듯 거대한 이빨을 드러내며 마물들을 막아섰다.

쾅! 콰가가강……! 콰가강!!

샌드 서펀트가 몸을 비틀며 수십 마리의 마물 개구리들을 찍어 누르기 시작했다. 마물들끼리 대치를 하고 있는 상황은 정말로 보기 드문 광경이었지만 아이러니하게도 트윈 아머 출신이었던 조금 전의 그 병사는 마물이 자신들을 위해서 싸웠던 적이 그 이전에도 있었음을 떠올렸다.

"설마……."

병사는 천천히 고개를 돌렸다.

"폐…… 폐하!!"

병사는 조금 전까지만 하더라도 목숨을 잃을 뻔했다는 두려움도 잊은 채 숲을 걸어 나오는 한 사람을 확인하고는 황급히 무릎을 꿇었다.

"어디 소속이지?"

"포, 포나인 방어성 소속입니다!"

"그곳 지휘관이 누구지?"

"마르제 경이십니다!!"

웅성…… 웅성…….

병사의 외침에 카릴의 뒤에 있던 병사들이 술렁이기 시작했다.

"마르제 경이라면 과거 이스탄의 방패라고 불리던 명장이시잖아? 설마…… 그분이 지키시고 계시는 방어성이 벌써 함락되었단 말인가?"

"말도 안 돼……. 아무리 포나인과 가깝다고는 하지만 재해가 시작된 지 고작 한나절밖에 되지 않는데……."

쿠그그그그그…….

그들의 불안감을 대변하듯 하늘에 떠 있는 붉은 달이 천천히 움직이기 시작했다. 재해가 시작됨과 동시에 떠오른 붉은 달은 마치 피를 머금고 있는 것 같은 모습이었다.

"그렇군."

웅성거리는 사람들과 달리 카릴은 어쩐 일인지 방어성이 함락되었다는 사실에도 불구하고 담담한 표정이었다.

"앤섬."

"네."

"너는 저 병사의 말을 믿는가?"

"아니요."

앤섬의 대답에 모두가 깜짝 놀란 듯 병사를 바라봤다.

"확실히 포나인 강은 방어성과 가까운 곳에 위치하고 있습니다. 덕분에 두 번째 재해의 첫 발생지로 포나인의 방어성이 되리라는 것은 예상했던 일입니다."

"그런데?"

"방어성이 함락되었다는 것은 믿을 수 없는 일입니다."

"저, 저 괴물들을 보십시오……!! 방어성이 함락되고 지금 진격해 오고 있습니다. 명령을 받고 방비를 철저히 하였으나……! 마물의 권세가 너무나도 강력하여……."

병사는 다급하게 소리쳤다.

"혼자 도망쳤다?"

"네?"

"주위에 생명 반응이 느껴지는 것은 없어. 하지만 반대로 사자의 기운도 느껴지지 않아."

케이 로스차일드가 지면에 대고 있던 손을 떼면서 말했다. 그녀의 주위에 수십 가닥의 실이 땅과 연결되어 있었다.

[클클…… 머저리 같은 마물 녀석.]

자르카 호치는 바닥에 쓰러져 있는 병사를 향해 비웃었다.

[우리가 누군 줄 알고 잔꾀를 부리고 있어? 방어성이 함락되었다면 지금쯤 이 주위엔 온갖 망령들로 가득 차 있었을 거다. 그야말로 사령의 여제의 땅이 되었을 터.]

그는 입꼬리를 올렸다.

[사자의 기운은 느껴지지 않는다. 그 말은 방어성의 병사들이 죽지 않았다는 것을 의미하지. 아니…….]

자르카 호치는 저 멀리 방어성이 있어야 할 곳을 가리키며 말했다.

[애초에 공격을 당하지도 않았어. 여긴 네놈들이 만든 환상에 불과해.]

"그걸 꿰뚫는 것은 너무나도 쉽지."

자르카 호치의 뒤에 서 있던 나인 다르혼이 마치 그의 뒤에 있는 사람을 소개하듯 손을 뻗었다.

[꺼져라.]

알른 자비우스가 병사를 향해 경고하듯 말했다.

[물가에서나 살 것이지 어딜 기어 나와? 어디 모습을 드러내 봐라. 파충류 새끼들.]

"개구리는 양서류야."

케이 로스차일드는 신나서 소리치는 자르카 호치를 향해 조용히 하라는 듯 다그쳤다.

[그거나 그거나. 케이, 설마 저 몰골을 보고도 파충류나 양서류를 따지는 건 아니겠지.]

[끼르륵…… 끼룩.]

[크그그그그……]

사방에서 들려오는 울음소리. 그와 동시에 모습을 드러낸 마물의 모습은 실로 놀라울 정도로 징그러웠다.

[알아챘나.]

조금 전 쓰러졌던 병사의 얼굴이 세로로 갈라지면서 마치 허물을 벗듯이 벗겨졌다. 그 안에서 개구리 머리가 튀어나왔고 상체는 축축한 피부로 변했으며 하반신은 인간의 다리를 하고 있는 거대한 괴물이 천천히 허리를 펴며 일어섰다.

케이 로스차일드는 그 모습을 보며 인상을 찡그렸고 자르카 호치는 살짝 그녀의 눈을 가렸다. 인간의 몸 안에 어떻게 숨어 있었는지 이해할 수 없을 정도로 거대한 녀석이었다. 놈은 정확한 인간의 언어로 카릴에게 말했다.

[말을 하잖아?]

알른은 괴물을 보며 신기하듯 말했다. 모습만으로 따진다면 오히려 첫 번째 재해였던 혈이 더 인간과 닮아 있었다.

하지만 혈은 제대로 된 대화를 하지 못했다.

[네놈이 헤크트인가?]

[그렇다.]

반면에 헤크트는 괴상한 얼굴을 하고서 정확히 카릴을 향해 말을 걸고 있었다.

[이것 참. 재밌군. 회차가 넘어갈수록 나타나는 타락의 지능도 높아지는 건가?]

알른 자비우스는 마치 그를 살피듯 훑어보며 말했다.

[하지만 면상 한번 더럽게 생겼군.]

[미천한 인간의 영혼 주제에 감히 누구를 판단하는 것이더냐.]

[이놈이고 저놈이고 인간만 보면 다 미천하다고 지껄이는군. 되지도 않는 속임수로 우리를 현혹시키려 한 놈이 누군데 말이야.]

알른이 앞을 향해 두 손을 펼쳤다.

[미천한 놈 앞에 세 치 혀를 놀리던 녀석들이 어떻게 되었는지는 모르지?]

그러자 검은 연기가 뭉치더니 지팡이가 나타났다.

쿵-!!

[모를 수밖에. 다 뒈졌으니까.]

그는 바닥에 있는 힘껏 지팡이를 찍어 누르며 으르렁거리듯 말했다.

[하찮은 것!!]

알른의 일침에도 불구하고 헤크트는 커다란 삼지창을 들어 그를 가리키며 기다란 혓바닥을 쏘아 내듯 뱉으며 말했다.

[네놈들은 결국 씨가 말라 죽을 것이다. 뼛속까지 가루가 되도록 죽어 영원한 안식을 가지지 못할 것……!!]

우드득-!!

그때였다. 마치 운석이 떨어지는 것처럼 하늘에서 거대한 그림자가 나타남과 동시에 소리치던 헤크트의 몸뚱어리를 그대로 찍어 눌렀다.

[컥…… 커컥?!]

조금 전까지만 하더라도 삼지창으로 알른을 가리키며 소리치던 녀석은 곤죽이 되어 하반신이 풍선이 터지듯 터진 채로 바닥에 너부러져 있었다. 절반밖에 남아 있지 않은 녀석의 상반신이 천천히 위로 들려 올려졌다.

[쿨럭.]

헤크트의 어깨가 움찔거리자 녀석의 커다란 입에서 진득한 핏물이 흘러나왔다. 남겨진 상반신에 커다란 이빨이 깊게 박혀 있었다.

와그득……! 와그작……!!

머리 위로 검은 그림자가 드리워지는 순간 날카로운 수십 개의 이빨이 녀석의 온몸을 사정없이 부숴 버렸다. 뼈째로 씹히는 소리가 소름 돋을 정도로 선명하게 전장에 울렸다.

[지껄이는 말만큼이나 구린내가 나는 맛이로군.]

토스카는 살아 있던 재해를 먹어 치워 버리고선 혀로 입술

대신 아래턱뼈를 훑으며 말했다.

[카릴, 저 도마뱀 녀석은 다른 곳으로 보내라. 전장이 좁아지는구나.]

그의 등장에 샌드 서펀트는 마치 왕에게 조아리는 것처럼 머리를 바닥에 처박고서 고개를 들지 못했다. 본 드래곤의 등장 자체도 놀라운 일인데 일격에 두 번째 재해를 죽여 버린 그의 모습에 사람들은 경악을 금치 못했다.

[음? 혹시 놈이 나불거리는 말을 끝까지 들을 생각은 아니었겠지?]

토스카는 아무렇지 않은 듯 되물었다.

"아니. 어차피 죽일 놈이었어."

카릴은 그런 그를 향해 피식 웃었다.

창그랑-!!

[다행이군.]

토스카는 입에 남아 있던 헤크트의 삼지창을 뱉어내고선 고개를 끄덕였다.

쇄아아아악--!!

그가 거대한 뼈 날개를 있는 힘껏 펼치자 주위에 흙먼지가 사방에 흩날렸다.

[적의 수준이 이 정도면 별거 없겠는걸.]

일격에 헤크트를 죽인 그는 의외로 재해라는 것이 그다지 두려운 게 아닐까 하는 생각이 들었다.

[아니면 내가 있기 때문에 변한 건가.]

"그렇게 쉬운 일은 아니야. 확실히 당신의 전력은 예상하지 못한 일이긴 하지만 그렇다고 판을 혼자서 뒤집을 만큼은 아니거든."

[흠?]

카릴의 말에 토스카는 살짝 기분이 상한 듯 고개를 꺾었다. 그도 그럴 것이 비록 이젠 본 드래곤이기는 하지만 그래도 드래곤 중의 최강좌에 군림했던 로드(Lord)였으니까.

은연중에 자신의 힘을 뽐내듯 말했지만 카릴의 평가는 냉정했다. 토스카의 물음에 카릴은 그의 머리 위에 올라타고선 손짓을 했다. 그러자 병사들은 기다렸다는 듯 출발 준비를 서둘렀다.

파아아악……!! 콰앙!!

요란한 소리와 함께 토스카의 상공으로 올라갔다. 카릴은 차가운 바람을 맞으며 말했다.

"이제 시작일 뿐이야. 놈들은 하나가 아니고 대륙 전역에 나타난다."

[이런 놈이 여럿이란 뜻이군.]

"번식의 재해라는 헤크트의 무서운 점은 본체를 죽인다고 해서 사라지는 것이 아니라는 점이야. 강물 위로 모습을 드러낸 순간 이미 녀석은 강물을 타고 자신의 분신들을 대륙 전역으로 퍼뜨렸을 거야."

[흐음, 알겠군. 그렇기 때문에 네가 병력을 여러 곳으로 나눈

것이겠지.]

토스카가 속도를 올리기 시작했다.

"맞아. 저게 끝이었다면 나 혼자서 처리했겠지. 이렇게 대대적인 전쟁을 벌이지 않았어. 대륙 곳곳에 놈과 똑같은 모습을 하고 있는 지휘관들이 있다."

카릴은 아래를 내려다봤다.

"문제는 단순히 그들의 물리적인 힘만이 아니야. 놈들은 지금처럼 사람을 현혹하고 환상을 보게 만들어 인간을 잡아먹는다."

[절대적인 믿음이 없다면 확실히 흔들릴 수 있을 문제야. 그런 의미에서 너란 존재의 의의를 다시 한번 생각하게 되는군.]

조금 전 토스카는 카릴의 존재가 얼마나 병사들에게 신뢰를 주는지 느꼈다. 마치 과거 자신이 최초의 블레이더에게서 보았던 기운과 같았다.

"놈들은 스스로 자신이 진짜라고 하지만 본체는 따로 있어. 그걸 잡지 않는 이상 끝나지 않아."

[본체라…….]

"녀석은 계속해서 분열한다. 장기전이 될수록 인간이 불리할 수밖에 없는 이유가 그 때문이지. 전투가 끝나고 다음 날이 되어도 녀석들의 수가 줄지 않거든. 오히려 대부분이 적군의 수가 늘어나는 경험을 하게 될 거야."

[싸울수록 오히려 적의 숫자가 는다니…… 듣는 것만으로도 끔찍한걸.]

카릴은 토스카의 말에 쓴웃음을 지었다. 그 끔찍한 일을 전생에 그는 이미 경험해 보았으니 말이다.

[내가 모조리 놈들을 씹어 삼키면 어떨까.]

토스카는 조금 전 녀석을 삼킨 입을 한껏 벌리며 말했다. 하지만 그의 말에 카릴은 고개를 저었다.

"본체를 죽이지 않는 한 놈의 분열 속도가 당신이 분신을 제거하는 속도를 뛰어넘을 테니까. 언제나 그렇듯 아무리 강하다고 하더라도 결국 우리의 몸은 하나야. 모든 대륙을 커버할 수는 없어."

[결국 인간들에게 맡겨야 한다는 건가. 그것도 구심점이 될 네가 없이 스스로 싸워야 한다는 말이지.]

"버틸 거다. 아니, 이길 수 있다. 내 병사들은 그렇게 약하지 않으니까."

[그럼 우리가 해야 할 일은?]

"당연하지만 그들이 헤크트를 막는 동안 우리는 녀석의 본체를 찾아야겠지."

[본체라…… 어떻게 찾지?]

"걱정 마."

카릴은 묘한 웃음을 지었다.

"이미 놈을 찾을 계획을 전쟁과 동시에 준비해뒀어."

그 순간 토스카는 이미 사자(死者)의 육체임에도 불구하고 오싹한 전율을 느꼈다.

[정말 대단하군. 대국을 몇 수나 앞서 보는 것이지? 그것도 신이 감당하지 못하는 괴물을 상대로 말이야. 너 같은 인간은 정말 처음 본다.]

"놀라기엔 아직 일러."

[그래? 그럼 이제부터 놀랄 준비를 하면 되는건가.]

카릴은 토스카의 머리를 가볍게 툭툭 치면서 한 방향을 가리켰다.

"아니. 즐길 준비를 해야지."

그러자 토스카는 그곳이 어디인지 알겠다는 듯 묘한 미소를 지었다.

►Chapter 7◄

　쏴아아아아악······!!

　매서운 눈보라가 휘몰아치는 북부의 끝자락을 토스카는 빠른 속도로 날고 있었다.

　카릴이 가리킨 방향을 향해 날아가던 그는 눈앞에 한 건축물이 보이자 천천히 속도를 줄이며 선회하기 시작했다.

　[반갑군. 태양의 탑이 아직도 있을 줄이야······.]

　"신화 시대엔 그렇게 불렸나?"

　[지금은 다른가 보지?]

　"자세히 봐봐. 당신이 알고 있는 그 탑은 아닐 거야. 왜냐면 저 탑은 그다지 오래되지 않았으니까. 하지만 듣기로는 이 자리에 원래 탑이 있었다고 했으니····· 그 유물이 당신이 알고 있는 태양의 탑이겠지."

토스카는 그의 말에 아래를 다시 한번 살폈다. 미묘하지만 확실히 그의 기억 속에 있는 건축물과는 조금 달랐다.

[정말이군. 내가 알던 곳이 아니야. 하지만 이렇게나 똑같이 만들다니. 마치 복원이라도 한 것 같군. 흐음…… 그럼 왜 이 곳에 온 거지?]

"비슷해. 복원한 것처럼 건축물은 다르지만 만들어진 목적은 같다. 태양의 힘을 상징하는 것이라는 의미에서 같은 맥락을 가지고 있거든. 내려가자."

명령이 떨어짐과 동시에 토스카는 머리를 눈이 가득 쌓인 언덕 아래로 내렸다. 카릴은 천천히 고개를 올려 높다란 탑을 바라봤다. 은은한 빛을 머금고 있는 탑은 다름 아닌 여명회의 상아탑이었다.

"오랜만이군……."

상아탑 주위는 상당히 치열한 전투가 치러지고 난 이후 정비를 하지 못한 듯 여기저기 땅이 패고 사방에는 혈흔 자국들이 아직도 남아 있었다. 카릴은 감회가 새로운 듯 높다란 탑의 정상을 바라보며 나지막한 목소리로 말했다.

[흐음. 여기에 있는 녀석의 머리는 헤크트와 다를 바가 없군. 북부에 눈이 이렇게나 많이 오는데 아직도 혈흔이 남아 있을 리가 있나.]

알른은 주위를 훑어보며 말했다.

[이 안에 사람이 없다는 것으로 보이려고 일부러 흔적을 남

긴 것이라면 이건 너무 과했어. 아마…… 이 안에 있는 녀석은 멍청이일지 모르겠군.]

카릴은 알른 자비우스의 말에 피식 웃었다.

"혹은 고지식한 자이겠지."

그의 대답에 알른은 어깨를 으쓱했다.

[뭐, 네가 이곳을 찾아와서 만나려는 자가 누군지는 뻔하군. 천하의 상아탑에 있을 위인은 한 명뿐이겠지. 이 핏물의 주인들을 남기기 위해서 일부러 혈흔을 지우지 않은 것일 테니 네 말대로 고지식한 놈이로군.]

끼이이이익-

그때 상아탑의 문이 열리고 그 안에 로브를 입은 한 사람이 서 있었다. 깊이를 알 수 없는 눈동자가 그의 성취가 대단하다는 것을 증명하는 노마법사였다.

"직접 만나는 것은 처음이군요."

카릴은 손을 내밀었다. 하지만 그의 손을 물끄러미 바라보던 노마법사는 그저 허리를 숙여 인사를 하며 말했다.

"어찌 대륙의 제왕과 어깨를 나란히 할 수 있겠습니까. 손을 거두시고 인사를 받으십시오."

"그렇게 딱딱하게 굴 필요 없습니다. 당신의 동료인 나인 다르혼은 저를 편하게 대하고 있으니까요."

"그 몰상식한 자와는 다릅니다. 적어도 카딘 루에르는 그렇지 않을 테니까요. 여명회는 패하였고 제국 역시 멸망하였으니,

부끄럽지만 카릴 님께 예를 표하는 것은 당연한 일입니다."

"패했다고 하기엔 인정하지 않는 얼굴이신데요."

카릴은 그를 바라봤다. 그는 바로 상아탑의 주인이자 여명회의 수장인 베르치 블라노였다. 제국 전쟁 당시 나인 다르혼의 슬레이브 부대가 상아탑을 습격했다. 여기저기 남아 있는 혈흔들은 그때의 증거였으며 그 전투 이후 베르치 블라노의 행방은 묘연해져 제국도 그를 찾을 수 없었다.

그랬던 그가 어찌하여 다시 상아탑에 있는 것일까.

"여명 10계를 전쟁에 참여시키지 않아주신 것에 일단 감사를 해야겠군요."

"승산이 없음을 알고 있었기 때문입니다. 그들은 제 평생 공을 들여 키운 자들입니다. 다 늙은 저와는 달리 그들은 후대에 여명회의 마법을 남겨야 할 존재들이니…… 제국보다 살아남는 것이 더 중하지 않겠습니까."

그는 조금 초췌한 모습이었다. 그도 그럴 것이 여명회에 남아 있던 마법사들은 더 이상 보이지 않고 탑에는 그 혼자 있었다.

[네 나이가 몇이더냐.]

알른 자비우스가 카릴의 뒤에서 말했다.

"당신은……."

베르치 블라노는 그를 보자 눈빛이 흔들렸다.

'나인 그자의 말이 사실이었구나.'

7인의 원로회에게 수련을 받았다는 이야기를 한낱 허풍으로 생각했었지만 정말로 눈앞에 나타난 영체에게서 느껴지는 마력은 평생 처음 느껴보는 것이었다. 하지만 뇌 속성의 마법사인 그는 비전술의 강렬함을 굳이 보지 않아도 피부로 느낄 수 있었다.

[긴말할 것 없이 묻겠다. 100년은 살아보고 늙음을 논하는 것이냐.]

"네?"

[고작 현세의 수준으로 대마법사의 반열에 오른 녀석이 누구를 공들여 키운단 말이냐. 네놈도 나인 다르혼과 똑같다. 마법 수련에나 더 매진해라. 놈의 슬레이브들은 비록 볼품없긴 하지만 지금까지의 마법계를 분명 꿰뚫은 짓이니까.]

"……."

[첫 번째 재해가 지상에 내려오던 모습을 넌 보았겠지. 그렇다면 카릴이 어째서 널 살려두었는지도 이제 알 것이다.]

여명회는 분명 패했다. 하지만 완벽한 패배는 아니었다. 실제로 나인 다르혼의 슬레이브들은 강력했지만, 그들만으로는 역부족이었다. 의외로 여명회가 전투를 단념한 결정적인 이유는 미하일이었다.

카이에 에시르의 중첩 마법술.

애송이라 생각했던 마법사가 그 누구도 풀지 못했던 그 마법서를 익혔을 때 그는 자신의 눈을 의심했다. 하지만 미하일의 칼날 바람이 그의 실드를 부수고 한쪽 귀를 잘랐을 때 사실 그는 직감했다. 다음 칼날 바람이 자신의 목을 꿰뚫을 것이라는 걸.

"좋은 마법사입니다. 그는 성품과 달리 전투에 특화된 재능을 가졌더군요."

카릴은 그가 미하일을 말하는 것임을 알고는 쓴웃음을 지었다.

"그 좋은 성품 때문에 아직 제대로 활약하지 못하고 있긴 하지만."

"카릴 님의 주위엔 지금껏 제가 보지 못한 마법사들로 가득하더군요. 7인의 원로회와 같은 대마법사의 눈에는 미약하게 보일지 몰라도 저 역시 적지 않은 나이입니다."

자신의 절반도 살지 않은 젊은 마법사에게 위협을 느낀 것이다.

"……그만큼 죽음에 대한 두려움도 많죠. 그 당시 한 번의 전투에서 이긴다 하더라도 카릴 님께 대적할 수 없다는 것을 알았습니다. 오히려 사정을 봐주시어 살아남게 해주신 것에 감사드릴 뿐입니다."

여명회는 확실히 고여 있었다. 7클래스에 도달했을 때 그는 인간이 도달할 수 있는 최고의 단계라 여기며 마력의 양을 늘리는 것에만 치중했던 자신이었으니까.

[그 지팡이에서 드래곤의 기운이 느껴지는군.]

지켜보던 토스카가 말했다.

[크루아흐……?]

"당신이 알고 있는 크루아흐와는 다를 거야. 신화 시대의 드래곤이 아니라 아마 그의 후예일 테니까."

[어찌 되었든 드래곤이 무구를 만들어준다는 것은 저자를 인정했다는 의미일 터. 마법에 관하여 분명 한 시대를 풍미한 자라는 것은 틀림없다. 가슴을 펴거라. 마력의 축복을 받은 인간이여.]

베르치 블라노는 자신의 앞에 서 있는 거대한 본 드래곤을 바라보며 뭐라 할 말을 잃은 표정이었다.

"황금룡……."

[하지만 내 말이 무색하리만치 그대를 보니 카릴이 왜 그대를 살려둔 것인지 알겠군.]

카릴은 토스카의 말에 가볍게 웃었다.

[뇌 속성은 분명 보기 드문 힘이지. 그 마력으로 대마법사의 반열에까지 오른 것은 실로 대단한 일이지만 더 대단한 건 뇌 속성의 마력은 빛의 힘과 관련되어 있다는 점일 터.]

토스카는 카릴을 바라봤다.

[너는 정말로 나를 얻은 것이 우연이란 말이더냐?]

그의 물음에 대답 대신 카릴은 묘한 표정을 지으며 어깨를 으쓱할 뿐이었다.

[카릴, 여명회의 백마법과 나의 태양의 힘. 이 두 개의 힘으로 번식의 재해를 막을 생각이로군?]

"맞아."

카릴은 손가락으로 탑의 정상을 가리켰다.

"놈들의 머리 위로 태양을 떨어뜨릴 거다."

그는 의미심장한 웃음을 지었다.

우우우웅······.

토스카는 천천히 눈을 떴다. 그러고는 자신의 팔을 들어 바라봤다. 드래곤의 모습과 마찬가지로 불투명한 연기 안쪽으로 여전히 뼈가 보이기는 했지만, 확실히 사람의 모습이었다.

[보면 볼수록 신기하군. 사역마를 소환하는 데에 있어서 계약자의 마력이 중요하다. 나와 같은 드래곤을 부리려면 엄청난 마력이 필요할진대······. 폴리모프까지 가능할 정도로 마력을 빌릴 수 있는 인간이 있다니 말이지.]

"탑 안으로 들어가기 위해서는 필요하니까. 그리고 말했잖아. 내 몸 안에는 용의 심장이 두 개나 있다고."

베르치 블라노는 용의 심장이라는 말에 가볍게 헛웃음을 지었다. 마법사들도 평생에 한 번 볼까 말까 한 그것을 하나도 아니고 둘이나 가지고 있으니 그야말로 세상에 단 한 명뿐인 존재라 해도 과언이 아니었다.

[그건 그렇고 놀랍군.]

탈칵-

상아탑의 꼭대기에는 커다란 방이 하나 있었다. 마치 천문대처럼 그 안에는 밖을 향해 솟아 있는 커다란 망원경이 하나 있었고 그 내부에는 빛을 가득 머금은 보석이 제자리에서 빙글빙글 돌고 있었다.

토스카는 고개를 들어 그곳을 살폈다.

[이런 건 신화 시대에도 없었는데. 도대체 이건 뭐지? 마력을 머금고 있는 보석이라니 말이야.]

"신화 시대에 없는 것이 당연하겠지. 그 시절에는 분명 마법적인 힘은 뛰어났을지 몰라도 공학과 과학의 시대는 아니었으니까."

카릴의 말에 토스카는 거대한 보석을 바라보다 고개를 돌렸다.

"삼방석영이라고 하지. 세공하는 게 어려워서 수년 동안 공을 들여 겨우 한 개를 완성했어."

카릴은 금빛 가루들이 마치 연기처럼 감싸고 있는 신비한 보석을 가리키며 말했다.

[한 개라고는 하지만 이 크기라면 그 정도 시간이 걸려도 이상할 게 아니군.]

"각 면이 서로 다른 빛을 내는 특수한 광물이야. 최근까지도 그저 귀족들의 장신구에나 쓰이던 물건이지만 당신이라면 이 광물의 가치를 알겠지."

[그래. 나라서 가능한 일이겠지. 다른 드래곤조차 이 석영의 가치를 알아보긴 어려울 것이다.]

"불멸회는 타락술을 기반으로 흑마법이라는 마법 체계를 만들었다. 반면에 여명회는 광휘력이라는 마법 체계로 빛의 마법을 탐구했지. 빛은 곧 신의 힘과 동질시 하게 되어 교단의 전폭적인 지지를 받기도 했고 말이지."

카릴은 베르치 블라노를 바라봤다.

"하지만 아니지."

[빛이 곧 신이다? 아둔한 녀석들. 마법사라면 알 수 있을 텐데. 실상은 그렇지 않다는 것을. 비록 같은 원류에서 나왔다 하더라도 그렇기에 마법과 신력은 별개로 나뉠 수 있으며 마법회와 교단이 구분될 수 있는 이유기도 하지.]

알른의 비웃음에 그는 침묵했다. 지금까지 제국의 지원을 받아 마법의 양대 학회로 거듭날 수 있었으니까.

하지만 그 역시 알고 있었다. 자신이 탐구하는 빛의 마법이 결코 신의 힘이 아니라는 것을 말이다.

[어째서 빛만이 정의라는 획일적인 생각을 하지? 율라의 힘은 빛과 어둠의 결합인데…… 오히려 아니라는 것을 아는 자들이 인간들에게 그 생각을 주입한 것처럼 들리는구나.]

토스카는 카릴의 말에 어처구니없다는 듯 말했다.

"맞아. 그리고 그 의문 덕분에 우리는 같은 목적이 될 수 있었지. 여명회가 이번 일을 끝내면 빛의 마법을 연구할 수 있도록 돕기로 했거든."

[나를 이용하려는 것이냐. 앙큼한 녀석.]

"원래는 폴세티아에 있는 마법을 알려주는 조건이었지만…… 그 마법서를 완성한 당신이 있으니 굳이 시간을 들일 필요 없겠군."

카릴은 피식 웃었다.

[좋다. 태양의 힘을 머금고 있는 보석이라…… 확실히 정화의 힘을 가진 광물이야. 지금까지의 속성석과는 달리 마치 나를 위해 만들어진 것 같군.]

"이 순간을 위해서일지도 모르지."

카릴은 의미심장하게 말했다.

"여긴 천문의 방이라 불리는 상아탑의 관측대다. 대륙에서 가장 거대한 망원경이 있는 곳이지. 이 망원경 위에 마경을 만들어 대륙 전역을 볼 수 있어."

그는 망원경을 가볍게 툭 두들겼다.

"계획은 이렇다. 나는 지금부터 전장으로 돌아갈 것이다. 하지만 두 번째 재해를 막는 것은 내가 아니라 당신들의 몫이야."

[어떻게?]

"이 망원경은 마경을 통해 대륙을 볼 수 있다. 마력의 양을 늘리면 늘릴수록 더 많은 곳을 볼 수 있고 말이야."

[우월한 눈과 비슷한 원리로군.]

알른의 말에 카릴은 고개를 끄덕였다.

"맞아. 전장에 있는 지휘관들을 통해 이스라필에게 일차적으로 헤크트의 위치를 알린다. 그리고 이스라필은 우월한 눈을 통해 그곳의 정보를 이곳으로 보낼 거야."

카릴은 베르치 블라노를 바라봤다.

"그다음 그 정보를 토대로 베르치, 당신이 이 망원경으로 그곳을 다시 한번 찾아내야 한다."

[네 계획이 뭔지 알겠군.]

그들의 대화를 바라보며 토스카는 순식간에 카릴의 생각을 읽었다.

[망원경으로 찾아낸 장소에 저 삼방석영으로 나의 태양의 힘을 응축시켜 놈들에게 쏘려는 것이로군?]

"맞아. 나 다음으로 대륙에서 가장 많은 마력을 보유한 사람이 바로 베르치 당신이니 이스라필이 찾아낸 모든 곳을 아우를 수 있을 거야."

카릴은 검지를 들었다.

"명심해. 기회는 한 번이야. 놈들은 번식의 재해. 하나씩 잡아서는 끝나지 않는다."

카릴이 두 손바닥을 서로 마주쳤다.

"쾅-!!"

그러고는 차갑게 웃으며 말했다.

"놈들의 머리 위로 태양의 일격을 떨어뜨린다. 어디에서 나타난 것인지도 모른 채로 놈들은 한 방에 소멸하겠지."

"진격하라!!"

비올라는 자신의 세검 은빛 서슬(Silver Wrath)을 뽑으며 있는 힘껏 외쳤다. 극도로 얇은 세검이지만 검날은 마치 별처럼 반짝이며 전장의 모든 곳을 비추듯 자신의 존재감을 뚜렷하게 나타내고 있었다.

와아아아아아아--!! 와아아아아--!!

그녀의 외침에 따라 그레이스 판피넬을 필두로 한 기사들이 일제히 적을 향해 달려가기 시작했다.

"제1마법병대! 보호막을 펼쳐라!"

기사들의 바로 뒤로 기병들이 모는 마차에 타고 있는 마법사들이 주문을 외우기 시작했다. 전력을 다해 질주하는 거친 기마술에도 불구하고 울카스 마법병대의 마법사들은 아무렇지 않은 듯 흐트러진 모습을 보이지 않았다. 또한 톰슨이 자리를 비운 와중에도 그들은 전투에서 흐트러짐 없는 모습을 보였는데 그도 그럴 것이 그들은 아카데미에서 스펠 훈련이나 받으며 키워진 마법사들이 아니라, 길드 안에서 마물을 사냥하며 언제나 생존 싸움에서 살아남은 진정한 베테랑들이었기 때문이었다.

[카락! 카라라락!!]

개구리 얼굴을 한 마물들이 달려오는 기사단을 향해 소리치며 쇠창을 이리저리 찔러대기 시작했다.

"속도를 늦추지 마라!!"

헤크트 군세의 숫자는 가히 수를 셀 수 없을 정도로 엄청났다. 수천 마리의 마물들이 자신들을 향해 달려드는 상황에서도 그레이스는 오히려 말을 박차며 소리쳤다.

"흡……!!"

그의 검날에 마나 블레이드가 솟구쳤다.

파앗!!

그레이스는 말의 안장을 밟고 뛰어오르며 노도와 같은 속도로 마물의 군세 한가운데로 파고들었다.

판피넬 가전검술-물 수제비(Stone Skipping).

마물들의 중심에서 그가 검을 가로로 눕히며 바닥을 쳐올리는 것처럼 지면을 찍어 튕겨 올리자 그의 주위로 고리처럼 날카로운 파장이 일어나며 순식간에 퍼졌다.

쾅! 콰가가가강……! 콰강!!

그레이스를 공격하려던 마물들이 그 파동에 오히려 사방으로 튕겨 나가기 시작했다. 하지만 그것도 잠시, 수백 마리의 시체들은 언제 그랬냐는 듯 순식간에 채워졌고 그레이스를 노렸다.

"단장님!!"

기사단원들의 외침과 동시에 헤크트들의 날카로운 창이 그를 덮쳤다.

창! 차캉! 차카카카캉……!!

불꽃이 튀며 쇠가 부딪히는 소리가 요란하게 들렸다. 하지만 그들의 공격은 어느 것 하나 닿지 못했다. 그레이스 주위로 푸른 막이 창날에 부딪힐 때마다 번쩍거렸다.

화르르륵! 펑!! 펑!!

그와 동시에 연신 창을 두들기던 마물들 위로 화염이 쏟아졌다. 저 멀리서 울카스 길드의 마법사들이 주문을 외우는 것이 보이자 그레이스는 기다렸다는 듯 소리쳤다.

"전군!! 마법병대를 믿고 진격하라!"

두두두두두두두--!! 두두두두--!!

마물들의 옆구리를 찌르는 날카로운 기사들의 창이 순식간에 파도를 가르는 것처럼 녀석들의 대형을 가로지르기 시작했다.

[카락! 카라락!!]

"죽어라!!"

[크르르르륵······! 칵!!]

"흐압!!"

순식간에 전선은 서로 뒤엉키기 시작했고 여기저기 불꽃이 터졌고 피와 시체가 쌓였다.

"방패를 펼쳐라!"

전장의 상황을 지켜보던 비올라는 뒤엉킨 기사들을 향해 소리쳤다.

전술-철벽(鐵壁).

화아아아아악--!!

기사들이 허리에 달려 있는 기다란 줄을 잡아당기자 갑옷의 등 쪽에 마치 날개처럼 칼날이 돋아나더니 부채가 펼쳐지 듯 날카로운 방패가 생겼다.

"합-!!"

날카로운 방패 날로 주위의 마물들을 베어내며 자리를 만든 기사들이 일제히 벽을 쌓았고 하나둘 방패들이 이어지며 완성된 방패 벽이 마물을 양쪽으로 갈라놓았다.

"그레이스! 너는 우측 기사들과 함께 놈들이 방패를 넘지 못하도록 막아라! 좌측 기사들은 나를 따라 놈들을 섬멸한다!!"

비올라는 기다렸다는 듯 소리치며 은빛 세검을 휘두르며 적진으로 파고들었다.

"이럇……!! 이럇!! 모두 비올라 님을 보호하라!!"

"무슨 일이 있어도 여왕님을 수호하라!!"

그녀가 마물들 사이로 휘젓고 다니기 시작하자 기사들은 황급히 그의 뒤를 따라 싸우기 시작했다.

"제법인걸. 검은 그저 왕가의 장식으로 가지고 다니는 줄 알았는데. 쓸 만한 검술을 하는군."

"저걸 보고 쓸 만하다고요? 기사들이 보호하려고 황급히 달려가는 게 안 보여요? 언니는 중앙인들에게 너무 관대하신 것 같아요."

라니온 연합의 전투를 보던 언덕 위에 세 사람 중 키가 작고 앳된 소녀가 뾰로통한 얼굴로 말했다.

"보세요. 저기 저 뒤쪽에 거대한 놈이 있습니다. 아마도 저

놈이 주군께서 말씀하신 헤크트라는 놈이겠죠. 조무래기들을 아무리 잡아봐야 소용없는 일인데 결국 저들은 우리가 없으면 아무것도 할 수 없다고요."

"그래서 온 것이잖아."

"네, 네. 그렇죠. 누구는 지원군 얘기 한번 했다가 진흙탕을 굴렀는데, 지원을 받는 주제에 칭찬까지 받다니 말이죠."

어깨를 으쓱하며 대답하는 앳된 소녀는 다름 아닌 디곤 3자매 중 막내인 디그였다.

그런 디그를 보며 둘째인 카노초는 피식 웃었다.

"저자는 여왕이고 우리는 전사이니 당연히 대하는 것이 달라야 하지 않느냐."

"여왕이요? 여왕이란 단어는 오직 디곤의 수장에게만 허락된 단어에요. 저런 조무래기에겐 가당치도 않은 말입니다."

디그는 코웃음을 쳤다.

하지만 그런 그녀를 보며 카노초는 말했다.

"디곤의 여왕은 특별하지. 저들과 비교하는 것 자체가 우스운 일이야. 저들과 우리가 다르듯 디곤의 여왕을 단순히 여왕이라고 표현한다는 것 자체가 바보 같은 일이잖느냐."

그녀는 등에 메고 있던 두 자루의 반월쌍검을 꺼내 들고서 말했다.

"여제(女帝). 그게 절대 무위의 여왕인 디곤의 수장에게 어울리는 단어겠지."

타앗-!!

카노초는 가장 먼저 남부의 말이라 불리는 카르곤의 허리를 때리며 언덕을 내려가려 했다.

"그러니 우리 역시 평범한 기사들과 달라야겠지. 가자, 우리가 가장 먼저 헤크트의 목을 벤다."

그녀의 거대한 반월검이 빛났다.

"두말하면 잔소리."

그녀의 뒤를 따라 디그는 쌍검을 교차하며 안장 위에 올라서서는 카르곤의 머리에 한쪽 다리를 올려놓고서 고삐도 잡지 않은 채 마치 묘기를 부리듯 꼿꼿이 서서 달리기 시작했다.

"멈춰."

밀리아나는 이제 막 박차를 가하는 두 사람을 불러 세웠고 그녀의 부름에 자매들은 황급히 카르곤을 멈췄다.

"무슨 일이십니까?"

"왜 그러십니까?"

"언제나 그렇듯 전쟁의 포문은 우리가 연다. 대륙 곳곳에 저 같은 괴물들이 즐비하다고 했다. 우리는 누구보다 먼저 놈을 베야겠지."

그녀의 말에 두 사람은 그런데 어째서 멈춰 세웠는가 되묻는 듯한 눈빛으로 그녀를 바라봤다.

"디곤의 이름을 걸고 싸우는 것은 맞지만 이번만큼은 헤크트의 목을 베는 건 우리가 아니다. 우리는 전쟁의 시작을 알릴 뿐."

그녀는 두 사람 이외에 또 뒤에 서 있는 한 남자를 바라보며 말했다.

"헤크트의 목을 베는 것은 네가 할 일이다."

"제…… 제가요?"

남자는 밀리아나를 바라보며 떨리는 목소리로 물었다. 그가 입고 있는 두꺼운 중장갑은 평범한 사람이라면 입을 수도 없을 정도였지만 투구 속에 있는 눈빛은 여전히 긴장 가득해 보였다.

"카릴이 너를 우리에게 맡긴 이유가 그 때문이란 것을 알고 있으니까. 누구보다 먼저 헤크트의 주검을 들어 하늘에 보여라. 이번 전쟁으로 대륙 전역에 네 이름이 울려 퍼질 것이다."

밀리아나는 그를 바라보며 말했다.

"하와트 타슌."

꿀꺽-

자신의 이름이 호명되자 거인족의 사내는 마른침을 삼켰다.

"이거야 원……. 보모도 아니고."

디그는 하와트가 들고 있는 자신의 키만큼 거대한 해머를 툭툭 두들기면서 말했다.

"영광으로 생각해. 디곤의 3자매가 너를 위해서 앞길을 열어준다는 것은 평생에 없을 일이니까."

"가자."

탓-!!

밀리아나의 말이 떨어지자 디그는 기다렸다는 듯 하와트의 어깨 위에 올라탔다. 작은 체구의 그녀는 마치 맞추기라도 한 것처럼 그의 갑옷 틈 사이에 꼭 들어맞았다. 그녀는 조금 전 카르곤을 몰 때처럼 하와트의 어깨 위에 한쪽 발을 얹으며 말했다.

"걱정 마. 내가 있으니."

하와트는 자신의 허벅지에도 오지 않을 작은 소녀가 이리도 당차게 말하자 신기한 듯 바라봤다.

"쓸어버리자고."

콰아아아아아앙--!!

그가 고개를 끄덕이고는 있는 힘껏 뛰어오르며 언덕 아래로 내려가자 디그는 엄청난 속도에 놀란 듯 자신도 모르게 눈을 동그랗게 떴다.

"하, 하하……."

차가운 바람이 얼굴을 때렸고 성큼성큼 하와트의 다리가 움직일 때마다 저 멀리 보였던 헤크트가 순식간에 다가오는 것 같은 기분이었다.

"이거 카르곤하고는 비교할 게 아닌걸?"

그녀의 시야에 드넓은 전장의 풍경이 들어왔고 수많은 병력이 뒤엉켜 있는 그곳의 모습이 마치 지도를 보는 것처럼 그녀의 밑에 깔려 있었다.

이런 느낌은 처음이었다.

"이게 거인이 바라보는 풍경이란 말이지."

디그는 피식 웃었다.

"이제 언니들보다 내가 더 위에서 전장을 내려다볼 수 있겠어."

그녀는 만족스러운 듯 살짝 입술을 깨물며 고개를 끄덕였다.

파앗-!!

하와트의 어깨를 발판 삼아 그녀가 뛰어올랐다.

디곤 쌍검술 3결-비조파동(飛鳥波動).

교차한 단검 사이로 번쩍이는 빛이 일더니 마치 새가 날 듯 마물들 사이를 헤집으며 그녀가 헤크트를 향해 질주했다.

서걱……! 사사사삭……!!

정확히 마물의 목덜미에 검을 박아 넣으며 디그는 소리쳤다.

"하와트!!"

그의 이름을 부르자 마치 두 사람은 미리 짜기라도 한 것처럼 피를 흘리는 마물을 향해 하와트가 거대한 해머를 휘둘렀다.

퍼억-!!

원을 그리며 휘둘러진 그의 해머는 마치 허공에다가 휘두른 것처럼 아무것도 걸리는 것이 없었다.

주르륵…… 푸슉……!!

하지만 하와트의 주위에서 머리가 뭉개진 마물들의 목 위로 핏물이 분수처럼 솟구쳐 올랐다.

"흐익?!"

하와트는 깜짝 놀라며 해머를 떨어뜨릴 뻔했지만, 오히려 뒤로 물러서다 마물을 밟고 말았다.

[카락!! 카라라락……!!]

우드드득-!

비명과도 같은 마물의 외침도 잠시 녀석의 몸이 하와트의 발에 밟히자 마치 풍선처럼 터져 나갔다. 순식간에 하와트의 주위에 있던 모든 마물이 없어졌다. 디그는 입을 다물지 못한 채 그를 바라보더니 놀란 얼굴로 눈을 껌뻑였다.

"언니."

그녀는 밀리아나를 바라봤다.

"아무래도 나도 찾은 것 같아. 언니도 응원할게."

"무슨 헛소리야?"

밀리아나는 검으로 마물의 목을 베어 넘기며 어이가 없다는 듯 말했다.

"또 시작이군. 신경 쓰지 않으셔도 됩니다. 저 녀석 강한 사람만 보면 꼭 저러거든요."

카노초를 그럴 줄 알았다는 듯 고개를 저었다.

"아냐. 이번엔 달라."

하지만 디그는 눈을 반짝이며 말했다.

"강하기만 한 게 아니라 키도 크지."

"……커도 너무 큰 거 아니야?"

카노초의 핀잔에도 불구하고 디그는 입꼬리를 살짝 올리면서 하와트를 바라봤다.

"너."

피가 묻은 단검이 자신을 향하자 하와트의 어깨가 움찔거렸다. 하지만 일격에 짓이겨진 살점들이 덕지덕지 피범벅이 되어 붙어 있는 그의 해머와는 비교할 수 없는 일이었다.

"내 거 해라."

"……네?"

투구에 얼굴이 가려져 있었지만 하와트의 당황해하는 모습이 역력했다.

"지금부턴 나만 믿고 따라와. 언약의 증표로 헤크트의 목은 내가 선물로 줄 테니까."

디그는 하와트의 몇 배나 가녀린 자신의 가슴을 툭툭 주먹으로 두들기며 다부지게 말했다.

"따라와."

"네, 넵!"

그녀의 뒤를 따르는 하와트의 황금빛 갑주가 빛나고 있었다.

"태양의 힘은 상아탑에만 있는 게 아니군."

밀리아나는 그런 두 사람을 귀엽다는 바라보며 피식 웃었다.

"이미 전장엔 거인의 태양이 떴다. 이것이 네가 그리던 풍경이겠지. 카릴."

그녀는 저 멀리 북부의 끝자락을 바라보며 나지막하게 중얼거렸다.

►**Chapter 8**◄

"전군!! 앞으로!!"

전장에서 호탕한 웃음소리가 들렸다.

"전(全) 포문을 열어라!!"

우-우-우-우-우-웅……! 우-우-웅!! 철컥-!! 그르륵-!!

고든 파비안의 목소리가 상황실에 울려 퍼지자 비공정 양옆의 갑판이 열리더니 거대한 포격대가 튀어나왔다.

"발사!!"

펑! 펑! 펑!! 퍼어어엉--!!

포문에서 불꽃이 일었고 비공정을 중심으로 사방으로 포격이 시작되었다. 마법포격이 작열하는 바닥에는 마치 불의 소용돌이처럼 엄청난 불꽃들이 피어올랐다.

"카릴 녀석. 재밌는 걸 가지고 있었군."

고든 파비안은 시커먼 연기를 내뿜는 화염으로 가득 찬 대지를 내려다보며 피식 웃었다. 비공정에 장착되어 있는 마법포격대는 불멸회의 안티홈 대도서관에 있던 것을 새로이 개조한 것이었다. 포격대의 위력은 지금까지 비공정에 장착되어 있던 것과는 비교도 할 수 없을 정도였다.

[카라락!! 카락……!]

상황실의 마경으로 보이는 불꽃에 휩쓸려 괴로워하는 헤크트들을 확인한 부관 제이건 루크는 낮은 한숨을 내쉬며 말했다.

"압승입니다. 이 정도면 뭐 별거 없겠네요. 이번 재해는 쉬운걸요? 머리 위에서 쏴대니 놈들도 방법이 없겠습니다."

그는 시커멓게 타 재가 되어가는 헤크트들을 바라보며 어깨를 으쓱했다.

"긴장을 늦추지 마라. 카릴 녀석이 전군을 모두 투입한 전쟁이야. 단순히 이렇게 끝날 게 아닐 터."

"가장 긴장을 하지 않는 분께서 그런 말씀을 하시니까 신빙성이 없어 보입니다만."

"클클, 그러냐?"

고든 파비안은 제이건의 말에 히죽 웃었다. 확실히 그의 말대로 예상했던 것보다 훨씬 더 완벽한 전투가 아닐 수 없었다. 강화된 포문은 단순히 포탄을 쏘아내는 것이 아니라 마법사들이 만든 마법탄을 쏘아내는 것이었다.

"고맙게 생각해라. 너희를 위해서 포격대를 빌려준 것도 모자라 불멸회가 마법탄까지 만들어주고 있으니 말이야."

나인 다르혼은 피곤한 듯 목을 꺾으며 말했다.

"불멸회가 고작 용병단의 뒤나 봐주고 있어야 한다니. 나 원 참."

"클클, 꼬우면 너도 비공정 하나 만들던가. 한 시대를 풍미한 대마법사가 꽤 그릇이 작은걸."

"그래? 굳이 만들 필요 없이 그냥 네놈들을 시체로 만들어서 내 수족으로 부리면 될 것 같은데?"

"해보시던가."

"대단하신 두 분. 하지만 비공정 안에서는 싸우지 말아주시기 바랍니다. 추락이라도 하는 날엔 용병단이고 불멸회고 모두 다 끝이니까요."

제이건은 이런 상황이 익숙한 듯 덤덤한 표정으로 말했다.

"걱정 마. 비공정이 추락하기 전에 끝낼 테니까."

"그럼. 모두 죽으면 언데드로 부활시켜 줄 테니 감사해라."

서로 한 걸음도 물러서지 않는 둘의 대답에 제이건은 낮은 한숨을 내쉬면서 고개를 저었다.

'하여간 강자들이란……'

모두가 규격 외의 존재들이었다. 오만방자해 보이며 끝 모를 거만함으로 똘똘 뭉쳐 있었지만 그 모든 것을 받쳐줄 실력이 있기에 가능한 일이기도 했다.

'정점에 선 자들 위에 있는 단 한 사람.'

제이건은 가늠조차 되지 않았다. 이따금 그는 차라리 제국이 몰락한 것이 다행이라는 생각이 들기도 했다. 용병단의 존속을 위해 고든 몰래 제국과 결탁을 했었던 그였지만 결국 제국은 패배하게 되어 있었다.

용병단이 제국의 편에 서기 전에 전쟁이 끝나서 천만다행이었지만 생각해 보면 제국과 결탁하게 된 가장 큰 이유인 고든의 병을 고친 것 역시 카릴이었다.

'애초에 상대가 안 되는 것이지.'

제이건은 쓴웃음을 지으며 상황실의 마경을 살폈다.

"단장님. 저기 지휘관이 보입니다."

"음?"

그의 말에 실랑이를 벌이던 두 사람이 일제히 아래를 내려다보았다. 비공정의 포격 속에 살아남은 거대한 헤크트가 창을 들고서 고래고래 소리치고 있었다.

"확실히 우두머리같이 생긴 놈이군. 저건 내가 잡는다. 애들에게 모우터를 준비시켜."

"누구 마음대로? 쓸데없는 짓을."

"……여기서 뛰어내리시려고요?"

"뭐 어때?"

"마법을 쓰지도 못하는 주제에 곤죽이나 되지 말고 비공정 안에 얌전히 있어라."

고든 파비안과 나인 다르혼은 자신들의 나이도 잊은 채 서로 앞다투어 비공정의 갑판을 향했다.

"하여간 둘 다 제정신은 아니라니까……. 목숨을 내놓고 사는 사람이 단장만은 아닌가 보네."

제이건은 어이가 없다는 듯 고개를 저었다.

하지만 그 순간 상황실의 떠 있는 수많은 마경 중 한 곳에 그의 시선이 멈췄다.

한참 마경을 바라보던 그는 피식하고 웃으며 이미 비공정 아래로 떨어진 두 사람을 향해 나지막한 목소리로 말했다.

"이거 어쩌나. 두 분 다 한발 늦었는데."

콰아아아아아아앙--!!

운석이 떨어지는 것처럼 고든이 비공정에서 뛰어내려 지면에 착지하는 순간 엄청난 굉음과 함께 사방에 파편이 튀어 올랐다. 충격에 거대한 구덩이가 생겨났고 깊게 팬 구멍 안쪽에서 고든이 천천히 걸어 나왔다.

"그게 네가 자랑하는 절대방어술인가?"

"오토마타라고 한다."

"무식한 놈이 쓰는 기술답군. 실드 하나로 저 높이에서 떨어져도 버티다니. 기술이 아니라 신체가 괴물 같아서 가능한 것이려나?"

나인 다르혼은 플라이(Fly) 마법으로 유유히 바닥에 착지하면서 고든을 보며 어이가 없다는 듯 말했다.

"뭐로 가든 수도로만 가면 되고 적의 목을 베기 위해선 적의 앞까지 갈 수만 있으면 된다."

고든은 몸이 근질근질 하다는 듯 부웅-!! 하고 모우터를 머리 위로 한 바퀴 크게 휘두르며 말했다.

"잔챙이들이나 잡고 있어라. 흑마법사."

"미친…… 죽으면 내가 네 녀석까지 잘 써줄 테니 걱정 마라."

쿠드드드드……! 쿠드드……!!

나인 다르혼이 고든의 말에 코웃음을 치켜 주문을 외우자 그의 주위로 지면이 갈라지며 그 안에서 붕대로 몸을 칭칭 감은 언데드들이 튀어나오기 시작했다.

[크르…….]

슬레이브였다. 마치 야수처럼 어깨를 축 늘어뜨린 나인 다르혼의 불사의 부대가 주위의 마물들을 보며 마치 먹잇감을 찾은 것처럼 입맛을 다셨다.

"가라."

명령이 떨어지자마자 슬레이브들은 사방으로 흩어지며 헤크트들을 물어뜯기 시작했다.

콰앙! 쾅……!! 차자자자자작……!!

타락과 슬레이브들이 뒤엉키기 시작했고 헤크트들의 삼지창에 찔려도 불사의 병사들은 고통도 모른 채 놈들의 사지를 찢기 시작했다.

"흑무(黑霧)."

나인 다르혼의 손에서 검은 연기가 피어오르기 시작했다. 그의 등 뒤로 마치 연기가 점차 형태를 갖추더니 마치 악령과도 같은 모습으로 질주하기 시작했다.

"흡!!"

자신의 등 뒤를 따라 오는 흑무를 보며 고든은 모우터를 쥔 손에 더욱 힘을 주었다.

[크릉.]

헤크트는 자신을 향해 달려오는 두 개의 이질적인 기운을 보며 살짝 인상을 찡그렸다.

스카앙--!!

거대한 삼지창이 날카로운 파공음을 터뜨리며 고든을 향해 찔러 들어갔다. 하지만 고든은 자신의 머리 위로 찍어 누르는 창날에도 아랑곳하지 않고 오히려 헤크트의 품 안으로 파고들었다.

카가각……!!

쇠가 긁히는 소리가 들리면서 헤크트의 창날이 튕겨 나갔다. 녀석은 자신의 공격이 먹히질 않자 어리둥절한 표정으로 그를 바라봤다.

"흠."

고든은 그 광경에 한쪽 입꼬리를 올렸다. 보란 듯이 그의 절대 방어술인 오토마타가 한층 더 두껍게 전신을 보호하기 시작했다.

"네놈은 내가 잡는다."

모우터가 바람을 가르며 헤크트의 머리를 노렸다.

쿠쾅--!!

창으로 그의 공격을 막자 거대한 헤크트의 몸이 휘청거렸다. 그 순간 뒤에 있던 흑무의 연기가 서로 뭉치더니 날카로운 송곳처럼 변해 녀석의 등을 노렸다.

카강! 카가가강……!!

헤크트는 마치 뼈가 없는 것처럼 허리를 크게 반대로 꺾으면서 흑무의 가시들을 삼지창으로 쳐냈다.

[클클…… 귀여운 녀석. 그 마법은 설마 내 모습을 보고 만든 게냐? 제자 놈아.]

나인 다르혼은 익숙한 목소리에 황급히 고개를 돌렸다. 그 순간 그가 만든 연기를 뚫고 번뜩이는 섬광 하나가 나타났다.

스캉-!!

경쾌한 부딪힘과 함께 헤크트가 들고 있던 거대한 삼지창의 대가 사선으로 잘려 나갔다. 그와 동시에 뭐라 소리치던 녀석의 머리가 그대로 입을 벌린 채로 몸통과 분리되어 바닥에 떨어졌다.

고든 파비안은 굴러다니는 헤크트의 머리를 보며 모우터를 바닥에 내려놓고선 입맛을 다시며 앞을 바라봤다.

"고든."

카릴은 검을 집어넣으며 고든의 이름을 불렀다.

"새로 장착한 포대가 마음에 들던가?"

"그럼! 최고였다. 머리 위에서 쾅! 쾅! 아주 놈들을 쓸어버리고 있는 중이지."

그의 물음에 고든은 어깨를 으쓱하고는 갑자기 나타난 불청객의 물음에 답했다.

"그리고 저놈도 네가 아니었어도 나한테 머리통이 날아갔을 거야."

고든은 선수를 빼앗긴 게 자존심이 상한 듯 말했다.

"그렇겠지."

고든은 자신의 대답에 슬며시 웃는 카릴의 얼굴에서 뭔가 오싹함을 느꼈다.

"최고란 말은 고작 한 마리를 상대하면서 쓰는 게 아냐. 이제 그럼 제대로 터뜨려 볼까."

"……뭐?"

"머리 위에서 쾅!"

카릴의 말에 고든은 자신도 모르게 어깨를 움찔했다.

'천하의 고든 파비안이 녀석이 하는 쾅 소리에 놀랐다고?'

스스로도 어이가 없었지만 그가 뜻하는 말이 어떤 의미인지 알 수 없어 더욱 불안했다.

스윽-

"이제부터."

그 순간 카릴은 마치 고든의 물음에 해답을 주는 듯 헤크트의 잘린 머리를 자신의 눈앞까지 들어 올려 마주 보듯 바라보며 속삭였다.

"태양이 떨어진다."

하지만 이미 생명의 불꽃이 꺼진 마물의 잘린 머리가 그의 말에 대답할 리 없었다.

"쾅."

그 순간.

스아아아아아아아--!!

저 멀리 북부에서 쏘아 올린 거대한 빛이 마치 폭죽처럼 터지는 순간 눈이 멀 것 같은 강렬한 빛무리들이 사방으로 뿜어져 나왔다.

"저, 저게 뭐야?!"

여기저기에서 비명이 들렸다. 하지만 고든 파비안만큼은 눈을 멀게 할 것 같은 빛무리를 오히려 뚫어지게 바라봤다.

"카릴. 너란 녀석은 정말……."

만환(卍環)으로 그의 눈동자가 빛무리의 정체를 확인한 순간 그는 자신도 모르게 할 말을 잃은 듯 넋을 놓고 지켜봤다.

"비공정의 폭격 따위로 만족했던 내가 바보 같군."

쿠그그그그그……! 쿠그그그……!!

대지가 진동하는 것이 아니라 하늘이 진동하고 있었다. 구름을 터뜨리듯 시커멓던 먹구름이 불타는 빛에 산화되듯 사라지자 그 위로 보이는 수십 아니, 수백 개의 작열하는 불꽃이 마치 운석처럼 대륙 전역에 떨어지기 시작했다.

토스카의 태양의 힘. 상아탑에서 쏟아진 구체들이 퍼져 나가자 세상은 마치 불을 켠 것처럼 새하얗게 빛나기 시작했다.

"……너는 정말로 태양을 떨어뜨렸구나."

툭—

카릴은 들고 있던 헤크트의 머리를 집어 던지고는 그대로 밟았다.

파직—!!

자신의 죽음을 인지하지도 못한 듯 눈을 감지도 못한 채로 죽어버린 녀석의 머리가 카릴의 발에 사정없이 부서졌다.

삐익--!!

카릴이 휘파람을 불자 떨어지는 운석들 사이에서 붉은 비늘이 날갯짓하며 나타났다.

"헤크트는 번식의 재해다. 놈들을 모두 잡는다고 해서 끝나는 게 아냐. 자신의 분신을 모두 태워 버릴 때 비로소 놈의 본체가 나타난다."

"본체……?"

고든은 그의 말에 긴장 가득한 목소리로 되물었다.

대륙 전역에 마물들을 이끌던 지휘관을 모두 잡아야 본체가 나타난다는 것은 사실상 놈을 섬멸하는 것 자체가 불가능한 일이었으니까.

만약 카릴이 불꽃을 쏘지 않았더라면 이 전쟁은 수개월이 흘러도 끝나지 않았을지도 모른다.

　[실제로 반년이란 긴 시간 동안의 지독한 싸움을 끝내고 나서야 두 번째 재해가 끝났지. 인류의 3분의 1이 이 전쟁으로 소진되었고 그로 인해 다가올 재해를 막을 여력이 없어 인류가 몰락하게 된 결정적인 계기가 되었다. 한데 그런 싸움을 고작 며칠 만에 마무리하다니…….]

　카릴의 전생을 알고 있는 알른은 여전히 하늘에서 쏟아지는 토스카의 태양의 빛을 바라보며 어깨를 가볍게 떨었다.

　[눈을 보는데도 실로 전율이 느껴지는군.]

　"마무리를 지어야지."

　알른의 말에 카릴은 오히려 무덤덤한 표정으로 비룡의 고삐를 잡고서 하늘로 날아오르며 말했다.

　"한데 본체를 어떻게 찾지?"

　고든이 물었다.

　"찾을 필요 없어. 놈이 알아서 모습을 드러낼 거야. 분신들이 모두 소각되기 전에 놈은 살기 위해 잔해들을 다시 수거하려 할 거야."

　[크르르르르…….]

　붉은 비늘이 마치 웃는 것처럼 낮게 으르렁거렸다.

　"살려고 나타나는 그 순간이 자신의 숨통이 끝나는 순간이라는 것도 모르고 말이지."

　콰아앙!! 콰아아아앙!!

하늘이 진노한 듯 여기저기 떨어지는 빛의 불꽃들이 헤크트들을 섬멸하기 시작했다. 놀랍게도 토스카의 태양의 힘은 인간에게는 위해를 가하지 않고 오직 타락들에게만 유효했다.

"이건……."

마물들과 싸우고 있던 병사들은 빛에 닿는 순간 전신을 휘감는 뜨거운 고양감에 자신도 모르게 주먹을 꽉 쥐었다.

"전군!! 돌격하라!!"

지휘관들은 마치 그 뜨거움을 참지 못하고 발산해야 하는 것처럼 큰소리로 외쳤다. 그리고 그것은 병사들 역시 마찬가지였다.

와아아아아아아--!! 와아아아아--!!

토스카의 빛이 대륙 전역에 있는 헤크트들을 불살랐고 남은 마물들은 우두머리를 잃어 우왕좌왕하며 자유군에게 밀리기 시작했다.

창! 차아앙-! 창! 차앙!!

여기저기에서 병장기가 부딪히는 소리가 요란하게 전장을 울렸다.

[캬악! 캬아아악!!]

[크르르륵……!!]

마물들은 공격적으로 인간을 향해 포효를 지르며 덤벼들었지만 이미 자유군의 기세를 막을 수는 없었다.

"싸워라!!"

"놈들을 몰아쳐라!!"

마론 협곡에서도 키웰 해안에서도 포나인 강 상·하류까지 대륙에는 수많은 전선이 형성되어 있었고 치열한 전투가 벌어지고 있지만 토스카의 빛이 닿은 모든 곳에서 자유군의 함성이 울려 퍼지기 시작했다.

[자유군 전선! 포나인을 중심으로 빠른 속도로 헤크트들을 밀고 올라가고 있습니다.]

이스라필이 우월한 눈을 통해 현재 상황을 카릴에게 일렀다. 그의 목소리까지 전율에 떨리고 있었다.

[황금룡이 가진 태양의 속성은 실로 대단하군.]

알른은 온통 새하얗게 빛나는 대륙을 바라보며 믿을 수 없다는 듯 말했다.

"아무리 그라도 대륙 전역을 감쌀 순 없어. 상아탑의 관측대와 삼방석영의 힘이 없었다면 불가능한 일이었어."

[그리고 그걸 작동시킨 마법사까지. 결국 너는 인간과 드래곤의 힘이 합쳐서 만들어진 작품이라 말하고 싶은 것이로군?]

"블레이더가 그러하듯이 말이야."

카릴은 신화 시대에 그들이 율라에게 대적하기 위해 뭉쳤던 것을 떠올렸다. 아무리 강한 존재라 하더라도 혼자서 모든 것을 할 수 없다. 그 진리를 카릴은 전생을 겪으면서 뼈저리게 느꼈다. 그는 오직 검 하나만으로 검성이라는 위치에 오를 정도로 고군분투하며 싸웠지만, 그 노력의 결과는 혼자서는 미래를 바꿀 수 없다는 것만을 알게 되었을 뿐이다.

[그래서 네가 준비한 것이 신살의 10인이겠지.]

알른의 말에 카릴은 고개를 끄덕였다.

"하지만 그것만으로는 부족하다. 나는 정령부터 드래곤까지 모두 이 전쟁에 집중해야 한다고 생각한다. 하지만 신령대전은 인간 이외 존재들의 힘이 합쳐졌음에도 불구하고 패배했어."

[흠음…… 그거야 내부에서 배신이 있었기 때문이겠지.]

"그래, 그렇기에 우리는 더욱더 강한 결속력이 필요해. 두 번의 패배…… 아니, 세 번의 패배는 결코 있어서는 안 되니까."

과거 신화 시대의 패배에서부터 전생의 자신의 패배까지 인간의 역사에서 신에게 대적한 자들의 말로는 오직 패배뿐이었다. 카릴은 그러한 역사를 뒤집기 위해 언제나 완벽한 계획을 준비했다. 신조차 생각지 못할 그러한 계획들.

[걱정 마라. 너는 지금껏 잘하고 있으니 말이야. 보거라. 대륙을 위협했던 두 번째 재해에 맞서 이리도 잘 싸우고 있지 않으냐. 승기는 우리 쪽으로 넘어왔으며 너는 이제 마무리를 짓기만 하면 된다.]

"그렇겠지."

카릴은 보지 않아도 대륙 곳곳에서 싸우고 있을 병사들의 모습이 눈앞에 그려지는 것 같았다.

"저기 헤크트의 분신들이 사라지면서 한곳으로 모이고 있다. 저 잔해들이 가는 방향에 녀석의 진짜 본체가 있다."

카릴은 곳곳에서 마치 세포들이 결합하는 것처럼 진득한

점액들이 공중을 날아 한곳으로 모이는 모습을 바라봤다.

[주군……!!]

붉은 비늘의 고삐를 움켜잡아 그곳을 향해 날아가려던 카릴의 귀에 다급한 이스라필의 목소리가 들렸다.

"무슨 일이지?"

[북부……! 협곡 사이에 있는 한 곳의 헤크트가 잡히지 않았다는 보고입니다!!]

"……뭐?"

카릴은 그 순간 당혹스러운 표정을 감추지 못했다. 어떤 순간에도 냉정함을 잃지 않던 그가 자신도 모르게 마른침을 삼키는 모습에 알른이 황급히 물었다.

[근처에 병력이 없느냐. 아니다, 이럴 때를 대비해서 이동마법진을 준비해뒀으니 이스라필 네가 직접 움직이도록 해라.]

[그게…… 외람된 말씀이오나 북부에 설치해 놓은 이동마법진과도 거리가 먼 곳입니다.]

[무슨 바보 같은 소리야! 헤크트가 나올 예상지에 병력을 모두 분산시켜 놓았지 않았느냐!!]

[……아무래도 놈이 노리고 일부러 숨겨놓은 분신인 것 같습니다.]

[뭐? 도대체 거기가 어디길래……! 빌어먹을……!! 감히 마물 주제에 영악한 놈!!]

알른 자비우스는 자신도 모르게 이를 바득 갈며 소리쳤다.

인간의 언어를 구사할 때부터 그는 두 번째 재해의 지능이 월등히 높아졌다는 것을 직감했었다. 그 불안감이 현실로 도래하자 끝내 최악의 결과를 만들어내고 말았다.

[놈은 순식간에 재생하여 다시 분신을 만든다. 설마…… 우리의 계획이 실패란 말인가?]

천하의 알른조차 어찌할 바를 몰라 당혹스러운 듯 중얼거렸다.

"아직 죽은 분신들의 잔해가 모이는 중이다. 놈이 재생하기 위해서는 저 분신들을 모두 수거하고 난 다음에 가능할 거야. 시간은 있어."

[설마……?]

"이스라필 위치를 내게 말해줘. 내가 직접 간다."

카릴은 북쪽으로 비룡의 머리를 돌렸다.

스아아아아앙……!!

바람을 가르는 빠른 속도로 붉은 비늘이 날갯짓하며 날아올랐다.

[카릴, 차라리 본체를 노리는 것은 어떠냐. 아무리 네가 간다 해도 지금 날아봤자 시간을 맞출 수 없어!]

"같은 말을 반복하게 하지 마. 놈은 번식의 재해다. 조각 하나라도 남아 있는 한…… 부활하고 말아."

하지만 그 말을 하는 카릴의 얼굴도 굳어 있었다.

[제길…….]

알른은 방도를 찾을 수가 없어 자신도 모르게 이를 바득 갈 았다.

[북부 안쪽 협곡입니다. 지도에 나와 있지 않은 곳이어 서…… 배치를 하지 못한 듯싶습니다.]

"북부 안쪽?"

[네. 영상으로 보여 드리겠습니다. 마경을 봐주십시오.]

이스라필의 말이 끝남과 동시에 카릴의 시야가 그의 우월한 눈과 공유되면서 지도 위에 한 곳이 나타났다. 카릴은 그곳이 어디인지 단번에 알 수 있었다.

"여긴…… 천년빙동?"

헤크트는 영악하게도 북부인들에게도 비밀의 장소인 그곳 에 자신의 분신 하나를 숨겨놓은 것이었다.

"하필 이곳이라니……."

당연한 얘기지만 그곳은 외부인의 출입을 금하고 봉인되어 있 는 곳이었기에 병력이 배치되어 있지 않았다. 뼈아픈 실책이었다.

"방법이……."

카릴은 인정하고 싶지 않았지만 자신이 할 수 있는 것이 그 저 비룡의 고삐를 쥔 손에 힘을 주는 것뿐이라는 사실에 화가 날 뿐이었다.

그때였다.

[저희에게 맡기십시오, 주군.]

생각지 못한 목소리가 그의 귀에 들려왔다. 하시르의 것이었다.

카릴은 깜짝 놀라 고개를 돌렸다.

[하하, 곤란해하는 것 같구나. 카릴.]

그뿐만이 아니었다.

[고삐를 돌려 놈의 본체가 있는 곳으로 향하십시오. 저희가 남은 하나를 제거하겠습니다.]

[부디 놈을 섬멸하소서.]

[아무도 찾지 못할 것이라 생각했던 그 장소에 저희가 있으리라고는 오히려 그놈이 생각지 못했을 일일 겁니다.]

화린의 호탕한 목소리가 그의 귀를 때리는 순간 베이칸, 릴리아나, 카일라 창 등 여러 사람의 목소리가 동시에 들렸다.

"너희들이 어떻게……."

카릴은 믿을 수 없다는 듯 떨리는 목소리로 말했다. 수련을 하도록 보냈던 파렐 안에서 다시금 돌아오기까지는 시간이 꽤 걸릴 것이라 예상했다. 처음부터 카릴은 그들에게 파렐은 완벽하게 공략하라 명하지 않았다.

10층. 카릴이 그들에게 공략하라고 했던 층수였다. 그리고 이미 경험을 해봤던 곳들이었기에 그는 그들이 돌아올 시간을 어느 정도 가늠할 수 있었다.

하지만…… 너무 빨랐다.

"설마 내가 말했던 층까지의 공략에 실패해서 돌아온 것은 아니겠지?"

살짝 걱정스러운 목소리로 물었다.

[당신은 설마 우리가 실패하고 돌아와 떳떳하게 말을 할 염치도 없는 녀석들이라 생각하는 것은 아니겠지?]

화린은 기다렸다는 듯 되물었다.

[뒤처리는 우리에게 맡기고 어서 전장으로 가도록 해. 영웅이 필요한 순간은 뒤를 돌아볼 때가 아니라 앞으로 나아갈 때니까.]

카릴은 어쩐지 그 말에 자신도 모르게 피식 웃고 말았다.

[클클, 카릴. 네 예상을 뛰어넘는구나. 하긴 북부에도 고든만큼이나 만만찮은 괴물이 하나 더 있었으니까. 그녀를 파렐에 넣은 것은 그야말로 신의 한 수…… 아니, 너의 한 수로구나.]

콰드드드득……!!

그 순간 카릴은 있는 힘껏 비룡의 고삐를 반대 방향으로 잡아당겼다.

[크르르르르!!]

붉은 비늘이 낮게 울면서 그의 감정을 마치 알겠다는 듯 더욱 힘차게 날기 시작했다.

"당연한 거야. 전쟁은 혼자 싸우는 것이 아니다."

아무렇지 않은 척 말했지만 알른은 그의 한쪽 입꼬리가 올라가 있음을 눈치챘다.

부글…… 부그그글…….

[요란하게도 해놓았군.]

재해의 조각들이 모이는 장소에 도착한 카릴의 눈 앞에 펼쳐진 광경은 실로 끔찍했다. 거대한 슬라임을 방불케 하는 점액의 뭉치가 부글거리면서 끓고 있었고 그 주위는 독성에 역한 냄새가 가득했다.

[대륙 각지에서 날아온 놈의 분신 조각들이 합쳐지고 있다. 차라리 지금 죽여 버리는 것이 어떠냐.]

"타락을 사냥하기 위해서는 심장을 파괴해야 한다. 하지만 지금 상태에서는 심장이 존재하지 않아. 놈이 하나로 뭉쳤을 때 비로소 육체가 완성되니까."

[흐음…… 그럼 어쩌지?]

"기다려야지."

카릴은 자신이 날아온 뒤쪽을 바라보며 낮은 목소리로 말했다.

"마지막 한 조각까지 놈에게 합쳐질 때까지."

그 순간 북부의 천년빙동이 있는 방향에서 날아오는 헤크트의 조각이 놈의 몸에 흡수되기 시작했다.

[크르…… 크르륵…….]

점액질 같던 놈의 육체가 순식간에 딱딱하게 뭉치더니 서서히 부풀어 오르기 시작했다.

[타이밍 한번 기가 막히는군. 순식간에 해치워 버렸는걸?]

"그만큼 그들이 성장했다는 뜻이겠지."

카릴은 헤크트의 분신 조각을 보며 그들이 파렐 안에서 얼마나 강한 힘을 얻게 되었는지 단편적으로나마 짐작할 수 있었다.

"번식의 재해……."

카릴은 천천히 검을 뽑았다. 두 번째 타락이자 신탁 전쟁 역사상 가장 많은 사람을 죽인 괴물 중 하나.

'온다.'

카릴은 직감했다.

서늘한 기운이 온몸을 감쌌다. 치열했던 놈과 싸웠던 전생의 기억이 떠오르자 등골이 오싹한 기분이 들었다.

[크아아아아아아!!]

놈의 육체가 완성되자 우레와 같은 포효가 전장을 울렸다. 분신의 크기도 거대했지만 그런 분신들이 합쳐진 놈의 육체는 고개를 들어 올려다봐도 힘들 정도로 거대했다.

녀석의 갑옷 사이로 붉은 심장이 빛을 내며 꿈틀거리는 모습이 보였다.

쫘악-

그는 검을 쥔 손에 더욱 힘을 주었다. 하지만 다시금 재해를 맞이하는 그에게 있어 전생과 다른 점이 분명 있었다.

검을 쥔 손이 떨렸지만 그것이 전생과 같은 두려움 때문이 아닌 놈의 목을 빨리 베고 싶다는 욕망에서 우러나오는 분노였으니까.

파앗-!!

그리고 카릴은 더 이상 기다릴 수 없다는 듯 놈을 향해 달려갔다. 재해의 마지막을 마무리 짓기 위하여.

콰앙-!!

바닥이 움푹 들어갔다. 발에 밟힌 지면의 파편들이 사방으로 튀었다. 마치 대포를 쏜 것 같은 굉음과 함께 카릴의 몸이 하늘 위로 솟구쳤고 공중에서 계단을 밟듯 발을 움직일 때마다 그의 발아래에서 또다시 공기가 터져 나가기 시작했다.

쾅! 쾅! 쾅!!

지그재그로 공중을 빠르게 달리던 카릴의 눈앞에 나타난 거대한 헤크트가 기다란 혓바닥을 쏟아냈다.

촤르르르륵--!!

녀석의 혀에서 흘러나오는 침이 마치 폭포수같이 사방으로 튀었는데 바닥에 닿을 때마다 시커먼 연기를 내뿜었다.

[엄청난 독액이로군……. 저런 괴물은 또 처음 보는걸. 분신 때와는 완전히 다르잖아?]

알른 자비우스는 주위에 솟구치는 독액의 연기를 보며 어이가 없다는 듯 혀를 찼다.

펑-! 퍼엉-!! 퍼펑!!

하지만 카릴은 아랑곳하지 않고 연기를 뚫으며 계속해서 질주했다. 그가 지나간 자리에 연기 사이로 커다란 구멍이 생겼다.

엄청난 속도였다. 그가 지나간 자리를 뒤따라 흐르는 연기의 궤도만이 그의 방향을 알려주고 있었다.

"독은 문제가 되지 않아. 닿기 전에 피하면 그만이니까."

연기구름 사이로 카릴이 있는 힘껏 라크나의 검날에 마력을 담아 헤크트의 정수리에 꽂았다.

카강!! 카가가가가가각---!!

헤크트가 그를 인지하고 황급히 창을 휘둘렀고 카릴은 공중에서 다시 한번 방향을 틀며 녀석의 공격을 피하고서 일검을 찔러 넣었다.

2번째 외뿔 자세(Unicorn Posture).

카릴이 머리 위로 검을 들어 올려 회전하자 검풍이 사방으로 휘몰아쳤다.

[크르르르……]

그의 검이 정확히 헤크트의 가슴을 때렸지만 녀석의 갑주는 금조차 가지 않은 채 그대로였다.

카릴은 그 모습을 보며 눈을 흘겼다.

[어떻게 되먹은 갑옷이지? 카릴, 네 공격에도 흠집 하나 나지 않다니 말이야.]

"녀석의 갑옷은 단순히 단단하기만 한 게 아냐. 녀석의 피부 일부분이다. 견고하면서도 충격을 흡수하는 능력을 가지고 있어."

[지금 놈의 대단함을 설명 듣자고 물은 게 아닌데?]

"나 역시. 저 갑주로 갑옷을 만들면 쓸 만하겠다는 의미로 말한 것뿐이야."

카릴은 지체 없이 몸을 날렸다.

"플라이(Fly)."

그의 주변에 바람이 일었고 순식간에 헤크트의 머리 앞까지 날아올랐다.

[크아아아아!!]

그 순간 녀석이 기다렸다는 듯 삼지창을 찔러 넣었다.

"블링크(Blink)."

카릴의 모습이 흐릿해지더니 헤크트의 공격은 그의 잔상만을 찔렀고 녀석의 뒤에 나타난 카릴은 그대로 공중을 박찼다. 그러자 그가 헤크트의 어깨 위로 날아올라 안착했다. 조금 전 순간이동 마법인 블링크와 비슷하지만 이번에는 오직 육체의 힘만으로 질주한 것이었다.

이 두 가지의 병합이 아무것도 아닌 듯 보일지 모르지만 실로 대단한 것이었다. 아무리 무영창이라 하더라도 마법과 마법 사이에는 딜레이가 존재할 수밖에 없는 법. 검사가 마법사를 상대함에 있어서 다음 마법이 시전되는 순간을 노리는 것이 정석이었다.

하지만 카릴은 마법과 마법 사이의 틈을 육체의 능력으로 채워 넣음으로써 빈틈 자체를 완벽하게 없애 버렸다. 그것은 완전무결한 신을 상대로 그가 창안해 낸 공격 방법 중 하나였다.

[카아아악!!]

헤크트의 삼지창이 회전하며 카릴을 향해 찔러 들어가자 날카로운 충격파가 뻗쳐 나왔다.

콰가가강!!

수백 미터의 직선거리에 있는 사물들이 녀석이 만들어낸 파동에 산산조각이 났다. 조금 전가지만 하더라도 높다랗게 있던 언덕이 마치 베어 문 사과의 빈 곳처럼 충격파에 구멍이 뚫렸다.

탁-

카릴은 자신의 갑주 옆구리가 부서진 것을 바라보며 떼어냈다.

[엄청난 파괴력이로군. 고작 저게 단순한 완력으로 만든 공격이라고? 드래곤의 브레스와는 비교도 할 수 없어.]

알른 자비우스는 헤크트의 공격을 보며 혀를 내둘렀다.

[감히…… 신의 대전에 인간이 끼어들다니.]

헤크트는 쥐고 있던 삼지창을 바닥에 찍어 누르며 지면에 착지 한 카릴을 바라보며 말했다. 개구리를 닮은 녀석의 피부에서 흘러내리는 끈적끈적한 점액질이 말할 때마다 바닥에 떨어졌다.

쿵!! 쿵쿵!!

헤크트가 한 발 한 발 내디딜 때마다 요란한 소리와 함께 땅이 울렸다.

"머리가 아니라 대가리를 달고 있고 혓바닥이 비정상적이라도 말은 똑바로 해야지. 신의 대전에 인간이 끼어든 게 아니라 인간의 땅에 신이 끼어든 것일 뿐이다."

카릴은 녀석을 바라봤다.

[이곳 자체가 신이 만든 공간이다. 너희들은 신의 피조물. 너희들의 목숨은 결국 신에게 있다.]

"그 말은 네놈의 목숨 역시 결국 한낱 피조물에 불과할 뿐이라는 말이겠지."

헤크트의 말에 카릴은 코웃음을 쳤다.

"그러니 죽어도 상관없겠지. 이건 결국 피조물들끼리의 싸움에 불과하니까."

[건방진……!!]

"등에 날개 달린 놈들도 내게 그렇게 말했다. 그리고 모두 목이 잘려 나갔지."

콰직!!

지축을 뒤흔드는 소리와 함께 사방에 튀는 파편들 그리고 그 순간 카릴의 머리 위에 그림자가 생겨났다.

쿠아아아아앙!!

황급히 몸을 피하자 조금 전 카릴이 있던 자리에서 거대한 발이 바닥을 으스러질 정도로 세게 내려쳤다.

"흡……!"

숨을 참으며 카릴이 바닥을 차며 바닥에 박힌 헤크트의 다리를 밟고 뛰어올랐다.

다다다닥……!!

거의 직각으로 뻗어 있는 헤크트의 다리를 발판 삼아 카릴은 평지를 달리듯 전력 질주하며 녀석의 가슴 언저리까지 올라섰다.

[네피림 따위와 나를 비교하다니……!!]

후웅-!!

헤크트의 삼지창이 카릴을 노렸다. 횡으로 그어지는 거대한 날을 카릴이 공중에서 반동을 주며 피하자 곧바로 녀석의 창이 솟구치며 그를 노렸다.

화르르륵……!!

카릴의 손등에 있는 폭염왕의 아인트리거가 빛을 뿜어내며 헤크트의 얼굴에 작열했다.

콰직!!

동시에 카릴이 얼음 발톱을 뽑아 있는 힘껏 녀석의 발등을 향해 던지자 살점을 꿰뚫고 박힌 검을 중심으로 녀석의 왼발이 얼어붙었다.

"후우……!!"

참았던 숨을 토해냄과 동시에 카릴이 쥐고 있던 라크나를 머리 위로 던지면서 고서(古書)를 펼쳤다. 대마도서의 페이지가 바람에 휘날리듯 젖혀졌고 그 안에서 검이 뽑혔다.

"흐아아아아!!"

폴세티아의 검날에서 오러 블레이드가 폭발함과 동시에 그의 등 뒤에서 희뿌연 광채가 빛났다. 라시스의 힘이 더해진 검날이 녀석의 갑주 사이에 벌어진 틈을 노렸다. 그 안에는 놈의 심장이 있었다.

[크르르!!]

카릴의 검이 갑주 사이를 뚫고 찔러 들어가려는 순간 헤크트가 기다렸다는 듯 삼지창을 놓으며 주먹을 휘둘렀다. 카릴의 키만큼 거대한 주먹이 그의 옆면을 강타했다. 황급히 검을 회수하며 팔을 들어 얼굴을 감쌌지만 헤크트의 일격이 주는 충격은 가히 어마어마했다.

쿠-앙!! 쿠그그그그그……!!

헤크트의 주먹에 튕겨 나간 카릴이 그대로 수백 미터를 주르륵 밀려 나가며 바닥을 굴렀다.

[카릴!!]

알른 자비우스는 그 광경에 다급히 그의 이름을 외치면서 마법을 시전했다.

좌르르르륵!! 좌륵!!

검은 기류가 헤크트의 전신을 감싸며 카릴에게 다가가려는 것을 저지했다. 하지만 놈이 바닥에 떨어져 있던 창을 들어 풍차처럼 한 바퀴 크게 휘두르자 알른의 마법은 속수무책으로 사라졌다.

[뭐 저런……?!]

알른은 완력으로 자신의 마법을 파훼해 버린 헤크트의 힘에 어이가 없다는 듯 바라봤다.

[크아아아아아아!!]

승리를 자축하기라도 하는 듯 헤크트는 바닥에 쓰러진 카릴을 바라보며 자신의 가슴 갑주를 두들겼다.

그때였다.

부우우우웅--!!

어디선가 시커멓고 커다란 무언가가 육중한 소리를 내며 헤크트의 머리를 향해 날아왔다.

쿠콰쾅!!

녀석이 황급히 창을 들어 그것을 막았는데 놀랍게도 거대한 그의 몸이 충격에 휘청거렸다.

쿠아앙! 콰앙!!

창날에 막힌 뭔가가 바닥에 떨어지기도 전에 또다시 커다란 물체가 녀석을 향해 날아왔다.

헤크트가 창을 고쳐 잡으며 공격을 막으려고 했다.

촤르륵!!

하지만 그 순간 바닥에서 그물이 튀어나오면서 녀석의 창을 움켜잡았다.

퍼억!! 퍽!!

헤크트의 머리를 날아온 거대한 물체들이 연달아 둔탁한 소리를 내며 때렸다. 바닥에 떨어진 것은 놀랍게도 전투 골렘용 도끼였다. 그것도 모자라 주춤하는 놈을 향해 거대한 바위가 날아왔다.

"카릴!!"

밀리아나가 쓰러진 카릴을 부축했고 저 멀리서 하와트가 자신의 도끼를 모두 쓰고 나자 주위에 닥치는 대로 집히는 바위들을 헤크트를 향해 던지고 있었다.

"피하십시오!!"

[감히!!]

거인의 모습을 확인한 헤크트가 신경질적인 목소리로 소리치며 뛰어올랐다.

육중한 몸이라고는 믿을 수 없는 엄청난 속도. 녀석이 팔을 뻗어 하와트의 안면을 움켜쥐더니 그대로 뒤로 밀었다.

콰아앙-!!

헤크트 못지않게 거인족인 하와트의 덩치도 엄청났지만, 녀석의 힘에 하와트의 두 다리가 붕 떠오르며 그대로 머리가 바닥에 찍혔다.

[덩치만 거대한 머저리가…… 아직도 숨이 붙어 있는 놈이 있었다니.]

헤크트는 기다란 혓바닥을 내밀어 하와트의 목을 감으며 졸랐다. 동시에 녀석이 삼지창으로 하와트의 가슴을 찔렀다.

"멈춰!!"

하지만 그 순간 하와트의 가슴을 밟고 튀어 오른 디그가 단검으로 목을 감싸고 있는 헤크트의 혓바닥을 베었다. 살점들이 튀었고 놈의 타액에 디그의 얼굴이 화상을 입은 듯 상처가 났다.

"흐아아아!!"

하지만 아랑곳하지 않고 그녀는 단검을 밀며 녀석의 혓바닥을 잘라냈다. 목을 조이는 힘이 약해지자 하와트는 황급히 몸을 돌려 창을 피했다. 가까스로 가슴은 피했지만 헤크트의 창은 갑옷을 뚫고 하와트의 어깨를 관통하며 박혔다.

"아아악!!"

비명이 전장에 울렸다. 골렘용 갑옷은 기사들의 갑옷에 몇 배나 두꺼워 들어가는 청린의 재료도 훨씬 많았다. 하지만 헤크트의 일격은 갑옷을 마치 종잇장 뭉개듯 부숴 버렸다.

"……정말 괴물이로군."

밀리아나는 그 광경을 지켜보며 가볍게 몸을 떨었다. 저런 일격을 조금 전 카릴이 맞았으니 말이다.

"……꼴사나운 모습을 보였군."

하지만 그녀의 우려와 달리 카릴은 입가에 흐르는 피를 손등으로 닦아내며 일어섰다.

"어떻게 잡을 거야?"

"공략은 간단해. 저 갑옷 사이에 보이는 심장을 베면 된다."

"내 눈에는 전혀 간단하게 보이지 않는걸."

[그래. 아무리 봐도 저 틈은 일부러 공격하라고 놔둔 것 같은데. 틈이 보이는 만큼 저곳을 노리게 되니 오히려 공격의 방법이 단순해지니까. 방어하는 것도 더 쉬워지겠지. 놈의 갑옷

은 그걸 노린 거야.]

카릴도 알고 있었다. 놈이 미끼처럼 쳐놓은 저 틈을 공격하다가 많은 사람이 죽었다는 것을. 하지만 놈의 심장이 저 안에 있다는 것은 달라지지 않았다.

[그때는 어떻게 잡은 거야?]

알른이 머릿속으로 카릴에게 물었다.

"놈의 심장을 벤다. 방법은 달라지지 않아."

카릴은 대답하지 않았다. 전생에 놈의 심장을 보호하는 저 갑주를 뜯어내기 위해 수만 명의 목숨을 또다시 희생했었다는 말을 차마 자신의 입으로 할 수 없었기 때문이었다.

"너. 또 위험한 생각을 하는 건 아니겠지?"

밀리아나가 그를 보며 불안한 듯 물었다.

[너도 알다시피 녀석의 심장이라면 내 힘으로 일격에 터뜨릴 수 있다.]

그때였다. 카릴의 손목을 타고 마엘이 모습을 드러냈다.

[확실히 전생과는 다르지. 그때는 없었던 내가 있으니까.]

'입조심해.'

[크큭. 걱정 마라. 그러니 네 머릿속에서 말하고 있는 거잖느냐.]

마엘은 즐거운 듯 웃었다. 하지만 차가운 뱀의 혓바닥이 파르르 떨릴 때마다 카릴의 얼굴은 굳어졌다.

[저 갑옷을 열기 위해 수만의 목숨을 희생시킬 필욘 없다.

너 한 명이 희생하면 그만이니까. 어때? 저 틈을 노리고 들어가는 순간 너는 분명히 놈의 공격에 당하겠지만 내가 네 육체를 움직여 놈의 심장을 확실히 터뜨려주마.]

[미친놈! 헛소리 작작해라.]

알른이 마엘을 향해 으르렁거리듯 소리쳤다.

[이봐, 마법사. 너도 알 텐데? 지금 그의 속도로는 놈의 공격을 피하면서 갑옷 안으로 들어가는 것은 무리라는 걸 말이야. 놈이 갑옷의 틈이라는 미끼를 쓰듯 우리도 미끼를 던져야지. 뭣하면 네 앞에 있는 저 여자라도 이용하던가.]

하지만 오히려 마엘은 그를 바라보며 차갑게 말했다.

[걱정 마라. 네가 죽어도 율라의 목을 베겠다는 소망은 이루게 해줄 테니까. 내가 네 몸을 차지해서 말이지. 크큭.]

[이 와중에도 네 몸을 노리다니……. 저딴 놈이 정말로 블레이더의 무구라 불리는 마스터 키(Master Key)란 말이냐?]

알른은 기가 차다는 듯 말했다.

카릴은 하와트를 밟고 서 있는 헤크트를 바라봤다.

[나를 써라.]

그때였다.

[네 목숨을 희생할 필요 없다.]

처음 듣는 목소리가 카릴의 귀를 때렸다.

[내가 널 놈의 심장에 닿게 할 테니.]

"누구……?"

그것은 베일 듯이 칼날처럼 날카로운 목소리였다.

[……놀랍군. 그가 스스로 말을 걸다니 말이야.]

[그래, 당신이라면 이 상황을 타개할 방법이 있을지도 모르겠군.]

카릴과 달리 정령왕들은 그 목소리의 주인공이 누구인지 단번에 알겠다는 듯 오히려 기꺼이 반가워했다.

그 순간 카릴은 고개를 아래로 내렸다. 그의 목에 걸려 있는 목걸이에 박혀 있는 에메랄드색 보석이 빛나고 있었다.

[탐욕스러운 것은 여전하구나. 전생에 없던 건 너만이 아니야.]

보석 안에서 소용돌이가 매섭게 요동치고 있었다.

바람의 정령왕. 광풍(狂風), 사미아드.

[뭐라는 거야? 이 새끼가.]

마엘은 사미아드의 등장에 뱀의 혀를 파르르 떨며 소리쳤다.

[예전부터 네가 마음에 들지 않았으니까. 너 따위가 마스터 키(Master Key)라는 것이 이해가 가지 않을 따름이야.]

[웃기는 소리군. 마스터 키의 자리에 도전했다가 실패한 놈이야 당연히 모르겠지. 11번째 자리인 신속(神速)이 네게 가당키나 한 것 같으냐?]

[……뭐?]

[하긴…… 15번째가 아닌 이상 특별할 것도 없지. 지금 이 전장에만 하더라도 마스터 키를 가진 놈들이 몇이나 되지? 하지만 전장을 지휘하는 것은 카릴이다. 오직 15번째 마스터 키

만이 진정한 열쇠란 말이지.]

[미친놈.]

[그리고 15번째 중에서도 나, 마엘 만이 정점에 선 존재이다. 그 15번째도 아닌 겉절이에도 떨어진 놈이 무슨…….]

"둘 다 입 다물어."

바람의 정령왕과 마엘의 대화를 듣던 카릴이 입을 열었다. 그의 한마디에 당장에라도 싸울 듯했던 두 힘이 잠잠해졌다.

"마스터 키의 자리에 누가 오르던 관심 없어. 내게 중요한 것은 너희들의 힘이 내게 도움이 되느냐 하는 것이다."

카릴은 팔을 들어 올렸다.

"마엘. 네가 내 몸을 원하는 것을 금하진 않는다. 그 탐욕이 네 힘의 원천이라는 것을 아니까."

[클클…… 그것참 다행이로군.]

"그리고 나 역시 네 욕망을 이용하고 있으니 불만 없어. 어차피 넌 내게 이용당하다 끝날 거거든."

[……]

카릴이 마엘의 힘을 폴세티아의 검에 옮겼다. 그러자 검날이 머금고 있는 오러 블레이드가 푸르게 빛나기 시작했다.

"사미아드. 이런 식으로 만나게 될 줄은 몰랐지만 정령왕으로서의 체통은 지키지? 그동안 잠잠했던 네가 스스로 봉인을 깨고 내게 말을 한 것은 참으로 기쁜 일이지만."

"하지만 마엘에게 미친놈이라 말한 건 정령왕들 중에 네가 처음이다. 마음에 들어."

[나중에 우레군주를 찾게 되면 꼭 마엘을 만나게 해주시오. 재밌는 걸 볼 수 있을 테니까.]

"네가 날 번개의 정령왕에게 인도해 줄 수 있는가?"

[방법은 네가 더 잘 알고 있을 테니 굳이 설명할 필요 없겠지. 하지만 바람은 눈에 보이지 않는 길도 찾을 수 있다. 정령계의 문을 열면 내가 길잡이가 되어주지.]

"듣던 중 반가운 소리로군."

카릴은 사미아드를 바라보며 이제 곧 남은 두 개의 정령왕마저 모두 얻을 수 있으리라 확신했다.

[인간이여. 나와 계약을 하겠는가.]

후우우우우웅……!!

바람이 일었다. 카릴은 지체 없이 헤크트를 향해 달렸다. 대답은 없었지만 그의 주위에 바람이 불더니 점차 거세지기 시작했다.

쾅! 쾅!! 콰앙!!

그가 발을 내디딜 때마다 굉음이 터져 나왔다. 질주하며 허공을 내달리는 그의 모습은 마치 지상을 달리는 것처럼 제약이 없어 보였다.

조금 더.

카릴이 허리를 숙였다. 그의 얼굴을 때리던 공기의 저항이 사라졌다.

조금 더.

카릴이 다리에 힘을 주었다. 그러자 그의 발아래에는 아무 것도 없었지만 마치 발판이 위로 밀려 올라오며 그의 다리를 밀어주는 것처럼 발을 내디딜 때마다 그의 도약력이 비약적으로 늘어나기 시작했다.

스캉-!!

그가 헤크트의 가슴에 튀어 올라 검을 찌르는 순간 소리의 영역이 그를 뒤따르지 못해 오히려 한 발자국 늦게 들렸다.

콰아아아아아아앙--!!

카릴의 일격에 헤크트는 황급히 밟고 있던 하와트에서 발을 떼고서 자세를 잡았지만 그보다 더 강렬한 충격에 뒤로 발라당 넘어지고 말았다.

[크륵?!]

엉덩방아를 찧으며 볼썽사납게 자빠진 녀석은 믿을 수 없다는 듯 카릴을 바라봤다. 하지만 조금 전 일격을 가했던 카릴의 모습은 온데간데없이 사라졌다.

[바람의 힘은 단순히 속도만이 아니지.]

사미아드의 바람이 카릴의 주위를 감싸자 그의 모습이 완전히 사라졌다. 헤크트는 황급히 그를 찾으려고 두리번거렸지만 이미 바람의 벽 뒤에 숨은 그를 찾을 순 없었다.

카릴은 기다렸다는 듯 녀석의 뒤를 노렸다.

파앗-!!

그가 뛰어올라 있는 힘껏 놈의 턱을 돌려찼다. 바람의 벽이 사라짐과 동시에 그가 자신의 바로 눈앞에 나타나자 놈은 화들짝 놀라며 창을 들었지만 그보다 카릴의 발차기가 녀석에게 적중하는 것이 빨랐다.

빠가각……!!

뼈가 으스러지는 소리가 선명하게 들리면서 개구리를 닮은 놈의 커다란 머리가 뒤로 휙 꺾였다.

[카아아악!!]

놈은 기괴하게 머리가 등 쪽으로 돌아갔음에도 불구하고 죽지 않고 오히려 더욱 분노에 찬 듯 포효를 질렀다.

쿠콰쾅!! 콰광!!

놈이 벌떡 일어나더니 삼지창을 찍어 누르듯 쏟아냈다. 창이 바닥에 찍힐 때마다 파치 폭탄이 터지는 것처럼 사방에 파편들이 터져 나왔다. 운석이 떨어진 것처럼 거대한 구멍이 계속해서 깊게 이어졌다.

[죽어……!! 죽어라……!!]

놈은 불의의 일격을 당했다는 것에 자존심이 상한 듯 창으로 부족한 듯 던져 버리고서는 양 주먹을 번갈아 가며 내리꽂았다.

쿠쿠쿠쿵! 콰쾅!! 쾅! 쾅! 쾅!!

먼지 폭풍이 솟구쳤고 분진 가득한 폐허 속에서도 녀석의 주먹이 만들어내는 굉음이 진동했다.

"카릴……."

밀리아나는 눈으로 보고도 믿을 수 없는 광경에 자신도 모르게 그의 이름을 불렀다.

쫘악-

그녀가 쌍검을 고쳐 쥐고서 그 안으로 들어가려고 하자 황급히 자매들이 말렸다.

"위험합니다!"

"놔. 명령이다."

"언니께서 가신다면 저희도 함께 가겠습니다."

"너희완 달라. 내겐 용족화가 있다. 놈의 공격을 버틸 수 있어."

"기껏해야 한 방이겠죠. 하와트의 갑옷이 일격에 날아가는 것을 못 보셨습니까?"

카노초가 그녀의 앞을 가로막았다.

"비켜!"

하지만 밀리아나는 망설임 없이 거구의 그녀를 신경질적으로 밀고서 달려갔다.

푸스스스스……

그때 갑자기 헤크트의 쏟아지던 주먹질이 멈추자 솟구쳤던 먼지들도 서서히 가라앉기 시작했다. 그 정적에 밀리아나는 달리던 발걸음을 멈추었다.

콰앙!!

순간 헤크트의 몸이 다시 한번 휘청거리며 수도 없이 찔러 넣었던 주먹이 튕겨 나가듯 위로 밀려났다. 강렬한 충격과 함께 녀석이 뒤로 주춤거리며 물러났다. 몰아치던 공격에도 불구하고 놈의 얼굴에는 분명 당혹감이 묻어나 있었다.

밀리아나는 다급히 만환(卍環)을 사용해 분진 속을 바라봤다. 먼지들 사이로 보이는 하나의 인영. 깊게 파인 구덩이에서 천천히 카릴이 걸어 나오고 있었다.

쉬이이이이익……!!

그가 발을 내딛자 강렬한 바람이 먼지를 쓸어 버렸다. 그를 감싸고 있는 기류가 구(球)의 형태로 빙글빙글 회전하고 있었다. 놀랍게도 그는 헤크트의 폭격 같은 무차별적인 공격에도 아무렇지 않은 듯 보였다.

"다했나?"

생채기 하나 없는 모습.

"하……."

밀리아나는 자신도 모르게 전율을 느끼며 탄성을 터뜨리고 말았다.

[크아아아아아!!]

헤크트의 몸이 부풀어 올랐다. 터질 듯한 근육에 힘줄이 돋아났고 바닥에 떨어진 창을 주워 있는 힘껏 카릴을 향해 찔렀다.

우우웅……!!

창끝에서 강렬한 마력이 느껴졌다.

콰아아아아아앙!!

굉음과 함께 창이 카릴과 부딪혔다. 하지만 그 순간 사미아드가 만들어낸 바람의 벽이 마치 그물처럼 녀석의 충격을 흡수했다.

츠즈즈즈즈……

창날이 카릴의 코앞에서 멈춰 섰다.

헤크트는 창을 다시 뽑으려 했지만 창은 보이지 않는 힘에 꽉 붙들려 있는 듯 꼼짝도 하지 않았다. 카릴은 담담한 표정으로 폴세티아의 검과 라크나를 교차했다.

섬격(殲擊).

스캉--!!

카릴이 잔상을 남기며 순식간에 수백 미터를 내달리며 녀석의 다리에 검을 박아 넣었다.

촤아아악……!!

마치 물풍선이 터지는 것처럼 녀석의 왼쪽 다리가 카릴의 일격에 터지면서 그 안에서 진득한 점액들이 뿜어져 나왔다.

녀석의 뒤로 통과한 카릴은 그대로 몸을 돌려 뛰어오르면서 다시 한번 검을 그었다.

6번째 경계 베기(境界絶).

파아아악!!

이번에는 헤크트의 오른 어깨가 폭발하며 녀석은 들고 있던 삼지창을 떨어뜨렸다. 그러나 카릴의 공격은 아직 끝나지 않았다. 헤크트를 가운데 두고 그는 마치 유린하듯 지그재그 사선으로 움직이면서 녀석의 사지를 하나하나 잘라내었다.

[카악!! 칵!!]

헤크트는 카릴을 막기 위해 안간힘을 썼지만 그럴수록 오히려 그의 검에 제물이 될 뿐이었다. 두 번째 재해의 힘은 가공할 만했지만 카릴에게는 위협이 될 수가 없었다.

"닿지…… 않아. 어떻게 저런 속도를 낼 수 있지?"

밀리아나는 자신의 만환으로도 쫓을 수 없는 카릴의 속도에 믿을 수 없다는 듯 말했다. 마력과 육체를 넘어 정령의 힘이 합쳐진 지금이야말로 그는 자신의 한계를 한 단계 더 뛰어넘은 극의를 발휘하고 있었다.

"……지금까지와는 뭔가 다른걸요?"

확실히 그랬다. 폭염왕 라미느를 비롯해서 이미 카릴은 에테랄, 라시스, 두아트와 같은 정령왕들과 계약을 한 상태였다. 하지만 지금까지 그가 정령의 힘을 쓴 것과 완전히 다른 모습이었다.

"위험해……."

밀리아나는 바람의 정령왕의 광풍(狂風)이라는 이명이 떠올랐다. 지금까지의 정령왕들은 계약자인 카릴을 안위를 생각해 자신의 힘을 조율해 왔다. 하지만 사미아드는 계약자에 대한 배려 따윈 없는 듯 자신의 전력을 있는 그대로 뿜어내고 있는 것이었다.

[크아아아아아!!]

헤크트는 잘려 나간 사지를 황급히 복구하기 시작했다. 번식의 재해답게 놈의 신체는 무서운 속도로 재생되고 있었다.

[이 날파리 같은 놈이……!!]

퍼억……!!

하지만 그 순간 놈의 얼굴이 찌그러지며 뒤로 꺾였다.

[커…… 커컥!!]

쿠웅-!!

엉거주춤하게 일어섰던 놈이 그대로 무너지듯 뒤로 쓰러졌다. 카릴은 바닥에 자빠진 녀석의 가슴 위에 내려앉았다.

"시끄러."

[네…… 네놈……!!]

사사사삭……!! 서걱……!!

섬광이 번쩍이더니 헤크트의 사지가 다시 한번 산산조각이 나면서 잘려 나갔다. 카릴은 기다리지 않고 녀석의 몸뚱어리 위로 올라탔다.

꿀꺽-

몸통과 머리만이 남은 녀석은 그제야 처음으로 죽음이라는 공포를 느낀 듯 자신도 모르게 마른침을 삼켰다.

"후읍……."

카릴은 그제야 처음으로 가쁜 숨을 몰아쉬었다. 담담하게만 보였던 그의 이마에 땀 한 방울이 주르륵하고 흘러내렸다.

[카릴. 광풍의 힘은 양날의 검이다. 본인조차도 주체할 수 없는 힘이지. 그건 사미아드 본인 스스로도 알고 있을 것이다.

그렇기에 라이칸스로프의 의지 속에 봉인되어 있을 때 일부러 너와 계약을 하지 않은 것일 테지.]

[……하지만 그의 힘이 아니었다면 헤크트를 상대하지 못했다는 것도 맞다.]

[많은 희생을 감수했을지도 모르지만…….]

정령왕들은 걱정스러운 듯 말했다. 당연하겠지만 그들은 사미아드의 특성을 알고 있었다. 정령의 계약은 정령 본인의 힘을 계약자에게 빌려주는 행위이다.

하지만 사미아드는 달랐다. 계약자를 매개체로 하여 그의 신체 내부에서 일으키는 강렬한 충격의 바람으로 힘을 만든다. 그 힘은 강렬하지만 반대로 계약자의 신체를 갉아먹는다.

일반적인 바람의 힘과는 전혀 다른 것. 그렇기에 광풍(狂風)이라 불린다.

[클클클…… 사미아드. 잔재주는 여전하구나. 네 힘은 계약자를 죽게 만든다. 네가 나보다 나은 게 뭐지? 아니지. 적어도 나는 계약자를 죽이진 않아. 그러니 네가 마스터 키가 되지 못한 것이다.]

마엘은 카릴의 말에도 불구하고 마치 즐기듯 혀를 차며 웃을 뿐이었다. 둘 사이에 무슨 일이 있었는지는 알 수 없었지만 마엘과 사미아드는 만났던 그 순간부터 서로 물러서지 않고 투닥거렸다.

"닥치고 놈의 심장이나 먹어 치워."

카릴은 너덜너덜해진 헤크트의 심장을 바라보며 마엘에게 소리쳤다.

[……분부대로 하지.]

스아아아악--!!

폴세티아의 검날에서 솟아난 마엘의 거대한 송곳니가 헤크트의 심장을 그대로 찢어 삼켰다.

[크…… 크아아아아아!!]

사지가 잘려 나간 놈은 다시금 재생하려 했지만 놈의 팔다리의 절단면엔 계속해서 날카로운 바람의 칼날이 놈의 살점을 베어내며 재생을 막고 있었다.

[크아아악!!]

놈의 몸통이 이리저리 날뛰었다. 하지만 그것도 잠시 마엘의 송곳니가 녀석의 갑옷을 뚫고 심장에 박혔다.

[컥……! 커컥……!!]

스스스슥…….

요란하게 날뛰던 몸이 부르르 떨리며 멈췄다. 녀석은 반항조차 하지 못한 채 그대로 허무할 정도로 완벽하게 죽음을 맞이했다.

"하와트. 창을 가지고 천년빙동에 있는 파렐에 있는 제단에 꽂아라. 율라에게 우리의 두 번째 승리를 보일 것이다."

카릴은 헤크트가 남긴 삼지창을 가리키며 말했다.

"……알겠습니다."

하와트는 그야말로 압살이라는 말처럼 몰아치던 카릴의 전투를 보고선 더 이상 할 말을 잃은 듯 그저 묵묵히 그의 명령을 따를 뿐이었다.

　　"너희들이 그를 두둔하지 않아도 그와 계약한 내가 누구보다 광풍의 힘이 너희들과는 전혀 다르다는 것을 잘 알고 있다."

　　카릴은 헤크트의 시체 위에서 내려오며 헝클어진 머리를 쓸어 넘겼다.

　　"사미아드."

　　그러고는 바람의 정령왕의 이름을 불렀다.

　　"양날의 검? 그런 수식어를 붙이기엔 지금 이게 네 전력의 끝이라면 실망스러울 뿐이야."

　　파스슥-!!

　　카릴은 헤크트의 머리를 밟아 부수고서 걸음을 옮겼다.

　　"어린애 같은 장난을 받아주는 건 여기까지다. 부디 정령계에서는 기대에 부응하길 바란다."

　　그의 말을 들은 광풍은 할 말을 잃은 듯 멍한 표정으로 카릴을 바라봤다.

　　[크…… 크큭!!]

　　하지만 이내 곧 졌다는 듯 고개를 저으며 웃음을 터뜨리고 말았다.

"……이상입니다."

두샬라는 바닥에 닿을 만큼 기다란 보고서를 모두 읽고 난 뒤 뿌듯한 표정을 지었다.

"대단하네요."

"이토록 완벽한 전투는 역사상 없을 겁니다."

"대륙 전역이 전장이었다는 것이 믿기지 않습니다."

"토스카의 광포(光砲) 덕분입니다. 단 일격에 대륙에 있는 모든 헤크트를 섬멸하다니요. 나머지 잔챙이들이야 우두머리가 죽고 나면 리저드맨 수준에 불과했으니까요."

200만이 넘게 투입된 대전쟁의 규모에 비해 피해는 전무하다고 할 수 있을 정도로 미약했다.

전쟁이 끝나고 헤크트의 삼지창이 천년빙동에 박힌 그 날부터 지금까지 승리를 축하하는 연회가 이어지고 있었다. 비록 며칠밖에 되지 않는 시간이었지만 사람들은 전쟁의 불안감을 잊고 행복감에 젖을 수 있었다.

카릴은 그런 그들을 위해 창고를 개방했고 좋은 술과 음식을 베풀었다. 두샬라는 무리하는 것이 아니냐는 말을 했지만 카릴에게 있어서 이 두 번의 승리는 감회가 새로운 것이었다.

전생에 수만 명이 죽은 것에 비한다면 압승이었다. 자신이 궁극적으로 바꾸고자 하는 미래가 바로 신탁 전쟁에서 사람들을 구하는 것이었으니까.

카릴은 그 스스로도 이 승리를 조금은 즐기고 싶었던 마음이었다.

"토스카의 힘이 대단하긴 했지만 전부는 아니지. 만약 우리가 없었으면 전쟁을 쉽게 풀어나가진 못했을걸?"

화린이 자랑스러운 얼굴로 말했다.

"지당하신 말씀입니다."

전장에 나섰던 그레이스는 그녀의 비위를 맞춰주기라도 하는 듯 바로 대답했다.

"저 맹수 같은 여자의 콧대가 더 높아지겠군."

밀리아나와 그의 자매들은 혀를 차며 고개를 저었지만 썩 기분이 나쁜 반응은 아니었다.

"그런데 어떻게 이리도 빨리 파렐을 공략하고 나오실 수 있으셨습니까?"

앤섬 하워드는 조심스럽게 물었다.

"파렐은 카릴의 말대로 각 층으로 구성이 되어 있었고 그 안에는 마물들이 존재했다. 각각의 층엔 수문장이라 할 수 있는 마물의 우두머리가 있었는데 놈을 잡게 되면 다음 층으로 올라갈 수 있었지."

화린은 기다렸다는 듯 대답했다. 아무래도 자신의 무용담을 얘기하고 싶어 안달이 나 있었던 모양이었다.

"마굴과 비슷하군요."

앤섬은 그녀의 말을 경청했고 홀의 구석에 앉아 있던 데릴 하리안은 펜을 꺼내 그녀의 말을 받아 적기 시작했다.

"하지만 다른 것이 있다면 그 안에 있는 마물은 평범한 것이 아니었어. 모두 타락의 기운을 가진 놈들이었지. 뿐만 아니라 마굴은 우두머리를 죽이면 사라지지만 파렐은 그저 위를 향할 뿐 출구가 없었다."

"그러면 어떻게 나올 수 있었죠?"

"출구는 10층을 공략했을 때 열렸다. 그 안에서 우리는 선택의 기로에 놓였었다. 또다시 더 올라갈 것인지 아니면 출구로 나올 것인지 말이야."

"10층마다 문이 열린다는 말인가요?"

앤섬의 물음에 화린은 어깨를 으쓱했다. 모두가 그녀의 이야기를 흥미진진하게 집중했다.

"글쎄. 그 이상 올라가지 않았으니 모르지. 하지만 분명한 것은 우리가 공략한 10층이 결코 끝이 아니라는 점이지."

그녀는 자신과 함께 천년빙동의 파렐을 갔던 자들을 훑어보고서 말했다.

"아니, 오히려 그저 시작에 불과했어. 우리가 어째서 이토록 빨리 탑을 공략하고 돌아올 수 있었는지 물었지?"

"……?"

"그 이유는 목표의 마지막 층이었던 10층의 공략을 여느 층들보다 빨리 끝낼 수 있었기 때문이야. 이미 공략 방법을 알고 있었거든."

"공략 방법을요? 어떻게……?"

화린은 카릴을 바라봤다. 그녀의 눈빛 속에는 이야기를 해도 되느냐는 물음과 동시에 카릴에게 진실을 바라는 눈빛이기도 했다. 하지만 카릴은 그저 어깨를 으쓱하는 것으로 허락을 답할 뿐이었다.

"그 10층을 지키던 보스가……."

화린은 말했다.

"혈(血)이었다."

"……네?!"

"그, 그게 무슨 말씀이세요?!"

"말도 안 돼……!"

모두가 그녀의 말에 경악했다. 하지만 그녀와 함께했던 공략대에 속한 사람들은 아무런 말도 하지 않았고 그것이 긍정의 의미라는 것을 알 수 있었다.

"그럼…… 만약 20층에 오른다면 헤크트가 있을 가능성도 있다는 걸까요? 주군, 이거 혹시 타락을 상대할 수 있는 방법을 찾을 수도 있겠는걸요?"

앤섬은 살짝 흥분한 목소리로 말했다.

"불가능해. 20층에는 헤크트가 있겠지. 그 말은 단순히 계산해도 10번째 타락을 준비하려면 탑을 100층까지 올라가야 한다는 말이 된다. 언제 탑을 공략하고 있을 건데?"

"아……."

카릴의 말에 앤섬은 멋쩍은 듯 말했고 기쁨에 자칫 냉정함을 잃은 자신이 부끄러운 듯 보였다.

"또한 그사이의 층들이 꼭 맞아 떨어진다고도 볼 수 없어. 10층씩 있을 수고 혹은 그사이에 100층이 있을 수도 있다. 그리고 탑을 오르는데도 위험성은 따른다. 만에 하나 부상을 입거나 희생을 치르게 된다면 자칫 잘못하면 오히려 전력을 잃을 수 있다."

[카릴.]

알른은 그들의 대화를 가만히 듣다 그의 머릿속에다가 말했다.

[새삼스럽지만 네가 이곳에 오기까지 정말 엄청난 일들을 감내했다는 것을 알겠군. 단순히 신탁 전쟁 때의 경험만으로 이번 재해와의 싸움을 준비하는 것이 아니었어.]

카릴은 그의 말에 쓴웃음을 지었다. 파렐의 1층에서부터 시간을 돌리기 위해 탑을 공략해 나아가며 그가 했을 치열한 전투. 대륙 전역, 수백만의 병력으로 맞서 싸우는 이 전쟁을 그는 혼자서 이겨낸 것이었으니 아무리 알른이라 할지라도 상상할 수 없는 일이었다.

"그러니 이겨야지."

카릴 역시 다른 이들에게는 들리지 않을 작은 목소리로 결의를 다지듯 말했다.

"화린. 너희들이 파렐 안에서 겪었던 전투는 앞으로 있을 재해와 타락들과의 전쟁에서 유효할 것이다. 카일라 창, 내가 너를 그 안에 들여보낸 이유를 알겠지."

그의 말에 카일라는 고개를 끄덕였다.

"앤섬이 네가 없는 동안 무진의 전술을 한 단계 업그레이드 시켰다. 하지만 그는 책략가이지 전사가 아냐. 분명 부족한 것이 있을 터. 무진의 전술을 만들 때 도왔던 너만이 파렐의 경험을 토대로 더욱 진보시킬 수 있을 것이다."

"명을 따르겠습니다."

"베이칸, 키누, 릴리아나. 내가 남부인을 제외하고 북부인으로만 구성한 이유는 전투에 있어 단합이 중요하기 때문이다. 기사들과 달리 너희의 전술은 남부인들이 충분히 익힐 수 있을 터. 너희들은 북부와 남부의 전력을 합쳐 새로이 편성하고 톰슨 역시 울카스 길드를 재편성하여 북남부 자유군에 편성하도록 하라."

"네!!"

"알겠습니다!!"

천년빙동의 공격대뿐만 아니라 다른 사람들도 이제야 그가 저들을 선출한 이유를 알 것 같았고 그의 선견지명에 감탄하지 않을 수 없었다.

"란돌."

카릴은 마지막 한 사람을 바라봤다. 모두의 시선이 란돌 맥거번에게 꽂혔다.

"내게 바라는 것은 크게 없다."

하지만 의외로 카릴은 냉정한 태도로 말했다. 그것이 형제에 대한 특권 같은 것이 절대로 아님을 사람들은 알고 있었다.

"생각해라. 그리고 스스로 움직여라."

란돌은 그의 말에 아무런 대답도 하지 않고 그저 고개를 끄덕일 뿐이었다.

"우리는 두 번의 승리를 거두었다. 하지만 앞으로도 재해는 우리를 괴롭힐 것이다."

카릴은 홀 안에 있는 자들에게 말했다.

"두려운가?"

그의 목소리는 낮았지만 신기하게도 쩌렁쩌렁 울리는 것처럼 그들의 심장을 때렸다.

"아닙니다!!"

마치 기다렸다는 듯 함성에 가까운 대답이 울려 퍼졌다.

"그래. 두려워할 필요 없다. 전쟁이 우릴 기다리는 것은 그저 우리가 승리할 횟수가 늘어나는 것일 뿐이니까."

카릴은 천천히 고개를 끄덕였다.

"그러니 잠시나마 이 승리를 만끽하거라. 너희들은 충분히 그러할 가치가 있으니까."

와아아아아아아--!! 와아아아아--!!

그의 말이 끝남과 동시에 부하들이 일제히 소리쳤다.

[오랜만이군. 이렇게 시끌벅적한 도시를 보는 것은 말이야. 혈을 사냥하고 난 뒤에도 쉬지 않고 두 번째 재해를 준비하느라 정신없었지.]

카릴은 알른의 말을 들으며 독한 술을 들이켰다. 목이 타들어 가는 기분이었지만 그 또한 나쁘지 않았다.

"잠깐의 휴식일 뿐이야."

[하지만 영원한 평온을 위한 준비이기도 하지.]

스으으으윽……

알른의 검은 형체가 나타나 카릴의 옆에 세워둔 병을 들이켰다.

[보아하니 마음을 굳힌 모양이로군.]

"그래. 결전이 다가오고 있어. 더 이상 지체할 수 없으니까. 이제 정령계의 문을 열겠어."

거암군주 막툰과 우레군주 쿤겐. 율라와의 대전을 위해 카릴은 남은 두 명의 정령왕과의 계약을 끝내야 한다고 다짐했다.

[그래야겠지. 너는 그들을 얻기 위한 시간을 갖기 위해 세 번째 재해를 맞이하는 지금을 기다렸으니까.]

카릴은 그의 말에 고개를 끄덕였다.

[그런데 과연 녀석들이 너 없이 세 번째 재해를 막을 수 있을까?]

"그들은 돌봐야 할 아이가 아니라 전사다. 방법은 모두 준비해뒀어. 천년빙동의 파렐을 내 예상보다 빠르게 공략하고 나온 자들이야. 문제없을 거야."

[그들을 믿는군.]

카릴은 알른의 말에 가볍게 웃었다.

"내 기억을 확신하는 것이지."

그러고는 빈 잔에 술을 따르던 손을 멈추었다.

"저도 한 잔 주시겠습니까."

뒤에 누군가의 목소리가 들렸지만 카릴은 이미 그의 존재를 인지하고 있었던 모양이었다.

"알카르가 보이지 않는군요. 혹시…… 조금 전 정문에서 온 보고와 관련이 있는 것이 아닌가 싶어서 말입니다."

"보고?"

"정문의 병사에게서 야인 두 명이 주군을 찾아 왔다고 합니다. 특이하게도 백색의 어린 사슴과 함께 온지라 급히 저희들에게 알렸습니다."

데릴 하리안이었다.

"안챠르가 왔군."

카릴은 기다렸다는 듯 말했다.

[일이 잘 풀리는군. 네 말대로 세 번째 재해가 시작되기 전에 회복한 모양이야. 아니면…… 이것도 네 기억대로인가? 클클.]

머릿속에 울리는 알른의 말에 카릴은 그저 피식 웃을 뿐이었다.

"제 생각이 맞다면 그들 중 한 명이 마지막 신살의 10인이겠군요. 야인이라…… 생각지도 못한 인물이 왔습니다."

툭-

카릴은 빈 잔을 데릴 하리안에게 던졌다. 그러고는 손을 움직이자 술병 속에 있는 술이 공중으로 떠올라 그의 잔 안으로 들어갔다.

"언제는 내 행동이 예상 가능했던 적이 있던가?"

데릴은 그의 말에 웃고는 보란 듯이 술잔을 흔들자 잔 속에 술이 방울이 되어 송골송골 떠올라 그의 입안으로 들어갔다.

"정령계로 가시기 전에 드릴 것이 있어 왔습니다."

"뭐지?"

데릴 하리안은 자신의 품 안에서 한 권의 작은 노트를 꺼내었다.

"원래는 조금 더 빨리 드리려고 했었는데…… 황금십자회에 보관되어 있던 것을 이제야 받았습니다."

"흠."

카릴은 데릴이 건네는 낡은 책 한 권을 바라봤다.

"황금십자회가 카이에 에시르의 유지로 만들어진 것이라 말씀드렸지요."

표지에는 아무것도 적혀 있지 않았다. 그렇다고 마도서도 아니었다. 낡은 책에는 이렇다 할 마법적인 힘도 느껴지지 않아 카릴은 의문 가득한 눈빛으로 데릴을 바라봤다.

"카이에 에시르의 유언이 담겨 있는 일기장입니다."

데릴 하리안은 조심스럽게 말했다. 그 순간 카릴은 떨리는 눈빛으로 자신의 손에 들려 있는 낡은 책을 바라봤다.

"그 안에 모든 것이 담겨 있습니다."

to be continued

무공을 배우다

목마 퓨전 판타지 장편소설
WISHBOOKS FUSION FANTASY STORY

"무(武)를 아느냐?"

잠결에 들린 처음 듣는 목소리에 눈을 떴을 때,
눈앞에 노인이 앉아 있었다.

"싸움해 본 적 있나?"
"없는데요."

[무공을 배우다.]

20년 동안 무공을 배운 백현,
어비스에 침식된 현대로 귀환하다!

'현실은 고작 5년밖에 지나지 않았다고?'